희망의 속도 15Km/h

| 폐암4기 김선욱의 184일 자전거 국토 종단기 |

희망의 속도 15Km/h

김선욱 · 이진경

민음인

이 책은
2012년 5월 1일부터 10월 31일까지 184일간,
파주 임진각을 출발해 제주도 저지리까지 총 6,362.83km를
자전거로 완주한 故 김선욱 씨(1952.11.18~2013.1.10)의
조금 특별한 여행기입니다.

출간 일주일을 앞두고 있던 이 책은
뜻하지 않게 그의 유고(遺稿)가 되었습니다.

故 김선욱 씨 생전에 집필되고 정리된 원고이기에
현재 기준으로는 부득이 시점의 혼란이 있을 수도 있습니다.

다만 마지막 순간까지도 '꿈꾸고 삶을 사랑하는 일'에 최선을 다했던,
그러한 모습을 통해 주변 모든 사람들에게 '지금 이 순간의 소중함'과
삶에 대한 애정을 일깨웠던 고인의 뜻과 열정이 훼손되지 않도록,
그의 생전의 시점에서 서술된,
뜻 깊었던 6개월 국토 대장정에 대한 기록을
이렇게 세상에 내놓습니다.

삼가 고인의 명복을 빕니다.

동영상 바로 가기

이 글이 전해질 때에는 저는 아주 먼 곳에 있을 것 같습니다.

저는 인생이라는 긴 여행에서 뜻밖의 친구를 만났습니다.

폐암 말기. 고통스러운 치료와 무기력한 시간들.

저는 암이라는 새로운 친구로부터 무엇을 배울지 생각했습니다.

'단순함'이 가장 중요하지 않을까 생각했습니다.

'단순함'으로 삶을 비워 내자.

혼자만의 긴 여행은 새로운 희망을 만나

빈 공간에 다른 것이 채워지기 시작했습니다.

저는 자전거를 타고,

저처럼 암으로 고통받는 환우들을 만나러 길을 나섰습니다.

희망의 속도 15km/h로 당신을 찾아갑니다.

2012. 05. 01 김선욱

차례

1부
그 남자 & 그 여자 — 이 부부의 특별한 여행

2부

Go with the Flow 자전거 두 바퀴에 희망을 싣고

석 달짜리 인생
— 찬란하다, 지금 이 순간

적어도 그는 지금 주어진 이 시간이 얼마나 값진 것인지,

그리고 어떻게 '누릴' 만한 것인지,

우리에게 주어진 시간이 얼마나 찰나와도 같은지,

이 짧은 순간에 어떻게 '찬란하게'

진짜 자기 자신으로서 살아나가야 할 것인지 확실히 알고 있다.

찬란하다. 지금 살아 있는 이 순간들이.

유방암에 걸린 한 여자가 있었다. 그 여자는 두 달에 한 번씩 병원에 가서 정기검진을 받는다. 의사의 한마디에 따라 그녀의 인생이 달라진다. "악화되셨네요." "좀 나아지셨습니다."

여자는 자신의 인생이 두 달짜리 인생이라고 생각한다. 두 달 뒤에는 자신이 어떻게 될지 알 수 없기 때문이다. 이 세상을 떠날 준비를 해야 할지, 아니면 조금 더 삶의 시간이 연장될지. 사형 선고를 받았으나 그 선고 이후에 형 집행 날짜는 정해지지 않은 사형수와 같은 심정이랄까.

이 여행의 주인공 김선욱은 석 달짜리 인생이다. 석 달에 한 번씩 암의 상태를 살피러 병원에 가야 한다. 처음으로 폐암 진단을 받던 날 그의 상태는 수술조차 불가능할 정도로 암세포가 폐에 가득 찬 폐암 말기였다. 항암치료 후 처음엔 1주 간격으로, 다음엔 2주 간격으로, 그 뒤로는 한 달에서 두 달씩 진료를 받으러 가는 간격이 점차 늘어났다. 지금은 석 달에 한 번씩 오라는 의사의 처방을 받았다.

그는 의사를 찾아가도 종양의 크기가 줄었는지 늘었는지, 그 크기가 얼마나 되는지, 그 크기가 무엇을 의미하는지 결코 묻지 않는다. 그런 질문과 대답이 그의 인생에 그렇게 큰 도움이 되지 않으리라고 믿기 때문이다. 그저 의사가 좋아졌다고 하면 좋아졌다는 말을 듣고 기뻐할 뿐이다. 그렇게 김선욱은, 처음으로 폐암 진단을 받던 날에는 하루짜리 인생, 조금 뒤에는 1주일짜리 인생, 조금 더 지나서는 2주일짜리 인생으로 시한부 기간이 늘어가다가 지금은 석 달짜리 인생으로 변모하였다. 그는 이것도 감사하다고 말한다.

　석 달짜리 인생이, 일반인도 선뜻 나서기 힘든 184일간의 자전거 국토 대장정에 나섰다. 몸속의 시한폭탄이나 다름없는 폐암을 약으로 달래며 그는 자신의 발로 페달을 밟아 자전거 바퀴를 굴리며 앞으로 나아간다.

　처음 그의 계획을 주위에 알렸을 때 찬성하는 이들은 거의 없었다. 가까운 지인들조차 집에서 조용히 쉬며 몸 관리나 할 것을 조언했다. 간혹 좋은 생각이라고 동조하며 격려해 주는 이들이 있다 해도 그가 진짜로 여행을 감행할 수 있을지 반신반의하는 눈치들이었다. 어떤 폐암 말기 환자의, 대책 없고 무모한 꿈 정도로 받아들여졌다.

　그리고 2012년 5월 1일. 김선욱은 정말로 이 무모한 여행의 첫 테이프를 끊었다. 그를 지켜보던 주변 사람들의 걱정도, 염려도, 반신반의도 모두 뜨거운 응원과 격려로 바뀔 수밖에 없는 순간이었다.

　김선욱에게 이 여행은 여느 패기 있는 젊은이들의 도전과는 전혀 다르다. 몸의 '생명'과 직결되는 여행이기 때문이다. 그런데 그는 왜 그토

'Go with the Flow. 자연스러운 흐름에 맡기라'. 이번 여행에서도 김선욱은 무리하거나 억지 부리지 않고 자연스러운 '흐름'에 모든 것을 내맡기기로 했다.

록 이 여행을 갈망하며 감행해야 했을까?

　언젠가 어느 TV 드라마에서 암에 걸린 젊은 여주인공이 '죽기 전에 꼭 이루고 싶은 일'의 목록, 즉 버킷 리스트를 만들고 그 목록의 내용을 하나씩 이루어가는 것을 본 적이 있다. 그녀의 버킷 리스트는 대단한 사회적 성취와는 거리가 멀었다. 그것은 진짜 자기를 찾고, 자신에게 주어진 매순간의 생명력을 생생하게 누리는 데 집중된 목록이었다. 모든 순간, 그리고 자신에게 중요한 사람들을 사랑하고 아끼고 소중히 여기는 일들이었다. 아마도 그녀가 암에 걸리지 않았다면 여전히 자신의 불만족스러운 현실 속에서 자신의 틀을 깨고 나올 생각을 미처 하지 못한 채 어쩔 수 없는 운명으로 받아들이고 살아갔을지도 모를 일이다.

죽음이 눈앞에 성큼 다가왔다는 사실을 인지하는 것은 일종의 강력한 '각성제'다. 모든 사람에게 평등한 것이 죽음인데, 모든 사람에게 가장 쉽게 잊히는 것 역시 죽음이다. 마치 영원히 살 것처럼, 작은 것조차 내려놓지 못하고 어쩔 수 없이, 또는 그것이 전부인 양 여기면서 살아가는 것이 우리 인생이다.

석 달짜리 인생 김선욱이 다시 두 달짜리 인생이 될지, 아니면 넉 달짜리 인생이 될지, 그것은 아무도 모른다. 하지만 적어도 그는 지금 주어진 이 시간이 얼마나 값진 것인지, 그리고 어떻게 누릴 만한 것인지, 우리에게 주어진 시간이 얼마나 찰나와도 같은지, 이 짧은 순간에 어떻게 찬란하게 진짜 자기 자신으로서 살아나가야 할 것인지 확실히 알고 있다. 자전거 여행 중에 만나는 풀 한 포기, 지저귀는 새 소리, 외딴 집에

홀로 지내는 시골 할머니, 산골 카페 주인, 길 위의 여행자 하나하나가 예사롭게 보이지 않는 까닭이다. 세상을 향한 김선욱의 렌즈는 완전히 다른 것으로 교체되었다.

김선욱의 아내 박재란, 그리고 여행작가인 나 이진경이 이 여행의 제반 사항을 도와줄 로드매니저, 이렇게 세 사람은, 그의 시한부 인생에 기대어, 우리의 그것을 생각하며 '시한부 여행의 동반자들'이 되어 길을 떠났다. 2012년 5월 1일, 임진각에서부터, 우리의 이야기는 시작된다.

찬란하다. 지금 살아 있는 이 순간들이.

찬란하다. 지금 살아 있는 이 순간들이.

그 남자 & 그 여자
— 이 부부의 특별한 여행

혹시 모를 미래의 사건들에 대비하기 위해

현재를 유보한 채 저축을 하고 집을 사는 길을 따르는 대신,

김선욱은 '지금을 온전히 누리는' 삶을 택했다.

현재를 유보하지 않는 것이 미래를 위한 가장 큰 저축이라고 생각했다.

하지만 지금을 누린다는 것이 향락을 즐기는 삶은 결코 아니다.

현재를 누리면서 좀 더 긍정적으로 자신을 변화시킬 수 있는 방법으로

그가 선택한 것이 바로 '스포츠'와 '여행'이었다.

돈이 없어도 '백만장자처럼' 사는 삶은 가능하다.

'백만장자처럼 산다'는 건 무슨 뜻일까.

'부족한 것 없이 행복하게 사는 삶'을 의미하는 것이라면,

그 방법은 정말 간단하다.

자신이 가장 좋아하는 것을 가지고 '누리는' 법을 배우면 되니까.

그 남자 이야기

불길한 조짐 – 2010년 11월 11일

"아, 왜 이렇게 명치끝이 답답하고 아프지?"

2010년 11월 11일 아침 출근길, 지하철 계단을 내려가던 김선욱은 명치끝이 뭉근하니 아파 왔다. 소화가 되지 않는 것 같았다. 약국에서 소화제를 사서 한입에 삼키고 출근했다. 가리지 않고 먹는 건강한 식성에다, 스포츠란 스포츠는 선수처럼 통달한 그에게, 소화가 안 되는 일쯤은 그리 큰 문제가 아니었다. 별일 아니겠지 하고 넘겼는데, 이튿날이 되어도 소화가 되지 않는 느낌이 나아질 기미를 보이지 않았다. 아내 박재란은 약국에서 생약 소화제를 사다 주기도 하고, 김선욱의 열 손가락을 모두 침으로 따 주기도 했다. 사흘째 되는 날도 몸이 무겁고 체한 것 같은 증상은 여전했다. 몸 전체적으로 힘이 빠지며 무기력했다. 아내는 "아휴, 체한 것 가지고 되게 엄살이네……" 핀잔을 주며 남편의 열 발가락을 모두 따 주었다. 심지어 콜라를 마시고 뒷산에 뛰어갔다 오라는 강력 처방을 내리기도 했다. 어떻게든 속을 풀어 보기 위한 노력은 계속되었지만 증상은 더욱 악화되기만 했다. 이러다 사람 잡을지도 모르겠다는 생각이 그제야 들었다.

부부는 동네 병원을 찾았다. 검사 결과 역류성 식도염이라는 진단이 나왔다. 주요 원인은 음식을 먹고 나서 곧바로 눕는 습관이라고 하는데, 김선욱은 그런 습관과는 전혀 상관이 없는 사람이었다. 그런 진단이 나온 것이 이상했지만, 일단은 의사 말대로 식사 후에는 더더욱 곧게 앉아 있거나 운동을 하려고 노력했다. 그러나 명치끝을 날카로운 송곳으로 찌르는 듯한 통증은 점점 더 강해지기 시작했고 차마 내뱉지 못한 원망의 말처럼 묵직하게 가슴을 눌러 왔다.

그렇게 며칠을 보내고 토요일에도 출근을 했지만 책상 앞에 앉아 있을 수조차 없어 소파에 내내 누워 시간을 보냈다. 무엇 하나 목에 넘기기 어려웠다. 등에는 식은땀이 흘렀다. 얼굴은 황사바람이 부는 하늘처럼 누렇게 변해 갔다.

결국 그 이튿날인 일요일. 더 이상 버틸 수 없었다. 응급실로 향하는 수밖에.

일요일 오후의 응급실

일요일 오후의 한전병원 응급실. 언제나 그렇듯 응급실은 환자의 신음, 보호자의 질문, 의사의 침묵으로 무거운 공간이다. 팔을 이마에 대고 힘든 표정을 지으며 누워 있는 사람, '아이고, 아이고……' 신음 소리를 내며 고개를 떨구고 앉아 있는 사람, 절박한 심정으로 의사에게 가족의 병세를 묻는 보호자, 흰 가운에 무표정한 얼굴로 분주하게 돌아다니는 젊은 의사들.

일단 응급실에 들어오는 거의 모든 환자가 받게 되는 혈액검사부터 시작했다. 검사 결과는 정상 범위를 넘어 상당히 높게 나온 간수치. 간 CT 촬영에 들어갔다. 하지만 CT상에서 간 자체에는 아무 이상이 없는 것으로 판명되었다. 문제는 간 CT의 한 모퉁이에 촬영된 심낭이었다. 심장을 싸고 있는 얇은 막인 심낭 속에 물이 차 있다는 소견이었다. 정확한 진단을 위해 다시 심장 CT 촬영으로 들어갔다. 결국, 폐와 심낭에 물이 차 심장을 누르고 있다는 결과가 나왔다.

심낭에 물이 차자 배가 점점 불러 오기 시작했다. 압박감에 아무것도 먹을 수 없었다. 앉아 있어도, 서 있어도, 누워 있어도 순간순간이 고통이었다. 소화 불량이나 급체인 줄로만 알았던 병은 어느새 점점 알 수 없는 미지의 모습으로 다가오고 있었다.

심각한 심낭염이었다. 심낭 안에 있는 심낭액이 염증으로 가득 차 있었다. 심낭이 염증액으로 차오르면서 심장에 가해지는 압박 때문에 혈압이 떨어지고, 의식을 잃어 가고 있었다. 심장 검사를 하는 가운데 김선욱은 쇼크 상태로 빠져들었다. 심낭에 강한 압력이 가해지는 심낭압전으로 급사할 수도 있는 초응급 상태였다. 응급실에서 바로 시술할 수밖에 없었다. 심낭에 관을 넣어 염증액을 빼내는 시술이었다. 시뻘건 핏물이 비닐 팩 가득 담겨 나왔다.

일요일, 병원이 문을 열지 않아 응급실로 가야 했던 김선욱, 실은 그의 몸 자체가 응급 상황이었다.

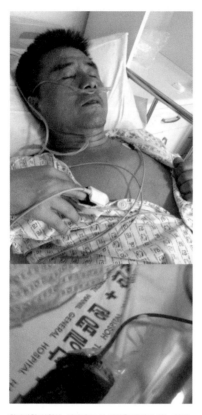

한전병원 입원실. 심낭에 고인 핏물을 빼내고 있는 장면.

그러나 수술 직후 김선욱에게 먼저 찾아온 것은 원초적 허기였다. 심낭 안에 그렇게 많은 물이 고여 있었다는 상황의 심각성은 눈에 들어오지 않았다. 몸에서 물이 빠져나가자 격한 허기가 느껴졌다. 김선욱은 손맛이 좋은 아내에게 집에서 만든 간장게장을 가져오라고 다그쳤다. 며칠째 아무것도 먹지 못한 배부터 채워야 했다. 금강산도 식후경이 아니라, 심각함도 식후고苦였다. 밥 한 그릇을 순식간에 비웠다. 허기를 달래고 나자 그제야 눈이 뜨이며 궁금증이 일었다. '심낭에 왜 물이 찼을까?'

담당의사가 보호자를 호출했다. 의사의 표정은 밝지 않았다. 담담한 한 마디가 이어졌다.

"폐암일 가능성이 99퍼센트입니다."

심낭액의 염증은 바이러스나 세균에 의해 일어나는 경우가 많은데, 김선욱은 폐암이 전이되어 심낭에 악성 염증액이 가득 차게 된 것이었다.

의사의 진단에 박재란은 커다란 바윗덩어리가 가슴에 쾅 하고 떨어지는 것 같았다. 현실로 충분히 체감할 수는 없었다. 멍하니 병실로 돌아왔다. 남편에게 거짓말을 하고 싶지는 않았다. 현실은 현실대로 받아들여야 한다고 생각했다. 비몽사몽 중에 있는 남편에게 툭 하고 던졌다. 최대한 쿨하게. 아무렇지도 않은 듯.

"폐암일 가능성이 많대."

응급 수술을 마치고 문제가 해결된 줄 알고 있던 김선욱에게는 청천벽력 같은 소식이었다. 그의 큰 눈에 순식간에 눈물이 맺혔다. 옆 침대에 누워 있는 환자를 붙들고 "제가 폐암이랍니다……." 하며 그 자리에서 맥을 놓고 울어 버렸다. 그들은 근처의 대학병원으로 옮기기로 했다. 나머지 1%의 가능성을 믿으며. 그러나 큰 병이 아니길 바라도, 바람대로 이루어지지 않는 것이 현실이다. 일단 바람은 바람대로 제쳐 두고, 불필요한 추측 또한 접어 두고, 불안한 현실을 따라가 보는 수밖에.

서울대학교병원의 응급실로 향했다. 큰 병원이라고 해도 응급실은 크게 다를 바 없었다. 희망 찬 기운은 먼지 한 조각에서조차 찾아볼 수가 없다. 대개의 환자들은 산소 라인을 코에 끼우고 있든가, 부상병 같은 신음 소리를 낸다든가, 어찌할 바를 몰라 접이식 의자처럼 허리를 납작 구부리고 앉아 있다든가, 기약 없이 누워 있어 머리카락이 눌리다 못해 마음까지 짓눌린 사람들이다. 심지어 무의식적으로 벌어진 다리 사이로 생식기가 드러나도 그 현장에서는 그것을 금기시하거나 혐오스러워 하거나 성적으로 느끼는 사람은 없었다. 그저 아픈 몸의 일부일 뿐. 조용한 전쟁터, 일촉즉발 직전의 태풍의 눈과 같은 응급실. 김선욱 역시 그곳에서 자신의 인생에 일촉즉발의 상황이 찾아왔음을 예감했다.

"폐암 4기입니다"

"폐암 4기입니다."

김선욱과 보호자 박재란을 진료실로 부른 주치의. 환자를 처다보지도 않고, 환부를 보여 주는 스크린에 시선을 고정한 채 냉정하게 말한다. 아니, 냉정하다는 표현은 옳지 않다. 의사는 정확하게, 객관적으로, 감정을 싣지 않고 일상적으로 말했을 뿐이다. 그러나 환자의 입장에선 '냉정'하다. 예상을 하지 않은 것은 아니었다. 각종 검사를 할 때부터 무언가 좋지 않을 것이라는 예감은 있었다. 하지만 예감과 진단의 순간은, 꺼내지 않을 사직서를 품에 안고 다니는 것과 그 사직서를 꺼내는 순간의 차이만큼, 아니 '죽고 싶다'라는 생각과 진짜 죽음을 감행하는 것의 차이만큼이나 다른 것이었다. 진단을 듣는 이에게는 이제까지의 인생 전부를 뒤흔드는 답인데, 의사에게는 매우 간결한 답이다.

부부는 영화의 한 장면과 비슷한 것이라도 기대했던 걸까. "잠시 나가 계시겠어요? 보호자 분과 얘기했으면 합니다."와 같은 대사라든가, 머뭇머뭇 안타까운 표정으로 한숨을 쉬다가 "유감입니다만…… 폐암…… 4기…… 입니다……."라며 눈물 한 방울이라도 보일 줄 알았다. 그런데 현실의 진료실은 그렇지 않았다. 어제 하는 설거지 오늘 또 하듯, 아침 식사를 하고 다시 점심 식사를 하듯 의사는 그렇게 말했다. 무미건조하게 내뱉는 그 한마디에 인생이 좌우된다는 것이 어딘지 모르게 비현실적이었다.

"이렇게 심장을 둘러싸고 있는 심낭에 물이 차 있었고, 폐를 둘러싸고 있는 이 흉막에도 물이 차 있었습니다. 물이 차서 폐를 압박했기 때문에 숨 쉬기가 어려우셨을 겁니다. 물이 찼다는 건 암세포가 퍼져 있다는 의미입니다."

의사는 차트에 그림을 그리며 설명했다. 그는 폐암이 시작된 지점을 가리키며 말했다.

"선생님의 폐암은 왼쪽 폐에서 시작되었는데요. 폐암이 진행되면 뼈, 뇌, 간 등 여러 군데로 암세포가 전이될 수 있습니다. 그중에서 전이가 잘 되는 부위가 흉막이나 심막인데요. 선생님의 경우 왼쪽 폐에서, 흉강, 심낭까지 암세포가 전이된 상태입니다."

누구하고나 대화를 즐기던 김선욱도 이 순간만큼은 말을 이을 수가 없었다. 다시 주치의가 말했다.

"지금은 암이 많이 진행된 상태라서 수술은 불가능합니다."

암, 그것도 사망률이 가장 높다는 폐암, 그것도 폐암 말기에다 수술마저 불가능하다고 한다. 이제 정말 끝이로구나. 낭떠러지에서 붙잡고 있던 가느다란 끈이 탁 하고 끊어지는 느낌이었다.

"그럼…… 이제 얼마나 더 살 수 있는 건가요?"

"그건 예측할 수 없습니다."

"그럼…… 이제…… 시골에 내려가서 쉴까요……?"

생각을 천천히 하면서 판단하다가는 감정에 휩쓸릴 것 같아서 서둘러 결론을 내리고 싶었다. 바꿔 말하면 "이대로 죽으란 말인가요?"라는 반문에 가까웠다.

"현장 노동 같은 일을 하세요?" 의사가 물었다.

"아니요."

"힘들게 몸 쓰는 일을 하는 것도 아닌데, 뭐하러 시골에 내려가시려고 요? 그냥 서울에 계세요. 치료해 봅시다."

이것으로 끝이 아니라 한번 해 보자는 거였다.

폐암 4기라는 진단을 내리면서 동시에 암과 싸워 보자고 말하는 의 사. 뭔가 희망이 있는 것 같다는 생각이 들었다. '그래, 하늘이 무너져도 솟아날 구멍은 있지, 호랑이 굴에 들어가도 정신만 바짝 차리면 돼.' 별 생각 없이 지나치던 상투적인 속담들이 가슴을 파고들었다.

"항암치료를 두 세트씩 네 번 하실 텐데요. 이 치료의 목표는 완치가 아닙니다. 이런 전이암의 경우 완치의 가능성은 희박합니다. 대신에 암 세포의 진행을 억제하는 것이 치료의 목표입니다."

여전히 망치로 뒤통수를 얻어맞은 것처럼 멍한 느낌이었다. 무언가 좀 더 묻고 싶었지만 적당한 말이 떠오르지 않아 망설이는 순간, 간호사 가 그들을 불러냈다. 그들에게 주어진 진료 시간은 3분이었던 것이다. 단 3분 만에 부부의 인생에 찾아온 엄청난 일들이 설명되었고, 뒤이어 다음 차례의 환자에게도 똑같은 3분이 주어질 것이다.

간호사는 김선욱, 박재란 부부를 다른 곳으로 안내했다. 항암치료 관 련 책자가 주어졌고 항암치료와 그 부작용에 대한 설명이 새로 산 청소 기 사용설명서보다 자세하게 이어졌다. 암을 청소하는 데 이렇게 많은 설명이 필요할 줄이야. 암이라는 청천벽력과 같은 진단 앞에서 할 말을 찾지 못하고 있는 사람에게, 넘치는 말들의 향연으로 이어지는 항암 부 작용에 대한 설명은 차라리 죽는 게 편하겠다는 생각이 들게 했다.

"손톱과 발톱이 까맣게 변할 수 있고, 머리카락이 빠질 수도 있습니다. 발진이 일어나고 설사나 구토로 음식을 못 드실 수도 있고……"

부작용에 대한 설명은 끊길 듯 말 듯 썩어 들어가는 동아줄처럼 이어
졌다. 어느새 설명 내용은 들리지 않고 설명해 주는 간호사의 입만 보였
다. 저 사람의 입술은 내 몸에서 일어날 일에 대해 무슨 말을 쏟아내고
있는가. 부작용 얘기만 들으면, 이 치료가 사람을 살리기 위한 것인지,
죽이기 위한 것인지 혼란스러울 지경이었다. 의사의 간결한 한 마디로는
피부에 와 닿지 않던 암이, 끝없이 이어지는 간호사의 설명을 듣고 있는
사이, 속속들이 '나의 병'으로 제대로 느껴지기 시작했다.

1부 그 남자&그 여자—이 부부의 특별한 여행

"내 앞에서 울 수 있어?"

"폐암 4기입니다."

의사의 말이 끝나는 순간 김선욱의 아내 박재란의 머릿속으로 지난 14년의 세월이 파노라마처럼 스쳐 지나갔다.

'내가 저주라도 받은 걸까?' 각자 쉰을 넘어 만난 두 사람. 결혼 당시 김선욱은 초혼이었고, 박재란은 남편과 사별한 뒤의 재혼이었다.

박재란은 27년간의 결혼 생활 끝에 남편을 먼저 보냈다. 신혼 초, 첫 아이가 태어나던 해에, 전 남편은 당뇨 진단을 받았고, 13년 후 급격히 악화되기 시작했다. 14년간 그는 서서히 고목이 되어 갔고, 결국은 혼자서는 제대로 일어설 수도, 걸을 수도, 앉을 수도 없는 상태에 이르렀다. 결벽증적으로 깔끔한 성격이었던 박재란은 자신보다 두 배나 되는 키와 덩치의 남편을 매일 씻기고, 매일 옷을 갈아입혔다. 좋다는 음식이란 음식은 모두 만들었고, 새벽 기도회에 매일 나가 하느님께 남편을 살려 달라고 애원했다. 작정하고 며칠, 또는 몇 주간씩 금식 기도도 했다. 하지만 그녀의 정성과 염원이 무색하게도 남편은 끝내 병상에서 일어나지 못했다. 14년이나 이어진 긴병이었지만 남편이 끝내 그렇게 세상을 떠난 것은 그녀에게 갑작스럽고도 큰 슬픔이었다.

이후 지금의 남편 김선욱을 만났다. 사실 생각지도 못한 뜻밖의 만남에서 이어진 인연이었다. 그는 누구보다도 건강해 뵈는 사람이었다. 수영, 수상스키, 골프, 스노우스키, 윈드서핑, 서핑보드, 승마, 요트 세일링 등 젊은 시절부터 안 해 본 스포츠가 없을 정도로 만능 스포츠맨이었다. 늘 새로운 것에 도전하기를 즐기고, 언제나 의욕과 호기심이 넘치는, 다른 건 몰라도 건강 하나는 자타가 공인하는 사람이었다. 그런데 이런 사람이 암에 걸렸다니, 그것도 수술마저 불가능한 폐암 말기라니! 마른하늘에 날벼락도 이런 날벼락이 없었다.

박재란은 형언할 수 없는 감정에 사로잡혔다. 한전병원에서 "암일 가능성이 있다"고 듣긴 했지만 설마 그럴 리가 있을까 생각했다. '14년간 전 남편의 병수발을 하면서 몸고생이며 마음고생은 할 만큼 했는데, 그 정도면 하늘도 이제는 내게 맘 편히 인생을 누릴 기회를 줄 때도 되지 않았는가, 그런데 다시 만난 인연이 '암'이라니. 다른 이들의 머리 위엔 대체로 푸른 하늘이다가 때때로 흐린 하늘이겠지만, 그녀 자신의 머리 위엔 언제나 먹구름이 쫓아다니는 것 같았다. 고통과 고난을 위해 태어난 인생인가 느껴질 정도였다.

하지만 울 수 없었다. 여기서 울음을 터뜨렸다간 3박 4일을 그치지 않고 내리는 비처럼, 온몸의 수분이 눈으로 쏟아져 나올 것만 같았다.

지하철을 타고 집으로 돌아오는 길, 남편의 거뭇한 얼굴은 화염처럼 달아올랐다. 언제나 낙천적이던 그의 눈에 눈물이 고이기 시작했다. 이내 눈물이 쏟아졌다. 그 자신도 주체할 수 없을 정도였다. 그런 남편 앞에서 박재란은 더욱 정신을 가다듬어야 했다.

"에이, 왜 이래! 누가 지금 당장 죽는대? 고칠 수 있다잖아. 시골에 내려갈 필요도 없다잖아. 요즘에는 폐암 약도 좋은 거 많이 나와 있대."

최대한 쿨하게, 마치 '감기' 정도의 이름처럼, 폐암, 그놈의 이름을 가볍게 내뱉어 버렸다. 말이라도 가볍게 해야, 죽음의 공포로 그들을 집어삼키려는 암이라는 이름 앞에서 견딜 수 있을 것 같았다. 그러나 한번 시작된 남편의 눈물은 쉬 그치지 않았다. 나름대로 인생을 즐기며 살아왔노라고 자부하던 그로서도 한순간에 그간의 삶이 허탈해지고 막막해지는 느낌을 가눌 길 없었으리라. 어느새 남편은 남들의 시선도 아랑곳없이 아이처럼 소리 내어 엉엉 울기 시작했다.

"여보! 지금 내 앞에서 울 수 있어? 내가 14년 동안 병 수발했던 사람인 거 몰라? 날 생각해서라도 이렇게 울면 안 되는 거잖아! 내 앞에서 이렇게 울 수 있어?"

그제야 김선욱의 눈에서 눈물이 그쳤다. 듣고 보니 그랬다. 아내 생각을 미처 못했다. 그녀의 고단한 과거를 낱낱이 알고 있으면서 그 앞에서 눈물을 흘린다는 것은, 세상 떠나기 직전 가장 마지막에나 해야 할 일이란 생각이 그제야 들기 시작했다.

그 여자의 과거

1979년, 박재란은 스물다섯의 나이에 열 살 연상의 남자와 결혼했다. 강한 끌림이 있었던 건 아니지만 남자의 애절한 구애 끝에 결혼에 이르렀다. 그런데 한창 신혼이던 이듬해, 남편에게 당뇨가 발병했다. 결혼 전부터 혈당치가 굉장히 높았다는 사실을 그제야 알았다. 당뇨는 관리만 잘하면 충분히 건강한 생활을 유지할 수 있는 병이라지만, 남편은 우유부단하고 의지가 약한 편이었다. 당뇨로 인해 몸이 안 좋아지면 안 좋아질수록 그는 화투판이나 포커판을 전전하면서 밖으로 돌기 시작했다.

한동안은, 당시 선풍적인 인기를 끌던 신세대 언더웨어 사업체를 성공적으로 운영하면서 집도 사고 땅도 살 수 있었다. 그러다 남편이 뒤늦게 건축업에 손대기 시작하면서 또 다른 위기가 찾아왔다. 그녀의 반대에도 불구하고 시작한 건축업은 결국 동업자의 사기로 막을 내렸고, 보유 중이던 땅은 물론 집까지 경매에 넘어갔다. 이때의 충격으로 남편은 지병인 당뇨가 악화되어 아예 몸져누웠다. 설상가상으로 맏딸이 대입시험에 낙방해 재수를 하게 되면서, 박재란은 남편을 대신해 가장 역할에 나서야 했다. 집안 전체에 우울한 그림자가 드리워졌다. 낙심해 자리보전하고 있는 남편과 고단한 입시 준비를 다시 시작하는 딸, 그리고 아직 사춘기 소년이었던 아들을 뒷바라지하는 내내 그녀는 아침에 잠에서 깨어나자마자 공복에 맥주를 마시지 않고서는 하루를 시작할 수 없을 정도였다. 취하지 않고는 버티기 힘든 세월이었다.

실은 결혼 생활 내내 이들 부부에게는 대화가 거의 없었다. 남편은 어느 순간부터 아내가 무엇을 원하는지, 어떤 것을 좋아하는지 전혀 관심이 없었다. 결혼 전 그녀에게 구애하던 열정적인 청년은 사라지고, 자신이 하고 싶은 일에만 매달리는 무관심한 남편이 있을 뿐이었다. 어느 날은 공허하고 분한 마음을 달랠 길 없어 백화점에서 수백만 원어치 명품가방을 사왔지만 남편은 그런 돌발행동에도 무반응이었다. '무관심', '방치', '결핍', '고립', '적막'. 박재란이 느끼는 결혼 생활은 그렇게 요약될 수 있었다.

삼십대 중반부터 사십대 후반까지는 그토록 좋아하는 꽃을 보아도, 산을 보아도, 나무를 보아도 눈물만 줄줄 흘러내릴 뿐이었다. 욕실 청소를 하면서도, 설거지를 하거나 걸레를 빨면서도 고장 난 호스처럼 눈물이 새어 나왔다. 좋고 즐겁고 행복하고 신나는 감정이라는 것은 좀체 느껴 볼 수 없었다. 어느 순간에는 자신이 도인이라도 된 것처럼 느껴지기도 했다.

'인생…… 참 부질없구나. 이젠 화도 나지 않고, 재미난 것을 하고 싶지도 않고, 돈 욕심도 안 나고, 예쁜 옷도, 맛있는 것도 다 소용없구나.'

애착과 욕구가 사라진 건, 도인이 되어서가 아니라 일종의 만성 우울증이었다. 나중에야 깨달은 사실이다.

그럼에도 불구하고, 친구의 배신과 사업 실패로 남편의 건강이 더욱 악화되자 박재란은 성심을 다해 간호에 매진했다. 완벽주의에 가까울 정도로 꼼꼼한 그녀의 성격도 성격이었지만, 그래도 애들 아빠였기 때문이다. 자식들을 아비 없는 자식으로 만들기 싫었다. 끝까지 붙들고 싶었고, 최선을 다하고 싶었다.

"여보, 우리 뒷산에 산책 가자."

"여보, 우리 자전거라도 타 보자."

"여보, 러닝머신에서 조금이라도 걸어 봐."

좀처럼 운동에 의욕이 없는 남편을 어떻게라도 움직이게 하고 싶었다. 당뇨에 운동만큼 좋은 것이 없기 때문에 규칙적인 운동만으로도 호전될 수 있지 않을까 기대했다. 그러나 남편은 그녀의 기대처럼 움직여 주지 않았다. 남편의 몸은 서서히 석고처럼 굳어 갔고 더 이상 혼자 힘으로는 일어서거나 앉을 수도 없는 지경에 이르렀다. 그녀는 끝까지 희망을 놓지 않고 기도하며 간호했지만, 결국 2006년 7월, 남편은 거짓말처럼 갑자기 세상을 등지고 말았다.

전 남편을 땅에 묻던 날, 태양은 매섭도록 따가웠다. 땀이 비 오듯 하고 얼굴이 녹아 내릴 것 같은 날씨였지만, 그런 건 아무래도 상관없었다. 육체와 정신이 분리되어 생각의 세계로만 빠져들었다. 집으로 돌아온 박재란은 씻지도, 먹지도 않고 침대에 누웠다. 결혼 생활 27년, 남편의 병수발 14년. 그 세월의 막이 내린 날, 그 세월의 무게가 무거운 납덩이처럼 가슴을 짓눌렀다. 그토록 건조하고 외로웠던 결혼 생활 내내, '오직 피해자는 나'라는 생각으로 우울과 불만에 가득 차 살았는데, 남편을 땅

1부 그 남자&그 여자—이 부부의 특별한 여행

에 묻는 순간 남편도 이 결혼 생활의 피해자였을 수 있다는 생각이 번쩍 들면서 일순간에 멍해지고 말았다.

'왜 모든 것은 지나고 나서야 선명해지는 걸까……. 왜 그 과정 중에는 깨닫지 못하는 걸까…….'

견딜 수 없는 회한과 죄책감이 그녀의 가슴을 갈고리로 긁어 내는 것 같았다. 사랑이 연민의 모양을 띠거나, 미움의 형태로 나타나는 둘 중 하나라면, 그녀는 줄곧 미움의 가면을 쓰고 사랑을 했다. 실은 너무도 사랑받고 싶고, 사랑하고 싶었다. 너무도 관심 받고 싶고, 관심을 쏟고 싶었다. 그러나 그 본능적인 욕구가 거세되어야만 했던 지난날은 결국 스스로 감당할 수 없는 거대한 회한으로 남을 뿐이었다. '내 젊음을 저당 잡혔던 세월이 이렇게 지나가고야 말았구나…….' 이 순간만큼은, 세상의 모든 시간과 상관없이 그녀의 시간이 차갑게 정지된 순간이었다.

공항에서의 통곡

한 달 후, 아들이 호주에 사는 사촌도 방문할 겸 여행을 다녀오겠다며 집을 나섰다. 그동안 집이 세상의 전부인 양 두문불출했던 박재란은 제부의 손에 이끌려 겨우겨우 아들을 배웅하러 따라나섰다. 공항으로 향하는 차창 밖의 세계는 발 한 번 디뎌 본 적 없는 달나라만큼이나 낯설었다. 멋진 옷차림으로 활기차게 걸어 다니는 사람들, 배기가스를 내뿜으며 분주하게 오가는 차량들……. 세상은 그녀가 겪어 온 일들과는 상관없이 무심하게 잘도 돌아가고 있었다. 세상은 고통 없는 사람들의 몫이었고, 그런 세상에서 패자의 삶은 철저한 소외의 대상 같았다.

어느새 공항에 도착했다. 제멋대로 헝클어진 머리, 집에서 입고 있던 옷 그대로 대충 재킷 하나만 걸치고 나온 그녀는 아들이 출국 수속을 밟는 동안 멍하니 의자에 앉아 기다리고 있었다. 그때였다. 초점 없이 허공을 향하던 시야에 한 여자가 들어왔다. 일순간 주변의 모든 것들이 안개처럼 희미해지고 아무 소리도 들리지 않는 가운데 저 멀리 흰 옷을 입은 한 여성이 클로즈업되어 보였다. 자신도 모르게 누군가의 이름을 부르며 용수철처럼 의자에서 벌떡 일어난 것도 바로 그때였다.

"○○야!" 박재란은 갑자기 그녀를 향해 뛰어갔다. 10년 만에 다시 보는 동창이었다. 중학교 때도 같은 반 짝꿍, 고등학교 때도 같은 반 짝꿍이었던 친구였다. 10년만에, 아들을 배웅하러 나온 그 공항에서, 그 많은 사람들 사이에서 다시 친구를 만난 것이다. 믿기 힘든 우연이었다.

믿기 힘든 일은 거기서 그치지 않았다. 생각도 멈추고 감정이란 것도 사라진 채 근 한 달을 거의 진공 상태나 다름없이 지냈던 박재란은, 무슨 영문인지 10년 만에 기이한 우연으로 다시 만난 친구를 붙잡고 펑펑 눈물을 쏟기 시작했다. 저마다 분주한 공항의 인파 한가운데에서 까닭을 알 수 없는 통곡과 오열이 이어졌다. 출국 수속 중이던 아들도, 갑자기 누군가에게 이름이 불리자마자 눈앞에 10년 전 친구를 마주하게 된 동창도, 박재란과 동행했던 제부도 모두 영문을 모른 채 그녀의 통곡을 말없이 지켜볼 수밖에 없었다. 멍하고 지루한 진공 상태가 끝났음을 알리는 신호와 같은 울음이었다.

호주에서 여행 가이드로 활동하던 친구 입장에서도 오랜만의 입국길에 친구와 마주친 것이 뜻밖이기는 마찬가지였지만, 10년 만의 재회에

1부 그 남자&그 여자—이 부부의 특별한 여행

대한 반가움보다도 친구에 대한 걱정이 더 앞섰다. 이름을 부르며 달려 오자마자 자신을 붙들고 오열하는 친구 박재란의 형편이 심상치 않음을 감지한 그녀는, 우선 볼일을 마치고 저녁에 박재란의 집으로 찾아가겠다고 약속을 했다.

※ ※ ※ ※

10년 만의 재회였지만 두 사람은 마치 어제 헤어졌다 다시 만난 사이 같았다. 박재란의 집에서 밤을 지새우며, 친구는 그녀의 27년 결혼 생활에 깊숙이 스며든 회한의 눈물들을 고스란히 받아주었다. 10년 만에 공항에서 다시 만난 자신을 붙잡고 오열한 친구의 가슴속 응어리가 한 순간에 풀릴 수야 없겠지만, 마치 어떤 투정이든, 어떤 짜증이든 그저 다 들을 준비가 되어 있는 사람처럼 말없이 고개를 끄덕이기만 했다. 다음 날 아침, 친구가 말했다. "재란아, 내가 요즘 몰디브 여행 상품을 개발하고 있는데 한번 같이 가 볼래?"

아무것도 보고 싶지 않고, 아무 데도 가고 싶지 않아 몇 번이나 거절했다. 그러나 친구는 알아서 비행기표를 끊고 강제하다시피 박재란을 몰디브로 데리고 갔다.

※ ※ ※ ※

그렇게 도착한 몰디브는 하늘과 바다가 하나인 곳이었다. 옥빛 바다와 옥빛 하늘. 바다와 하늘의 경계를 찾을 수 없었다. 야자수와 꽃들은 그 자태를 한껏 뽐내고 있었고 바람이 불어도 나뭇잎만 흔들릴 뿐 바닷물결은 한없이 잔잔했다. 움켜쥐기조차 힘들 만큼 부드럽고 고운 모래알갱이로 모래사장은 드넓게 펼쳐져 있었다. 천국이 있다면 이런 모습일까. 하지만 이내 그 천국과 자신이 무슨 상관인가 싶었다. 평온하고 즐겁고 여유로운 분위기에 주위 사람들은 흠뻑 취해 있었지만, 박재란은 그런 분위기에 좀처럼 젖어들 수가 없었다. 근심거리라고는 찾아볼 수 없는 여행지에서조차 마음은 신산하고 인생이 덧없게만 느껴졌다. 바다로 뛰어들어 사라져 버리고 싶은 충동이 불쑥불쑥 일었다. 몇 날 며칠, 불면의 밤은 이어졌다. 이런 그녀를 줄곧 지켜보고 있던 친구가 어느 날 밤, 말을 꺼냈다.

"재란아, 내가 호주 이민 사회에서 만난 사람이 한 명 있는데…… 내가 좋아했던 남자야. 그런데 그 사람은 나를 여자로도 안 봐. 참 괜찮은 사람이야. 마음이 열려 있고, 순수하고, 권위적이지도 않고, 예술적인 감각도 있고, 스포츠도 잘하고…… 지금까지 결혼은 한 번도 한 적이 없어. 내가 소개해 줄 테니 한번 만나 봐."

"얘, 이 나이에 과부가 되면 거저 얻은 자유라는데 내가 또 남자를 만나 고생할 일 있니? 나는 아무 생각 없다."

"아냐, 재란아. 그 사람 정말 괜찮은 사람이라니까. 한번 만나기만 해봐. 그런데 한 가지만 미리 말해 두자면, 그 사람…… 돈은 없어. 정말 하나도 없어……. 그리고…… 과거에 연애 경험도 많고…… 그리고 좀 까칠해. 그런데 너도 까칠하니까 오히려 극과 극이 만나서 더 잘 어울릴지도 몰라."

　'말도 안 되는 소리!' 단호하게 생각하며 모른 척하려 했다. 그러나 몰디브에서 지내는 내내 매일 '그 남자'에 대한 이야기를 듣다 보니, 어느새 '그 남자'에 대한 호기심이 박재란의 마음속에 조금씩 싹트기 시작했다.

그 남자 & 그 여자

'북엇국' 첫 데이트

2006년 1월 덕수궁. 아직은 겨울바람이 매섭던 어느 날, 주홍색 원피스와 흰 재킷에 파란 바지를 각각 차려입은 박재란과 김선욱의 첫 만남이 이루어졌다. 서로에게 느낀 첫 인상은 두 사람 모두 한마디로 '황'이었다.

'남자가 왜 저렇게 가벼워 보일까……'

'고생을 많이 해서 그런가, 얼굴이 피곤에 찌들어 보이네……'

별 감흥이 없었다. 그런데 박재란은 감흥이 없으니까 오히려 자연스럽고 편하게 대화를 풀어 갈 수 있었다. 그런 그녀의 재기 있는 말솜씨와 진솔한 인간미에 김선욱은 자기도 모르게 매료되어 갔다. 그녀가 무슨 이야기를 해도 서로 맞장구를 칠 수 있었고, 고개가 끄덕여졌다. 반면 여전히 뚜렷한 확신이나 감정의 동요 없이 대화를 이어 가던 박재란은 헤어질 시간이 되어서야 김선욱의 환한 웃음이 눈에 들어왔다. "다음에 또 봐요!"라는 인사와 함께 활짝 웃는 얼굴로 떠나는 그의 모습이 은근히 마음에 남았다. 그리고…… 그의 전화를 기다리기 시작했다.

데이트가 이어졌다. 첫 만남 이후, 첫 번째 정식 데이트. 역시나 대화는 막히는 곳 없이 이어지고 서로 통하는 부분도 많았지만, 박재란은 한 가지 못마땅한 게 있었다. 첫 데이트가 끝나고 그녀는 소개를 해 주었던 친구에게 쏘아붙였다.

"아무리 그래도 어떻게 첫 데이트에 5천 원짜리 북엇국을 사 줄 수가 있어? 한정식 집은 못해도 이태리 레스토랑에라도 가야 하는 거 아냐? 쉰이 넘었어도 여자는 여자라고!"

쉰 살의 첫 데이트, 북엇국 대접에 마음이 상한 박재란의 불평을 친구는 오히려 퉁명스레 되받았다.

"야, 네가 사 주지 그랬어?" 그러고는 말을 이었다.

"내가 분명히 그랬잖아. 그 사람, 돈은 없다고. 너랑 데이트하려고 나한테서 돈 꿔 갔어. 그리고 재란아. 너도 이제 살아 볼 만큼 살았잖아. 네가 그 사람이 좋고, 그 사람보다 돈이 있으면, 네가 좀 돌봐 주면 안 되겠니?"

듣고 보니 맞는 말이었다. 지천명이 넘은 나이에, 이토록 생각이 열려 있고, 무오염, 무공해, 청정의 존재로 남아 있는 남자는 본 적이 없었다. 북엇국 사건도, 어쩌면 그에겐 '데이트는 이러이러해야 한다'는 고정관념이나 정답, 허식이 없기 때문에 가능한 일인지도 몰랐다. 신선하게 다가오는 사람이었다. 지금껏 메마른 사막 한가운데 내버려져 있기만 하던 그녀에게, 김선욱은 어디선가 불어오는 산들바람 같은 존재였다.

'그 남자' 김선욱은 지구 반대편, 한국의 봄 · 여름 · 가을 · 겨울과는 정반대의 순서로 사계절이 흐르는 땅에서 박재란과는 판이하게 다른 삶을 살아 오고 있었다. 그는 일본 종합상사의 서울지사에서 사회생활을 시작해 무역업에 발을 들이게 되었고, 이를 계기로 한때 고가의 가구 수입회사를 운영하면서 성공 가도를 달렸다. 그러나 성공은 생각만큼 오래가지 못했다. 가구 수입업이 사치 업종으로 분류되어 정부의 극심한 규제 대상이 되면서 각종 정책들에 철퇴를 맞아, 결국 1986년 모든 사업을 정리하고 쫓기듯 호주로 이민을 떠나게 된 것이다. 백인 중심 사회에서 동양인 이민자라는 마이너리티가 접근할 수 있는 직종은 많지 않았다. 청소, 제빵 배달, 전자제품 입출고, 쇠고기 수출업까지 할 수 있는 일이라면 뭐든 가리지 않고 달려들었다.

호기심이 많고 누구와든 대화를 즐기는 성격이어서, 일을 하면서도 좋은 친구들을 많이 만났다. 언젠가 청소 업체에서 일할 때였다. 그는 어느 날 우연히 회사 사장의 동생 데이비드 피드콕David Pidcock과 이야기를 나누게 되었다. 데이비드는 해외 각지를 여행하면서 많은 아시아인들을 만나 보았고, 언어 소통이 되지 않을 때 어떤 어려움이 있는지 헤아리고 있었기에 김선욱에게 각별한 관심을 갖고 있던 사람이다. 대화 중 서로 잘 통하는 면이 있음을 발견하게 된 두 사람은 회사의 컴퓨터 프로그래머 두 명과 함께 매주 수요일 저녁 스쿼시를 한 후 함께 식사하는 모임을 정기적으로 갖게 되었다. 모임이 점점 번창해 한때 회원이 스무 명까지 늘어난 이 모임을 통해 그는 호주 사회의 다양한 사람들을 접하며 친구가 되었고, 서로의 집에 돌아가며 방문하여 식사나 파티를 하는 등 행복한 시간을 보냈다.

그가 호주 친구들과의 교류에서 가장 인상 깊게 느낀 것은 두 가지였다. '솔직함'과 '재미Fun'. 집단 속에서 호불호에 대한 개인의 명확한 입장을 드러내는 것을 은연중에 금기시하는 일본이나 한국 문화에 비해, 자신의 의견이나 입장을 거리낌 없이 솔직하게 표현하는 호주 사람들의 문화에 그는 몹시 매력을 느꼈다. 내키지 않으면서도 겹겹이 입고 있던 무거운 옷들을 벗어 버리는 자유로운 느낌이었다. 게다가 일하기 위해, 돈을 벌기 위해 사는 것이 아니라, 삶을 즐기고 누리기 위해 일을 하고 돈을 버는 'Fun 위주의 삶'은 그의 삶에 결정적인 전환점을 마련해 주었다. 인생을 바라보는 관점의 방향을 역으로 바꾸자 그곳엔 오히려 더 큰 의미가 자리 잡고 있었다. 혹시 모를 미래의 사건들에 대비하기 위해 현재를 유보한 채 저축을 하고 집을 사는 길을 따르는 대신, 그는 '지금을 온전히 누리는' 삶을 택했다. 현재를 유보하지 않는 것이 미래를 위한 가장 큰 저축이라는 생각이 들었다. 지금을 누린다는 것이 노상 술이나 마시고 향락을 즐기는 삶은 결코 아니다. 현재를 누리면서 좀 더 긍정적으로 자신을 변화시킬 수 있는 방법으로 김선욱이 선택한 것이 바로 '스포츠'와 '여행'이었다. 이런 선택의 첫 번째 기준은 물론 '재미'였다. 재미있어야 할 것! 본래 몸치에 가까운 그였지만, 동시에 그의 호기심이 발동한 것이다. 그는 스노우스키, 수상스키, 수영, 요트 등을 차례차례 배워 나갔다. 또한 틈 나는 대로 계획을 세워 세계 50여 개국을 여행하며

일본 홋카이도 서부 니세코에서의 겨울 스키. 바람을 정면으로 맞으며 언덕을 활강할 때면 온몸의 근육과 영혼이 하나로 뒤섞이는 느낌이 든다.

다양한 사람들과 문화를 만났다. 젊은 시절부터 독학으로 연마한 영어와 일본어가 큰 힘이 되었다. 한번은 그보다 몇 배나 많은 연봉을 받는 한 친구가 그에게 이렇게 말했다. "너는 나보다 훨씬 돈이 없는데도 백만장자처럼 사는구나."

돈이 없어도 '백만장자처럼' 사는 삶은 가능하다. '백만장자처럼 산다'는 건 무슨 뜻일까. '부족한 것 없이 행복하게 사는 삶'을 의미하는 것이라면, 그 방법은 정말 간단하다. 자신이 가장 좋아하는 것을 가지고 '누리는' 법을 배우면 되니까. 호주 생활을 통해 김선욱이 깨달은 '재미Fun 이론'의 또 하나의 핵심 요소는 '기능Function'이다. '재미Fun'가 있어야 '기능Function'도 제대로 살아나고 최대한 발휘된다는 것이다. 재미 따위

1부 그 남자&그 여자―이 부부의 특별한 여행

호주에서의 수상 스키.

는 느낄 틈도 없이 인생을 너무 바쁘게만 살고, 사람을 볼 때도 손익득실만 따지다 보면 자기 자신을 돌아볼 틈이 없는 것은 물론, 의미도 재미도 붙잡기가 쉽지 않다. 재미있게 살다 보면 의미 있는 일도 할 수 있게 된다고 그는 믿었다.

'재미'와 '기능'에 모두 충실하기 위해 그가 가장 중요하게 생각한 것은 사람들 간의 깊은 교류와 교감이었다. 한번은 낙천적이기 이를 데 없는 이탈리아 친구가 스노우스키를 타다가 척추가 부러지는 부상을 당했다. 목 아래로는 조금도 움직일 수 없게 되어 낙심해 있는 친구를 위로해 줄 방법을 찾다가, 그는 다른 친구들에게 편지를 쓰기로 했다. 그의 진심이 담긴 편지를 받아 본 친구 수십 명이 모여 다친 친구를 위해 병원에서 깜짝 파티를 열어 주었다. '재미'를 중심으로 출발한 생각이 '진심이 담긴 위로'도 만들어 낸 것이다. 또 언젠가 라오스를 여행할 때였다. 전혀 말이 통하지 않지만 유난히 눈빛이 맑은 현지인이 한 사람 있었다. 손짓 발짓으로 서로 대화를 하던 중 현지인이 자신의 집에 와서 하룻밤 묵으라는

여행을 떠나는 데 가장 필요한 것은, 가고자 하는 '마음' '열정' 그뿐이다.

메시지를 손짓으로 전했다. 다른 일행들은 어떻게 그 말을 믿을 수 있느냐며 김선욱을 말렸지만, 그는 현지인의 맑은 눈빛을 믿는다며 지인들을 안심시켰다. 결국 그는 그 집에서 하룻밤을 편안히 묵었고 다음 날 아침에는 근사한 아침 식사까지 대접받았다. 여러 나라를 여행하면서, 말이 아닌 영혼으로 교류할 때의 감동을 경험한 것은 한두 번이 아니었다.

이렇듯 김선욱은 재미가 있어야 의미도 있다는 좌우명을 가지고, 당면한 하루하루를 최대한 즐기고 누리며 살아온 사람이었다. 이와 달리 박재란은 한 사람의 아내이자 어머니로서 책임과 의무에 최선을 다하느라 자신의 오늘을 유보하고 저당잡힌 채 살아 왔다고 해도 과언이 아니다. '북엇국 첫 데이트'는 어쩌면, 이렇게 달라도 너무 다른 두 사람의 지

1부 그 남자&그 여자—이 부부의 특별한 여행

나 온 세월이 마주치며 일어난 첫 번째 해프닝이었는지도 모른다.

하지만 그래도 나쁘지 않았다. 게다가 그날은 마침 호주에서의 생활을 정리하고 한국으로 돌아온 김선욱이 이곳저곳 일자리를 알아보다 스리랑카 대사관의 노무관으로 취업이 결정된 날이기도 했다.

"재란 씨, 왠지 느낌이 좋아요! 제가 다시 한국에서 직장을 얻은 날 이렇게 재란 씨와 데이트를 하게 되다니!"

두 사람의 인생의 태양은 어느덧 중년에서 노년을 향해 가고 있었지만, 새로운 인연에 대한 기대와 설렘으로 뛰는 가슴은 청춘의 태양을 향해 조금씩 걸음을 옮기고 있었다. 김선욱과 박재란, 각각 쉰다섯과 쉰이 되던 해의 일이었다.

다시 오지 않을 꿈같은 신혼

늦바람이 무섭다더니, 늦사랑도 무섭다. 사랑이 이 늦은 나이에……다시 설렘이 찾아온 것도 신기한데 이토록 서로 절실할 줄이야. 하긴, 사랑에 '늦은 나이'가 어디 있겠는가. 27년간 결혼 생활을 했던 박재란도, 쉰다섯이 될 때까지 다양한 연애 경험이 있었던 김선욱도, 이런 기분은 처음이었다.

만난 지 한 달 만에 혼인신고를 했다. 신혼여행 차 두 달 만에 다시 찾은 몰디브는 박재란에게 전혀 다른 색깔로 와 닿았다. 푸른 하늘이 푸르게 보였고, 파란 바다가 파랗게 보였다. 야자수의 흔들림도 눈에 들어왔고, 발가락을 간질이는 모래사장의 촉감도 느껴졌다. 새소리도 들렸다.

보고 있어도 보이지 않던 것들이 생생하게 살아 움직이며 입체적으로 느껴지기 시작했다.

"재란 씨! 들어와 봐요! 에이, 겁먹지 말고 그냥 들어와!"

물개처럼 수면 위아래를 넘나드는 김선욱이 물 앞에서 망설이는 박재란을 향해 외쳤다. 물을 무서워하는 데다가 개헤엄조차 엄두를 못내는 그녀였지만, 두 눈 꼭 감고 물속으로 첨벙 뛰어들었다. 그래도 괜찮을 것 같았다. 그의 팔을 붙들었다. 물에 대한 공포가 눈 녹듯 사라졌다. 발이 바닥에 닿지 않는 곳에서도 안전하다는 느낌이 들었다. 두 발은 수중을 헤매면서도, 어딘가에 든든히 서 있다는 깊은 안정감이었다.

쉰다섯에 처음으로 결혼이란 것을 하게 된 김선욱은 자신의 모든 여가 생활을 아내와 함께하기로 마음먹었다. 홀로 하는 여가 생활은 지겹도록 해 보았으니, 이제 다른 누군가를 위해 자신을 내어주는 경험을 해 보고 싶었다. 이미 결혼 생활 2~30년 차에 접어들어 무료함과 지루함을 느끼던 또래의 친구들은 그를 두고 3개월 또는 5개월이면 그런 결심에서 헤어 나오게 될 것이라고 장담을 했다. 하지만 친구들의 예언은 정확히 빗나갔다. 1년, 2년…… 5년이 지나도록 꿀맛 같은 신혼 생활이 이어졌다.

김선욱은 누군가와 깊은 연을 맺고, 때론 힘겹고 때론 다투면서도 관계를 위해 끝까지 애쓰는 그런 경험을 젊은 시절부터 해 보지 않은 게 후회스러웠다. 그러한 노력, 즉 한 사람을 포기하지 않고 끝까지 사랑하는 노력은 먼 훗날 인생에 남을 가장 아름다운 열매를 위해 씨앗을 뿌리고 물을 주는 과정이었다. 너무 늦은 깨달음이었지만, 그 늦은 깨달음을

김선욱과 박재란, 남은 생의 배필이 되어 함께 찾은 몰디브.

만회라도 하려는 듯 그는 정확히 퇴근 시간이 되면 회사를 나와 무조건
집으로 향했다. 박재란 역시 그의 퇴근 시간만 되면 창문을 내다보며 먼
발치에서 설레는 마음으로 그를 기다렸다.

　오랜 싱글 생활 끝에 경험한 결혼 생활은 김선욱에게 감탄의 연속이
었다. 아내는 살림의 달인이었다. 셔츠며 바지를 풀을 먹여 빳빳하게 다
려 주고, 노총각 국물이 묻어나던 양말이며 속옷은 모두 새하얗게 변신
시켰다. 아내의 손을 거치고 나면 궁중 음식 못지않은 요리가 탄생했다.
이민 생활 20년을 혼자 지내면서 불규칙한 식사로 장이 좋지 않았던 그
는, 결혼 후 얼마 지나지 않아 즐겁게 화장실에 드나들 수 있게 되었다.
모든 걸 함께할 수 있고 대화할 수 있는 아내, 살림의 달인 아내. 그런

여인의 사랑을 받을 수 있는 나날들은 지금껏 경험해 보지 못한 천국이었다.

결혼 생활이 이제까지 경험해 보지 못한 새로운 세계였던 것은 박재란 입장에서도 마찬가지였다. 박재란이 살림의 달인이라면 김선욱은 표현의 달인이었다. 김선욱은 끊임없이 아내를 칭찬하고, 그가 얼마나 아내를 아끼고 사랑하는지 쉬지 않고 표현했다. 그녀 스스로 자신의 좋은 점을 발견하지 못하고 있던 것과 달리, 김선욱의 눈에는 그녀의 작은 장점까지도 고스란히 들어왔다. 진솔함, 삶의 지혜, 살림 솜씨, 사람에 대한 통찰, 자연에 대한 사랑, 그 모든 것이 김선욱의 눈에는 칭찬과 자랑의 대상이었다. 박재란에게 그런 김선욱의 찬사와 감탄은, 여성으로서의 자존감과 정체성을 온전히 회복시켜 주는 치유의 매개체였다. 어둡고 고단했던 과거에 대한 기억으로 울적한 심정에 자주 젖어들곤 했던 그녀에게, 그의 존재는 어둠을 몰아내고 빛을 만들어 내는 존재였다. 그를 만나면서, 박재란은 "아, 인생이 이렇게 회복될 수도 있구나!" 하고 느꼈다. 온전히 자기다워지는 자유를 경험할 수 있었다.

김선욱은 퇴근 후면 매일 아내와 함께 집 근처의 도봉산으로 향했다. 도봉산 중턱에서 도시락으로 저녁을 먹고 지는 해를 바라보며 노래도 부르고 시도 읊었다. 어두운 밤을 틈타 계곡물에서 옷을 다 벗은 채 어린 아이들처럼 물장구를 치며 놀기도 했다.

어느 날, 도봉산에서 내려와 버스를 탈 때였다. 버스 요금을 내려고 보니 김선욱의 주머니에 지갑이 없었다. 먼저 버스에 올라 뒷자리에 가서 앉은 박재란을 향해 그가 물었다. "여보! 지갑 어디다 놓고 왔을까?"

뒷자리에 앉은 아내가 얼떨결에 외쳤다. "아유! 아까 도봉산에서 바지 벗었던 자리, 거기에 놓고 왔나 봐!"순식간에 벌어진 대화였다. 수습 불가. 피식, 피식, 곳곳에서 바퀴에 바람 빠지는 웃음소리가 들렸다. 가까스로 버스를 빠져나온 두 사람은 깔깔깔깔 배를 잡고 웃어댔다. 도봉산은 그들에게 에덴동산 같은 곳이었다.

이보다 더 행복할 순 없었다. 남들은 가진 것 하나 없는 남자랑 사는 것이 무슨 재미냐고 하지만, 두 사람이 더 나이 들면 어쩔 거냐고 짐짓 걱정해 주는 척하지만, 경제적으로 풍족할 때에도 누려 보지 못한 행복이었다. 없어도 좋았다. 자유로웠다. 사랑으로 인해 '내가 나다워질 수 있음'을 두 사람은 서로로 인해 경험하고 있었다.

그러나 꿈같은 행복은 그리 오래 가지 않았다. 이런 것이 인생의 법칙인가. 달콤한 행복에는 왜 언제나 유통기한이 정해져 있고, 인간은 왜 그토록 자주 거친 들판으로 내몰리는가.

항암치료, 회색빛 날들

2010년 11월 항암치료가 시작되었다. 통증을 느낀 지 한 달여 만에 폐암 4기라는 진단을 받았고, 진단을 받은 지 열흘 만에 시작된 항암치료였다. 두 세트씩 네 번, 한 번에 두 시간 반가량 항암 주사를 맞아야 했다. 항암치료를 한 번 하고 나면 온몸이 무기력해지면서 아무것도 할 수 없었다. 항암치료에서 흔히들 겪는다는 구토 증세는 다행히 없었지만 몸 이곳저곳에 발진이 생기고 몸은 점점 야위어 갔다. 언제나 에너지가 넘치고 사람 만나는 걸 좋아하던 김선욱이었지만 항암치료 후 무기력한 상태에서는 친구조차 만나기 싫었다. 치료를 마치고 집에 돌아와 하는 일은 누워서 텔레비전을 보는 것뿐이었다. 텔레비전 내용은 하나도 머리에 들어오지 않았다. 무거운 마음, 적막한 공기를 가르고 무엇이든 주의를 시끄럽게 환기시켜 줄 것이 필요했다. 지루했다. 갑갑했다. 무기력했다. 그러나 다른 수가 없었다. 텔레비전의 세계가 그나마 현실에서 도피할 수 있는 유일한 탈출구였다. 깔깔깔 웃는 텔레비전 속 개그맨들을 멍하니 바라보며 몇 날 며칠을 보냈다. 이 무기력의 끝은 어디일까. 이제 이 작은 사각형의 방 안에서 텔레비전 주인공들의 삶이나 바라보는 것이 내 세계의 전부일까.

집 안에 틀어박혀 무기력해진 남편을 바라보는 박재란에게는, 이 모든 것이 과거의 재현처럼 다가왔다. 또 다른 악몽을 꾸는 것 같았다. 당뇨가 악화되면서 삶의 의욕과 의지를 점차 잃어 간 전 남편을 14년간 바라봐야 했던 그녀로서는 두 번 다시 되풀이하고 싶지 않은 과정이었다. 상처는 왜 항상 반복되는 것일까?

하지만 가만히 지켜보고만 있을 수는 없었다. 흘러가는 세월이 너무 아까웠다.

"당신이 다리 밑에 들어가 거지 노릇을 하면 나도 같이 깡통을 들고 앉아 있을 거야. 그런 게 부부야."라고 단언했던 박재란이다. 언젠가 그녀는 신혼 초에 이렇게 말하기도 했다. "여보, 당신이 나보다 먼저 죽어야 해……." 뜬금없는 아내의 말에 놀라기도 하고 서운해지기도 한 김선욱이 물었다. "왜? 당신은 나보다 더 오래 살고 싶어?" 박재란이 남편을 애처로이 바라보며 대답했다. "아니…… 그게 아니라…… 나는 아들도

1부 그 남자&그 여자─이 부부의 특별한 여행

있고 딸도 있잖아. 그런데 당신한텐 아무도 없잖아. 내가 먼저 죽고 나
면 누가 당신을 건사하겠어……. 그러니 당신이 먼저 죽어야 해…… 내
가 잘 건사해서 당신 먼저 보내 주고 나도 곧 뒤따라갈게…….” 미처 생
각지도 못했던 아내의 대답에 김선욱은 자기도 모르게 눈시울이 뜨거워
졌다. 속 깊은 사랑이었다. 박재란은 이제, 그렇게 자신의 몸이라도 모두
내어 주고 싶은 남편을 위해 무엇이라도 해야 했다. 어쩌면 전 남편에게
마음으로 못다 한 사랑을 갚을 마지막 기회가 주어진 것인지도 모른다
는 생각이 들었다.

　가만히 있을 수가 없었다. 그녀는 남편을 밖으로 끌어냈다. 일단 한
걸음을 밖으로 옮기는 것이 무기력에 빠져 있는 환자에게는 대단한 시
작이라는 것을 그녀는 잘 알고 있었다. 뒷산에 올랐다. 천천히 걷기 시작
했다. 늘 오르던 산이었는데, 암 진단 이후의 김선욱에겐 전혀 다른 느낌
이었다. 산 전체가 보이는 것이 아니라 그 산을 이루고 있는 작은 생명
체들이 눈에 들어오기 시작했다. 이른 봄, 싹을 틔우는 나뭇잎과 새싹들
이 “나는 살아 있다.”고 자기들끼리 소곤거리고 있는 듯했다. 자연의 순
환을 머리로는 알고 있었지만, 이렇게 한순간에 그 실체가 느껴지기는
처음이었다. 겨우내 죽은 듯 보이던 갈색 잎들이 다시 녹색의 생명력으
로 피어오르고 있었다. 김선욱 자신도 자연의 일부라는 것이 확연하게
깨달아졌다. ‘그래, 내가 아직 살아 있구나. 나도 다시 피어오를 수 있겠
구나.’ 무심코 지나치던 나뭇잎 하나로 인해 이토록 희망을 느껴 보긴 처
음이었다.

　그렇게 뒷산 산책을 시작으로 도봉산도 가고 북한산도 가고 칠봉산도

가게 되었다. 조금씩 등산 시간을 늘려 갔다. 산책을 하던 어느 날 박재란이 말했다.

"여보, 우리 예전에, 당신 은퇴하면 자전거 여행 가자고 했었잖아. 우리, 그 여행 지금 가면 어떨까. 본격적으로 생각해 보자."

산과 들을 좋아해 종종 캠핑을 떠나곤 했던 두 사람은 김선욱의 은퇴 후인 2014년부터 자전거로 세계 일주를 하자는 계획을 세워 두고 있었다. 시작은 유럽의 최북단인 노르웨이로 점찍어 두었다. 걷기 여행은 무료할 수 있고, 자동차 여행은 풍경을 충분히 음미할 수 없기에, 두 사람에게는 자전거가 최적의 도구였다. 오로지 '나의 힘'만으로 움직이는 두 바퀴, 얼마나 매력적인가!

아내의 한마디에 잠시 잊고 있었던 꿈이 다시 떠올랐다. 암과 함께 일상은 물론 모든 꿈이 무너져 내렸다고 생각했었는데. 그래, 언젠가 떠날 여행이라면 조금 앞당겨 떠난다고 큰일 날 것도 아니었다. 김선욱의 심장은 이제 물 대신 꿈으로 부풀어 오르기 시작했다. 짧고 강렬했던 무기력의 터널을 막 빠져나오는 순간이었다.

'물 흐르듯' 시작된 여행

무엇이든 한번 작정을 하면 거침없이 추진해 나가는 사람이 김선욱이었다. 암 진단 이후 '암 환자'라는 꼬리표에 얽매여 우울하고 갑갑한 일상이었는데, 자전거 여행을 떠올리기만 해도 한 줄기 희망이 느껴졌다. 2014년을 목표로 두긴 했지만, 그래도 지금부터 본격적으로 준비를 시작해야겠다고 마음먹으니, 삶에 활력이 돌아왔다. 그는 이 여행을 단지

두 사람만의 여행으로 만들고 싶지 않았다. 좀 더 많은 사람들이 함께하면 좋을 것 같았다. 지금까지 세계 곳곳을 여행하며 누구와도 금세 친구가 되고, 언제나 많은 사람들과 어울려 살아 왔던 경험에서 자연스럽게 우러나온 바람이었다. 여러 사람이 함께하면서 '함께 주인 되는' 여행이 되길 바랐다. 그러기 위해선 여행의 뜻을 널리 알리고 함께 준비할 사람들이 필요했다.

인터넷을 뒤지기 시작했다. 사실 어떻게 보면 '막무가내'고 '무작정'이었다. 하지만 그로서는 최선의 방법이었다. '진심이면 통한다'는 믿음이 있었기 때문이다. 이 믿음 역시 그간의 삶을 통해 경험적으로 깨우친 진리였다.

우선, 자전거 여행을 알리고 함께할 사람들을 모집하는 '창구' 역할을 해 줄 홈페이지부터 만들어야겠다고 생각했다. 최고의 웹디자이너들을 물색해 명단을 만든 뒤, 자전거 여행의 취지를 설명하며 도움을 구하는 이메일을 수십 통 뿌렸다. 그러나 답장이 도착한 것은 단 두 통. 둘 다 외국인들이었는데, 이메일을 몇 차례 더 주고받는 가운데 지금 당장 시작하는 일이 아니라면 일정을 장담하기 힘들어 자신이 없다며 포기했다.

하버드 대학, 스탠포드 대학 등의 학생처와 교수들에게도 이메일을 보냈다. 자전거 여행의 취지를 설명하며, 학생들 중에서 이 여행에 웹디자이너나 동원가로 동참할 사람이 있다면 소개를 해 달라는 내용이었다. 역시나 시간이 흘러도 답이 오지 않았다.

그러나 그는 포기하지 않았다. 시간이 흐를수록, 더 많은 사람들이 함께하면 좋겠다는 생각이 강렬해졌다. 암 진단 이후 무기력한 시간을 보내긴 했으나, 그 어둠의 터널에 빠져 있지 않고 일어나 달리려고 하는 자신을 누군가 응원하고 이해하며 함께 달려 준다면 더없이 힘이 날 것 같았다. 그런 여행을 통해 보다 많은 사람들이 용기를 낼 수 있다면 참 좋을 것 같았다. 우리를 낙망케 하는 시련이 어디 비단 암뿐이겠는가. 그러던 어느 날, 생각 끝에 자신이 암 환자라는 데 착안해 한국임상암학회에 도움을 요청해 봐야겠다는 생각이 들었다. 부랴부랴 편지를 보냈다. 시간이 꽤 지나도록 답장은 오지 않았다. 그렇게 다소 지루한 기다림이 계속되는 사이, 이내 그도 이곳저곳에 편지를 보냈던 일은 잠시 잊고 지내게 되었다.

※※※※

그렇게 몇 달이 흐른 2011년 3월, 마침 자전거 전시회가 열린다는 소식에 김선욱은 시간을 내 전시회를 찾았다. 그리고 그곳에서 뜻밖의 지인을 만나게 된다. 자전거 수입 회사에 근무하다가 회사를 그만두고 나와, 이제 막 자전거 잡지를 창간한 이였다. 암 진단을 받기 훨씬 전부터 알고 지내던 사이였고, 그래서 김선욱의 '은퇴 후 자전거 여행' 계획에 대해 이미 알고 있는 지인이었다.

"아니, 여기서 뵙다니! 자전거 여행 계획은 잘되어 가십니까?" 반가운 목소리로 악수를 청하며 지인이 물었다.

"아, 그게…… 실은 얼마 전 폐암 진단을 받고 치료를 하고 있어요. 안 그래도 자전거 여행을 하루라도 빨리 시작하고 싶어서 지금 준비 중이지요." 지인은 '폐암'이라는 말에 잠시 안타까운 표정을 짓기도 했지만,

이내 평정을 되찾고 일상적인 대화를 이어 갔다. 그렇게 짧은 대화를 뒤로하고 두 사람은 각자의 길로 돌아섰다. 그러나 우연의 옷을 입은 그날의 만남이 미래를 위한 복선이 될 줄은 미처 몰랐다.

그렇게, 지인과의 만남은 잊고 지내던 어느 날, 한 자전거 잡지사 기자로부터 연락이 왔다. 자전거 전시회에서 만난 지인의 회사 편집장이었다. "저희 잡지와 인터뷰 좀 하실래요?" 폐암 4기 진단을 받고도 꿈을 잃지 않고 자전거 여행을 계획하는 그에게 처음 들어온 인터뷰 요청이었다. 그렇게 해서, 아직 실행 단계에 이르기 전 날것 그대로의 '계획'과 '꿈'이 2011년 8월, 잡지 지면을 통해 처음으로 세상에 알려졌다.

수개월 동안 수십 군데에 이메일을 보내고 연락을 해 보아도 답장 한 줄 없어서 낙심하고 있던 차에 인터뷰 요청이 들어온 것이다. 이 인터뷰를 계기로 그는 자신감을 되찾았다. 막연하지만, 잘될 것 같다는 예감이 들었다. 그의 꿈과 비전에 분명 공명하는 사람들이 나타날 것만 같았다. 그는 다시 힘을 내서 문을 두드리기 시작했다. 주요 일간지 몇 군데에 자전거 잡지 인터뷰 기사와 함께 자전거 여행 계획을 소개하는 편지를 써서 보냈다. 얼마 지나지 않아, 신기하게도 그중 한 군데로부터 인터뷰 요청이 왔다. '인생 제2막'을 준비하는 사람들만을 집중 소개하는 기획 연재 코너였다. 인터뷰 말미에 그는 "아직 계획이 영글려면 여러 사람의 도움이 필요하다"는 것을 밝히고 "희망을 공유하는 여행을 함께 만들 기획자, 여행 관리자, 어떤 방식으로든 재능을 기부"해 줄 이들의 도움을 다시 한 번 요청했다.

뜻밖에도 언론을 통해 자전거 여행 계획이 세상에 알려지면서, '꿈'만 같았던 여행이 점점 현실로 피부에 와 닿기 시작했다. 그러던 가운데 마침 정기 검진 날짜가 되어 그는 다시 병원을 찾았다.

"선생님, 제가 은퇴 후 2014년에 노르웨이로 자전거 여행을 가려고 계획하고 있는데…… 그때 가는 게 가능할까요?"

김선욱은 자신의 몸 상태를 확인코자 주치의에게 물었다. 암세포를 몸 안에 품고 자전거 장기 여행을 떠날 수 있을지, 그리고 2014년까지 자신이 살아 있을지 확신이 서지 않았기 때문에, 의사의 한마디가 그에게는 매우 중요했다.

"왜 2014년까지 기다리세요? 그리고 왜 굳이 해외로 가세요? 가시려면 지금이라도 국내로 다녀오세요."

"네?"

뜻밖의 대답이었다. 김선욱의 눈이 휘둥그레졌다.

"지금 상태 정도면 여행 떠나셔도 괜찮습니다. 현재, 표적 치료제로 폐암 세포를 억제하고 있기 때문에 몸 상태는 괜찮습니다. 일상생활도 자유롭게 하실 수 있고, 무리하지만 않으면 규칙적인 운동은 몸에 더욱 좋습니다. 한 가지 문제라면 지금 드시고 계신 약에 점점 내성이 생길 수 있기 때문에, 2012년이면 효과가 있을 확률이 30퍼센트로 떨어지고, 2013년에는 20퍼센트, 2014년에는 10퍼센트 정도로 떨어집니다. 내성이 발견되면 경구 복용제에서 다시 주사 같은 것으로 항암치료제를

1부 그 남자&그 여자─이 부부의 특별한 여행

바꾸어야 하는데, 그렇게 되면 3주마다 병원에 오셔야 하니 장기 여행을 하기는 쉽지 않으실 겁니다. 가시려면 빠른 시일 내에, 약에 대한 내성이 생기기 전에 다녀오시는 게 좋겠습니다. 그리고 석 달에 한 번씩은 병원 진료를 받을 수 있도록 국내에서 시작하세요."

마음이 급해졌다. 은퇴 즈음인 3년 후가 아니라 당장 다녀올 생각을 하니 갑자기 무엇부터 준비해야 할지 몰랐다. 하지만 한편으로는 여행을 떠나도 괜찮은 상태라는 주치의의 말에 얼마나 안심이 되고 기분이 좋았는지 모른다. 우선 계획했던 일정부터 앞당겨야 했다. 그리고 차근차근 하나씩, 미궁 속을 헤치며 준비에 나서야 했다.

그러던 며칠 후, 뜻밖의 연락이 왔다. 한동안은 오지 않는 회신을 기다리며 수십 곳에 이메일을 보내고, 혹시나 하는 마음으로 여러 곳에 수소문을 해 보아도 이렇다 할 성과 없이 다소 지루하게 시간만 흘러갔었는데, 자전거 전시회에서 우연히 만난 지인을 통해 잡지사와 첫 인터뷰를 하게 된 이후로는, 웬일인지 모든 것이 말 그대로 '뜻밖의 연속'이었다. 폐암 4기 환자의 몸으로 자전거 여행을 떠나겠다는 김선욱 부부의 이 '무모'해서 '용감'한 계획은 이미 이들 부부의 손을 떠나 여러 사람의 몫이 되어 가고 있는 것 같았다.

잡지사 인터뷰와 일간지 인터뷰에 이은 세 번째 '뜻밖의 연속'은 한국임상암학회로부터의 회신이었다. 편지를 보낸 것조차 잊고 있었는데 연락이 온 것이다. 자전거 여행에 필요한 후원금 지원 요청을 받아들인다는 내용이었다. 생각지도 못한 회신이었다. 그리고 마침 그 무렵 일간지 인터뷰를 인상 깊게 보았다는 한 출판사에서 이 자전거 여행 이야기를

"암과 함께 새 인생이 시작되었습니다."라고 말하는 김선욱 박재란 부부의 여행 취지와 일정을 홍보하기 위한 포스터. '치유를 위한 자전거 여행'을 뜻하는 'Cycling4Cure 사이클링포큐어'라는 여행 프로젝트 이름과 'Beyond Cancer, Beyond Desire 암을 넘어 희망으로'라는 캠페인 표어 모두 김선욱의 아이디어였다.

책으로 엮어 내 보자는 제안이 들어왔다. 희망 공유를 위한 자전거 여행 계획이 알려지자, 여러 곳에서 여러 가지 아이디어들이 속속 전해져 왔다. 출판사와의 여러 차례 미팅 끝에 그들은 어떤 직감에 이끌려 한번 해 보기로 결정했다. 어떤 식으로, 어떤 꼴의 책이 나올지 전혀 감이 잡히지 않는 상황이었지만, 자전거 여행 이야기가 책을 통해 더 많은 사람들에게 전해진다면 그것도 좋은 일 같았다. 출판사 측에서도, 이렇게 준비된 원고도 없이, 아직 자전거 여행이 시작되지도 않은 상황에, 더군다나 과연 이 여행이 끝까지 성공적으로 이뤄질지도 모르는 상황에 책을 내기로 제안하는 것은 매우 드문 경우라고 했다. 미궁 속을 헤매는 듯한 느낌은 김선욱 부부나 경비 지원을 약속한 한국임상암학회나 여행 과정 전반을 기획하고 관리하며 단행본 출간을 준비해 보겠다는 출판사나 모두 마찬가지였다. 하지만 알 수 없는 어떤 희망의 빛에 이끌려 기대와 설렘이 생기는 것 역시 마찬가지로 부인할 수 없는 사실이었다.

그렇게 물 흐르듯, 아니 갑자기 수문이 열리듯, 마치 모든 일들이 누군가의 계획 아래 있었던 것처럼, 순식간에 진척되었다. 그리고 어느 날, 그의 자전거 여행에 힘을 보태기로 한 사람들이 비로소 한자리에 모였다. 그리고 이들은 머리를 맞대고 또 다른 사람들을 모으기 시작했다. 이 여행의 취지를 알리고 소개할 동영상을 만들 사람들, 여행 이야기를 책으로 담아 낼 작가, 전체 여행 일정을 관리하고 현장에서 라이딩을 에스코트할 로드매니저까지. 답이 없던 수개월의 막막한 기다림이 봇물 터지듯 생각지도 못한 방향으로 그 답을 찾아가고 있었다. 한 사람이 가슴에 꿈을 품고, 그것을 실현하기 위해 자신이 할 수 있는 일들을 찾아 최선을 다하며 기다린 결과였다.

　준비 기간 내내 김선욱, 박재란 부부가 가장 중요하게 생각했던 것은 '움켜쥐지 않는 것'이었다. 일단 시작을 했으니 이제까지처럼 자신들이 할 수 있는 일에는 최선을 다하되, 어떤 일이 성사되고 안 되고에 일희일비하지는 말자고 다짐했다. 만약 좋은 기회라고 생각되는 것이 다가왔다가 그 기회가 사라지거나 그것을 놓칠 때마다 안타까워하고 괴로워한다면, 즐겁게 여행하며 희망도 함께 나눈다는 가장 중요한 취지를 잊어버리는 것이나 마찬가지이기 때문이다. '물이 흐르는 대로 가자 Go with the flow.' 김선욱의 인생에 버티고 있는 가장 중요한 철학 중 하나가 이번 여행에서도 중요한 원칙이었다. 덕분에 여행 출발 직전까지 여러 사람이 합류하면서 발생하는 크고 작은 갈등들, 어려움들에도 흔들리지 않을 수 있었다. 이 일의 시작도 신비이니, 이 일의 진행도 신비에 맡기기로 했다. 땅에서 이런 일이 벌어지고 있는 동안, 하늘에서도 천상 회의가 열리고 있을 거라고 그는 믿었다. 김선욱, 박재란, 출발의 순간에 이 자전거 여행에 함께하는 사람들, 앞으로 길 위에서 만나 이 여행에 함께할 사람들, 그리고…… 지금은 좌절하고 낙심해 있지만 이 여행을 통해 새 힘과 용기를 얻을 사람들을 위하여……. 길 위에서 어떤 일이 일어날지, 어떤 희망이 공유될지, 어떤 새로운 이야기가 펼쳐질지, 기대와 두려움이 교차하는 가운데, 하늘의 응원과 땅의 참여자들은 그날을 기다리고 있었다.

　2012년 5월 1일. 자전거 여행의 출발은 그렇게 점점 현실로 다가오고 있었다.

Go with the Flow
자전거 두 바퀴에 희망을 싣고

라이딩을 쉬는 사이 김선욱은 스트레칭을 한다.

그러면서 툭하면 이렇게 말한다.

"천만다행이야. 어디 아픈 데가 없으니 말이야."

폐암 4기 환자가 '어디 아픈 데가 없어 다행'이라고 말한다.

이 말을 처음 들을 때만 해도 사뭇 초현실적으로까지 느껴져

나는 고개를 갸우뚱했다.

하지만 그로서는 진심이 담긴, 있는 그대로의 고백이었다.

그는 자신에게 주어진 나쁜 것보다 자신에게 주어진

좋은 것을 찾아내는 데 천부적이다.

아니, 어쩌면 의지적이라고도 볼 수 있겠다.

그에겐 지금 몸져 눕지 않고 살아서

자전거를 타고 있는 한 순간 한 순간이 기적이다.

짧은 휴식을 끝내고 다시 라이딩을 준비하면서 그는 아내에게 입을 맞춘다.

"여보, 난 당신이 차창 밖으로 고개 내밀고

'여보 화이팅!' 해 줄 때가 제일 좋아."

우리 팀에서는 이미 일상이 된 '닭살 행각'이다.

사랑하는 이들의 서로에 대한 응원은 보는 사람마저 힘이 나게 한다.

이런 표현은 아무리 '세게' 해도 지나치지 않다.

'지금 이 순간'을 위하여

2012년 5월 1일 화요일. 낮게 깔린 구름 사이로 햇빛이 비치면서 하루가 시작되었다. 아침 기온은 17도, 낮 최고 기온은 25도 안팎으로 예상된다는 아침 뉴스의 일기 예보. 약간은 흐린 하늘 덕분에, 마침 '근로자의 날' 휴일을 맞은 이들이 나들이를 나서기에도, '사이클링포큐어' 대장정의 첫 테이프를 끊기에도 더없이 좋은 날씨였다. 적당히 부는 바람, 덥지도 쌀쌀하지도 않은 기온. 가장 아름다운 계절 5월의 첫날에 이 여행을 시작한다는 사실에, 어쩐지 좋은 예감마저 들었다.

봄의 끝자락과 여름의 문턱에 시작한 여행은 한여름 뙤약볕과 장마를 거쳐 찬바람 부는 가을에 마무리될 예정이었다. 세 계절의 변화를 겪으며, 동에서 서로, 다시 서에서 동으로 국토를 지그재그로 종단하게 된다. '6-6-5 원칙', 즉 '하루 6시간, 주 6일, 하루 50km 이내 라이딩'을 원칙으로 국토를 교차 종단하는 방식이다. 5월 1일 임진각을 출발해 10월 31일 제주도 한라산까지 180여 일간 누적 주행 거리 목표는 총 7,000km.

파주, 속초, 청주, 대전, 문경, 태백, 안동, 군산, 거창, 대구, 울진, 전주, 김제, 부산, 거제, 여수, 목포 등을 거쳐 제주도까지 대한민국의 17개 광역행정구역 중 들르지 않는 곳이 없다. 최대한 '자연'과 함께하며 자연 속으로 들어가는 여행이기에 불가항력의 천재지변이 아닌 이상 숙박은 '캠핑'을 원칙으로 한다. 하루하루 그날의 여행기를 '사이클링포큐어' 웹사이트 www.cycling4cure.com를 통해 중계할 예정이고, 대도시의 암센터나 지역의 암 전문 병원과 연락을 취해, 성사가 되는 대로 암 환우들과의 만남도 가지려고 한다. 이 여행과 함께 김선욱 박재란 부부가 가장 기대하고 염두에 두는 부분이 바로 마지막의 이 두 가지였다. 웹사이트를 통해 불특정 다수에게 중계될 이들의 '꿈의 도전' 이야기가 뜻밖의 고통 앞에서 막막한 시간을 보내고 있을 누군가에게 조금이라도 위로와 용기가 된다면 좋겠다고, 그리고 암과의 힘든 싸움을 싸우고 있을 환우들에게 그 암을 '문제'가 아닌 '친구'로 받아들여 보자고 이야기하고 싶었다.

여행을 떠나기 사흘 전인 4월 28일 토요일의 한 일간지에는 김선욱 박재란 부부의 인터뷰 기사가 제법 크게 실렸다. 표정이나 겉모습만으로는 암 환자임을 짐작할 수 없겠다는 기자의 물음에 김선욱은 이렇게 답한다.

"암에 걸리면 맨 처음 패닉panic, 공황 상태가 됩니다. 그러고는 디프레스depress, 우울가 오지요. 그러고 나면 컴프로마이즈compromise, 체념의 단계가 됩니다. 이 체념 단계가 매우 힘듭니다. 아무것도 하기 싫고 할 수 없는 상태예요. 항암치료를 받으면 신경이 죽어서 입맛이 사라지지요. 그러면 아무것도 먹기 싫고, 먹지 않게 되니 자연스레 힘이 빠집니다. 그럴 때 남는 건 오로지 의지뿐인데, 그 의지마저 놓치면 그저 시름시름 앓다가 죽는 것이죠."

— 2012. 04. 28. 《조선일보》 B5면, 「"난 말기암 환자다" 자전거 타고 소문내러 가는 남자」, 한현우 기자

그 역시 암 진단 직후 '공황'과 '우울'과 '체념'의 시기를 차례로 겪었지만, 이때 시름시름 앓던 그의 의지를 되살려 낸 것이 바로 잊고 있었던 '자전거 여행'에 대한 꿈이었다. 아내 박재란의 제안에 그 꿈을 다시 상기하고 부부가 의기투합해 여행을 준비하던 동안에도 주변의 우려 섞인 시선이 없지는 않았다. 이런 우려의 시선을 대변하기라도 하듯 지금의 몸 상태가 여행을 떠날 만한 상태인지 묻는 기자에게 김선욱은 자신만의 '암 대처법'을 피력했다.

"나는 의사에게 내 암이 어디까지 전이됐는지, 크기가 얼만한지 일절 물어 보지 않습니다. 종양의 크기를 안다고 해서 도움되는 일이 있을까요? 병세를 안다 한들 의사와 나 사이의 의학적 지식 차이를 줄일 수도 없죠. 제가 할 수 있는 건 긍정적인 생각뿐이에요. 사람들은 이성과 감성이 일치되지 않아서 스트레스를 받아요. 나는 문제 없다는 감성과 내가 암 환자라는 이성이 일치하지 않는 거죠. 물론 어렵지만, 나는 이성도 감성도 내겐 아무 문제 없다는 식으로 일치시키려고 노력합니다. 2014년에도 제가 살아 있을 확률이 10%밖에 안 된다고 하지만, 만약 그때까지 살아 있다면 내게는 10%의 삶이 남은 게 아니라 여전히 100%의 삶이 남아 있는

거죠."

— 2012. 04. 28. 《조선일보》 B5면, 「"난 말기암 환자다" 자전거 타고 소문내러 가는 남자」, 한현우 기자

기사 바로 가기

"폐암 말기 환자 김선욱은 침대를 박차고 나와 씩씩하게 살고 있다. 적어도 겉으로는 그가 불치병 환자라는 걸 알 수 없었다. 그의 전국 자전거 일주에 아내 박재란이 동행한다." (2012. 04. 28. 《조선일보》 B5면, 「"난 말기암 환자다" 자전거 타고 소문내러 가는 남자」, 한현우 기자)

발대식 순서 하나하나까지 몇 주에 걸쳐 구상하고 준비한, 주도면밀한 사나이 김선욱. 웃음보따ﬂ里 회원들의 팬플룻 공연과 김선욱 박재란 부부의 여행을 위해 명지전문대 실용음악과 손방나 교수가 특별히 만들어 헌정한 축하곡 공연도 이어졌다.

이처럼, 새로운 일에 대한 호기심과 도전 정신 그리고 타고난 낙천성으로, 주변의 우려에도 불구하고 뚝심 있게 여행을 추진해 올 수 있었다. 마침 인터뷰 기사가 나온 4월 28일은, 5월 1일 본격 출정을 앞두고 '발대식'이 열리는 날이기도 했다. 지인들의 축하와 격려 속에 발대식 현장의 기대와 설렘은 한껏 고조되었고, "난 말기암 환자다 — 자전거 타고 소문내러 가는 남자"라는 기사의 헤드라인은 이런 분위기를 미리 예견하기라도 한 것 같았다. '암 환자'가 떠나는 여행인데, 발대식 현장에는 걱정이나 불안함보다는 유머와 축하가 가득했다.

2010년 11월 암 진단 이후 정확히 1년 6개월 만에 눈앞의 현실로 펼쳐지고 있는 김선욱 박재란 부부의 '꿈'이었다. 그렇게 찾아온 2012년 5월 1일. 출발 예정 시간이었던 9시를 조금 넘겨 도착한 임진각 평화누리 공원에는 180일 대장정의 첫째 날을 응원하고 격려하기 위해 지인들과 방송 취재진 두 팀이 나와 대기 중이었다. 형형색색의 바람개비 조형물들이 장관을 이루고 있는 '바람의 언덕'에서 지인들과 담소를 나누며 출발 직전의 마음을 가다듬었다. 마침 김선욱의 오랜 지인 이주형 씨가 첫째 날을 기념하는 응원 차 동반 라이딩을 자처한 터였다. 장비와 복장을 갖추고 나란히 선 두 사람의 모습 어디에서도 '폐암' 혹은 '노년'의 기운은 찾아볼 수 없었다.

담소와 사진 촬영 등의 순서를 정리하고 이제 드디어 출발선 앞에 섰다. 2010년 가을 폐암 진단을 받았던 날로부터 1년 6개월여, 치료와 여행 준비를 병행하며 동분서주했던 김선욱 박재란 부부나, 이 부부의 그러한 노력을 익히 알고 있는 지인들 모두 '이제 정말 시작'이라는 생각에 감회가 새로웠다.

* * * *

이 일이 가능하리라고 진심으로 믿었던 사람은 많지 않았다. 그가 국내 종주를 마친 다음에는 일본과 미국, 유럽으로도 차례차례 자전거 여행에 나서겠다고 포부를 밝혔을 때, 사람들은 밝고 긍정적인 자세로 암을 이겨 내려는 그에게 격려를 보내긴 했지만, 그가 폐암 말기 환자의 몸으로 정말로 해 낼 것이라고 생각한 사람은 많지 않았다. 대개 우리는 일상이 허락하는 범위 안에서만 손과 발을 움직이고, 우리의 사고도 그 범위를 벗어나기 힘들기 때문이다. 우리 눈에 보이는 것이 전부인 양, 그 범위 바깥에 있는 일들에 대하여는 쉽게 체념하기 때문이다.

그런 주위의 우려와 반신반의의 시선, 그라고 모르지는 않았지만 그는 과감히 출사표를 던졌다. 후원자를 모으고 실행 계획에 따라 신속하면서도 차근차근 침착하게 추진해 나갔다. 그는 말기 암 환자라는 이유로 모든 일상을 포기하고 좌절한 채 집에만 누워 있고 싶지 않았다. 자신이 폐암 4기 환자라고 해도, 여전히 일상은 계속되어야 한다고 생각했다. 그런 상황에 자신이 할 수 있는 일, 하고 싶은 일을 생각해 보았다. 간절히 원하는 것은, 두말할 필요도 없이, 완치되어 더 많은 나날을 숨쉬고 사는 것이지만, 그보다 더 간절한 바람은 남은 생을 '열매 가득 담긴 바구니'처럼 살아 보고 싶은 것이다. '충만한 삶', 그가 원하는 것이었다. 그리고 나아가 그는 오히려 "암에게 감사"하다고까지 말한다. 앞서 인터뷰에서 의아한 듯 반문하는 기자에게 그는 암을 통해 얻게 된 가장 큰 미덕에 대해 이야기한다.

"암 때문에 내 인생을 되돌아볼 수 있게 됐으니까요. 내면을 돌이켜보고 남들 하는 대로 따라가는 삶이 아니라 자기 주도적 삶을 살 수 있게 됐으니까요. 이제 저는 사람을 볼 때도 장점부터 먼저 보려고 합니다. 암에 걸리기 전보다 훨씬 밝고 긍정적인 성격이 됐어요. 암에 걸려서 충격을 크게 받는 사람일수록 뭔가 이뤄 놓은 게 많은 사람들입니다. 이제까지 재미라곤 없이 죽을힘을 다해 살았고, 살 만하니까 암에 걸린 거죠. 그러니까 좌절도 큽니다. (……) 하여튼 저는 침대에 누워 있지는 않을 거예요. '나는 폐암 환자다'라고 외치면서 세계를 다닐 생각이에요. 희한한 게 '내가 폐암이다'라고 말하면 말할수록, 암이 주어(主語)에서 3인칭으로 바뀌더라고요. 그렇게 언젠가 암세포도 바람처럼 지나갈 거예요."

— 2012. 04. 28. 《조선일보》 B5면, 「"난 말기암 환자다" 자전거 타고 소문내러 가는 남자」, 한현우 기자

2부 *Go with the Flow* 자전거 두 바퀴에 희망을 싣고

시간은 누구에게나 공평하고, 죽음도 모든 사람에게 닥칠 운명이다.
더 건강하게, 더 오랜 시간 사는 것만큼 큰 복이 없겠지만, '오랜 시간'
보다 중요한 것이 있었다. 아무리 오랜 시간이 허락된다 한들, 김선욱은
그 시간들을 '텅 빈' 상태로 보내고 싶지는 않았다. 죽음의 고비에서 맞
이한 새로운 깨달음으로 그는 '지금'이라는 시간을 가장 멋지게 보내고
싶었다. 마지막일지 모르는 이 기회를 놓치고 싶지 않았다. 지금 이 순간
의 '일상'을 지키기 위해, 가까이 당도한 죽음 앞에 담담하게 길을 나선
그를 통해 한 사람이라도 힘을 낼 수 있다면 좋겠다고 생각했다. "폐암
4기인 나도 할 수 있으니, 여러분도 할 수 있습니다." 그가 전하고 싶은
한 마디는 그것이었다.

＊ ＊ ＊ ＊

2012년 5월 1일 화요일, 파주 임진각 평화누리 공원 '바람의 언덕',
지인들의 배웅을 받으며 김선욱은 담담하게 자전거 페달을 밟기 시작했
다. 이 '놀라운' 여행이 시작되기까지 그의 가장 든든한 버팀목이자 가
장 뜨거운 응원자이기도 한 아내 박재란이 이동 베이스캠프 차량을 타
고 그 뒤를 따랐다. 이동 베이스캠프 차량 운전 및 캠핑 현장의 모든 제
반 사항을 담당할 '청년 로드매니저' 정환혁 군과 이 특별한 부부의 숨
겨 둔 이야기들이 몹시도 궁금한 여행 작가인 나 이진경이 이 여행의 또
다른 동반자이다. 연배로는 나의 이모 또는 삼촌뻘인 김선욱 박재란 내
외이지만, '지상(紙上) 다큐멘터리'라는 '여행기'의 특성상 앞으로 본문

에서는 '김선욱' '김선욱 씨' '김선욱 선생님' '박재란' '박재란 여사' 등의 호칭이 동시다발적으로 혼용될 예정이다. 아직은 서로에게 낯선 이네 사람의 공존기가 책의 마지막 즈음에는 서로에게 더없이 익숙한 체취로 남을 수 있기만을 부디 바랄 뿐이다.

어제도 내일도 아닌 바로 오늘, 지금 이 순간의 충만함을 위해, 김선욱은 저만치 앞서 가며 부지런히 두 다리를 움직이고 있다.

자, 출발선을 넘었다. 우리 모두의 '지금 이 순간'을 위하여!

2012년 5월 1일 파주 임진각 평화누리 공원 '바람의 언덕'. 강하지 않은 햇살, 적당한 바람, 최적의 날씨였다.

'버리러' 떠난다

여행을 위한 짐을 싼다는 것은 일련의 '선택'의 과정이다. 옷가지와 생필품들을 여행 가방에 하나씩 챙겨 넣을 때마다, 이것이 정말 꼭 필요한 물건인지, 이 물건이 없을 경우에는 과연 큰 불편을 겪을 것인지······ 순간적인 고민이 꼬리에 꼬리를 물고 이어지면서, 똑같은 물건이 여행 가방을 몇 번이고 들락날락한다. 여성들의 '변장'을 돕기 위한 화장품 종류는 대자연 속에서 그 필요가 무색할 것이고, 빨면 쉽게 마르지 않을 외출복 종류, 심지어 비누로 대체 가능한 샴푸조차도 필요 여부를 고민하게 만든다.

자연 속에서의 생활, 그것도 꼬박 몇 개월을 그렇게 바깥에서 매일 옮겨 다니는 생활에 필요한 물건들을 챙기고 보니 나의 '이미지'를 꾸미는 데 소용되는 것은 하나도 없다. 외부 환경으로부터 신체를 보호하기 위한 옷가지와 장비들, 최소한의 청결을 유지하기 위한 소모품들, 잠자리를 챙기고 허기를 면하기 위한 것들, 응급조치를 위한 상비약 등이 전부였다.

출발을 앞두고 우리 네 사람 각자 꼭 필요한 짐을 어떻게 챙겨 오면 좋을지 의견을 나눌 때에도 가장 강조된 점이 "최대한 짐을 줄이자."는 것이었다. 6개월의 대장정이 될 긴 여행을 준비하는 짐을 꾸리면서, 우리는 '버릴 것'과 '지녀야 할 것'들을 각자 고민하게 되었고, 그 과정에서 우리에게 꼭 필요한 최소한의 생존도구가 무엇인지 자연스레 깨닫게 되었다. 그리고…… 생존 이외에 얼마나 많은 것들을 우리가 일상에서 누리고 있었는지도 깨닫게 되었다. 여행가방의 크기는 정해져 있다. 그 가방에 들어갈 후보 짐들을 죽 늘어놓고 '버리고' '줄이는' 과정을 반복한 끝에 결국 우리에게 남게 되는 것. 그것이 우리에게 가장 필요한 물건, 가장 중요한 물건이었다.

✳ ✳ ✳ ✳

출발 전, 여행 준비의 가장 핵심이라 할 수 있는 사이클링 훈련 현장을 찾았을 때였다. 서울 한남동에 위치한 한 사이클 전문 업체에서 장비 지원은 물론 김선욱의 '몸 만들기'를 위한 트레이닝까지 선뜻 자처하고 나선 터였다. 전담 트레이너 박기환 씨는 김선욱의 훈련에 임하는 태도나 자세에 대해, 그리고 그가 이 여행에서 반드시 염두에 두어야 할 점에 대해 이렇게 말한다.

"김선욱 선생님을 트레이닝 해 드리면서 느끼는 점은, 연세가 있으심에

한 사람이 하루를 살아가는 데 얼마만큼의 '짐'이 필요할까? 꼭 필요한 것이 남을 때까지 버리고 또 버리다 보면 우리에겐 무엇이 남게 될까? '사이클링포큐어' 팀의 이동식 보금자리, 두 평 남짓한 공간.

도 불구하고 참 어린아이다운 면이 있으시다는 거예요. 무엇이든 배우려는 열의가 대단하고 흡수력이 대단하시죠. 개구쟁이 같은 면도 많고 늘 낙천적이고 긍정적인 사고를 갖고 계시고요. 무엇보다 열정이 대단한 것 같아요. 열정이 있기 때문에 그 어려움을 견디고 지금 이 도전을 하고 계시지 않나 하는 생각이 듭니다. 하지만 이번 도전 과제는 암을 이겨 내기 위한 것이라고 늘 신신당부 드리죠. 사람들에게 보여 주기 위한 것이 아니라 살아남기 위해서 해야 하는 것이라고요.

그래서 저는 힘들면 포기하시라고 말씀드려요. 포기하는 것을 배우셨으면 좋겠어요. 자기 자신의 소리에 귀 기울이고요. 삶과 죽음의 문제이기 때문에, 몸이 힘들어서 면역력이 떨어지기라도 하면, 병세가 악화될 테고…… 그럼 이 도전은 아무 의미가 없거든요. 제가 생각하는 이번 도전에서의 김선욱 선생님의 가장 큰 목표는 '포기할 줄 아는 것'입니다. 선생님, 화이팅!"

그랬다. '삶과 죽음의 문제'가 늘 함께하게 될 여행이었다. 매 순간 '몸의 소리'에 귀 기울이는 것을 늘 염두에 두어야 한다. 이 여행의 의미는 그렇게 우리가 완성해 나가는 데에 달려 있을 것이다. 이제 겨우 출발의 문턱에 서긴 했지만, 어쩌면 우리 여행의 또 다른 이름은 '버리는' 여행, 또는 '포기하는' 여행인지도 모른다. 어쩌면 버리고 포기하는 것이, 우리가 거창하게 내건 이 여행의 목표인 '치유와 회복'의 첫걸음이 될지도.

우리는 지금 버리러 떠나는 중이다.

"난 배고픈 게 좋아"

— '결핍'의 기억이 주는 만족감

"아우! 맛있다! 맛있다!"

※ ※ ※ ※

5월 1일, 예정했던 출발 시간에서 한 시간가량 늦어진 오전 10시경, 배웅하는 인파의 환호를 뒤로하고 임진각을 출발, 두 시간여를 달렸을까, 30km 정도 라이딩을 마치자 어느덧 점심시간이었다. 파주시 적성면 두지리 인근, 점심 식사를 하기 위해 매운탕 음식점에 들렀다. 화요일이었지만 마침 노동절 휴일이라 그런지 식당 안은 손님들로 북적였다. 사람들 사이로 들어가 자리를 잡고 앉았다. 걸쭉하게 국물이 우러난 빠가사리 매운탕과 참게 매운탕을 앞에 두고 수저를 움직이며 김선욱은 연신 "맛있다!"를 연발하였다.

나 역시 매운탕이 맛없는 것은 아니었다. 다만 이제 막 시작된 이 여

"아우! 맛있다! 맛있다!" – 아내는 간식 대기조.

행이 앞으로 어떤 모습으로 펼쳐질지 전혀 감을 잡기가 어렵다 보니, 극도로 긴장되고 두려운 마음에 음식이 입으로 쉽게 들어가지 않았다. 그런데 나와 함께하는 여행의 주인공, 게다가 폐암 말기 환자라는 이는 북적이는 손님들 틈에서 누구보다 맛있게 식사를 하고 있었다.

"어쩌면 이렇게 맛있지?"

"너무 맛있다!"

"이렇게 맛있을 수가!"

"세상에, 세상에⋯⋯ 어떻게 이런 음식이 다 있어!"

맛있다는 감탄사를 연속해서 듣고 있자니, 처음에는 이게 웬 호들갑인가 싶기도 했지만, '정말? 정말 이 매운탕이 그렇게 맛있는 걸까?' 하는 생각이 들면서 나 역시 음식을 제대로 맛보고 싶은 욕구가 생겨났다. 나와 비슷한 생각이 들었는지, 동반 라이딩 중인 이주형 씨와 로드 매니저 정환혁 군도 함께 피식 웃는다.

2부 *Go with the Flow* 자전거 두 바퀴에 희망을 싣고

"왜요? 이상해요?" 그가 나를 보고 묻는다.

"아뇨. 이상하다기보다…… 계속 '맛있다! 맛있다!'고 하셔서요."

"아아! 그게 이상하셨구나! 맛있다고 자꾸 세뇌를 하면 진짜 맛있어져요. 저는 항암치료를 시작하고부터 입맛이 다 사라졌거든요. 그때는 전혀 맛을 못 느꼈어요. 지금은 입맛이 한 60퍼센트 정도 돌아온 것 같아요. 그런데 이렇게 '맛있다! 맛있다!' 하면서 먹으면 60퍼센트가 아니라 정말 100퍼센트 맛있어요."

정말 그럴까? 혀에서는 맛을 충분히 느끼지 못하는데 맛있다고 일부러 세뇌를 하면 머리도 그것을 알아듣고 정말 맛있어지는 걸까? 하지만 그의 '맛있다'는 감탄사를 연달아 듣다 보니, 내 앞에 놓인 평범해 뵈는 음식이 특별하게 느껴지는 것으로 보아, 아주 틀린 말은 아닐 수도 있겠다. 그가 다시 말을 잇는다.

"그런데 배고픈 게 얼마나 좋은지 알아요?"

이건 또 무슨 이야기인가? 배고픈 게 좋다니? 배가 고파도 먹을 것이 없어서 괴로운 사람들이 세상에 얼마나 많은데……?

"맛을 느끼지 못하면 배고픔도 느끼지 못해요. 그러니까 나는 이제 배고픈 걸 느끼는 게 참 좋아요."

그는 결핍의 기억에서 현재의 만족을 찾아내고 있었다. 맛을 느끼고 싶지만 느낄 수 없었던 항암치료 시절, 그는 병원에서 제공되는 환자식이나 아내가 병원으로 차려 오는 밥과 반찬을 먹을 때마다 입 밖으로 "맛있다!"고 연신 소리를 내며 먹었다고 한다. 맛은 거의 느낄 수 없었지만 입 밖으로 내는 소리는 귀로 들어와 그의 두뇌와 정신을 깨워 실제로

그것이 맛있는 것처럼 느끼게 해
주었다. 그러면 기분이 좋아졌다.
음식에 대해 의지적으로 경탄하고
찬사를 보내는 것은 그에게 일종
의 정신적 훈련, 수행, 그리고 당연
시 여기던 일상에 대한 감사의 환
기와도 같은 것이었다.

"아우! 맛있다, 맛있다. 어쩜 이
렇게 맛있냐!"

그렇게 그는 반짝이는 눈빛으로
입을 크게 벌린 채 "맛있다!"를 연
달아 외치면서 빠가사리 매운탕을
한순간에 비워 가고 있었다.

간식보다 더 달콤한 것은…….

'펀치볼'의 먼지 밥상,
그리고 고요하게 흐르는 시간

어느덧 캠핑을 시작한 지 닷새가 지나 첫 주말이 다가왔다. 사람보다 많은 짐들을 차에 싣고 이동하다, 길가에 살림을 차린 뒤 하루를 묵고, 날이 밝으면 또 짐을 싸서 이동한다. 폐암 환자는 자전거를 달리고 차량 베이스캠프는 그 뒤를 따르는…… 이런 특별한 일과를 벌써 닷새나 해냈다는 사실이 감개무량이었다. 첫 일주일은 강원도 일대를 달리다 보니 수많은 언덕과 고갯길과의 싸움이었다. 하지만 김선욱은 그에 지치는 기색이 없었다. 터널이 많은 지역에서는 그도 수월하게 라이딩을 했다. 오천 터널, 도고 터널, 돌산령 터널……. 터널에서 혼자 하는 라이딩은 반드시 차량으로 가까이 뒤따라가며 안전을 살펴야 한다.

해안면에 도착했다. '펀치볼'이라는 이름으로 더 잘 알려진 강원도 양구군 해안면. 한국전쟁 때의 격전지였던 이곳은, 외국 종군기자가 가칠봉에서 내려다본 모습이 '화채 그릇Punch Bowl'을 닮았다고 하여 그 뒤로 일명 '펀치볼'이라 불린다고 한다. 정식 명칭은 '해안분지(亥安盆地)'로

분지 안에는 만대리, 현리, 오유리 이렇게 세 마을이 모여 있다.

다른 날보다 일찌감치 라이딩을 마치고 마을에 도착했는데도 이곳에선 유난히 캠핑에 적합한 곳을 찾기가 힘들었다. 교회와 학교에도 가 보았지만 마땅히 텐트를 칠 만한 곳을 찾을 수 없었다. 이곳저곳을 헤매다 우연히 몇몇 아저씨들이 모여 앉아 삼겹살과 돼지껍데기를 굽고 있는 모습을 발견했다. 넉살 좋은 김선욱은 자연스럽게 말을 걸며 금세 그들의 모임에 합류했다. 일단 끼어 앉아 돼지껍데기를 얻어먹다 보면 무언가 해결책을 찾을 수 있지 않을까 생각하는 것 같았다. 아니나 다를까, 그네들과 함께 이런저런 이야기를 나누다 보니, 하얀 고무신을 신은 어느 아저씨네 차고를 캠핑장으로 하사받는 쾌거를 이루었다. 병은 소문을 내야 한다는 말이 있듯, 캠핑 장소도 소문을 내야 구할 수 있었다. 온수, 화장실, 샤워실이라는 주요 요건을 갖추진 못했지만, 어디든 하룻밤 묵을 곳에 목마른 우리에겐 냉수 수도꼭지 하나와 재래식 화장실만으로도 큰 수확이었다.

위부터, 2012년 5월 3일 강원도 화천군 수피령 / 5월 4일 강원도 양구군 평화의 댐 / 5월 5일 강원도 양구군 도고터널

텐트를 치고 자리를 잡은 뒤 저녁 식사를 준비할 때였다. 테이블에 밥이며 반찬들을 꺼내 차려 놓는 순간, 갑자기 어디선가 토네이도 같은 바람이 불어왔다. "흡!" 순간적으로 눈이 감기고 절로 숨이 멈췄다. 머리와 옷이 바람에 휩쓸렸다. 바람보다도 바람이 데리고 온 먼지가 문제였다. 서둘러 기둥 뒤로 몸을 숨겼는데도, 미세한 먼지 입자들이 눈, 코, 입, 얼굴에 나 있는 구멍들로 가차 없이 침입해 들어왔다. 펀치볼의 먼지 부대는 잔혹하기 이를 데 없었다. 바람은 분지 안 여러 면들을 부딪다 더욱 그 힘이 세진 것 같았다. 한 차례 먼지바람이 강타한 뒤의 저녁 밥상은 폐허가 되었다. 그러나 폐허의 자리에도 희망이 남아 있었다. 아직 뚜껑을 열지 않은 반찬들이 있었던 것이다! 뚜껑을 연 반찬보다 뚜껑을 열지 않은 반찬에 집중하면서 우리는 맛있게 저녁을 먹었다. 후식으로 커피를 끓이고 있을 무렵, 또 한 차례 강한 바람이 불어 왔다. 박재란 여사가 멀찍이서 외친다.

"커피에 크림 안 타도 되겠어…… 먼지로 크림 해."

우유 크림처럼 고운 먼지바람에 우리의 몸도 하얗게 덮였다. 그렇게 우리는 어느새 점점 '리얼 야생'에 적응해 가고 있었다.

❋ ❋ ❋ ❋

먼지로 샤워한 몸을 다시 물로 씻기 위해 급한 대로 찜질방을 찾았다. 매우 정직한 아르바이트 아주머니는, 이 찜질방은 도시의 찜질방과는 다르다고 미리 일러 주었다. 아닌 게 아니라, 탈의실이 곧 수면실이요, 불가마는 지하 동굴과 같은 곳이었다. 목욕탕엔 욕조는 없고 샤워 시설만 있었다. 잠시 TV를 보기 위해 카운터 쪽으로 나왔다가 아주머니와 이야기를 할 기회가 생겼다.

"여기서 하루 열 시간을 일해요. 아르바이트죠. 바로 요 앞에 15평짜리 임대 아파트에서 살고 바로 요 앞에 교회에 다니고, 여기가 제 일터에요. 저는 얼마나 행복한 사람인지 몰라요."

과연 그 아주머니의 동선은 작은 삼각형의 꼭짓점들을 잇고 있었다. 아주머니는 밤새 찜질방에서 일을 한 후 1분 거리에 있는 교회의 새벽 기도회에 다녀온 후 2분 거리에 있는 아파트에서 쉬고는 다시 2분 거리에 있는 일터로 돌아와 일을 했다. 찜질방에서 만나는 다양한 손님들과 대화하고 그 손님들이 최대한 편안하게 쉬다 갈 수 있도록 서빙하는 것이 자신의 일이요 즐거움이라고 했다. 아니나 다를까 얼마 후 찜질방 단골손님이 통닭을 사 들고 아주머니를 찾아왔다. 손님은 아주머니가 여러모로 도움이 되는 이야기를 해 주어 고맙다며 닭다리를 뜯어 아주머니에게 건네주었다. 동네의 작은 찜질방이라는 공간이 사랑방도 되고 상담소도 되고 있었다.

다시 텐트로 돌아오자 차고를 캠핑장으로 내어 준 50대 후반의 주인 아저씨가 일을 마치고 돌아오셨다. 아저씨는 30여 년간 인천에서 봉제업을 하다가 1년 전에 이곳으로 이사를 와 정착하셨다고 한다. 하루 열두 시간 가까이 건축 일용직 일을 하는 것으로 생활을 하고 있었다. 마침 그날도 아저씨의 옷에는 시멘트와 먼지가 잔뜩 묻어 있었다.

"그렇게 오랜 시간 육체노동을 하시는데 힘들지 않으세요?"

2012년 5월 5일 어린이날. 강원도 양구군 해안면의 한 농가 차고에서 짐을 풀다.

아저씨는 흐뭇한 미소를 지으며 대답하셨다.

"여기 오기 전에 제 몸무게가 97kg이었거든요. 지금은 80kg이 됐어요. 일단 노동을 하니까 몸이 가벼워져서 살 것 같아요. 그리고 몸을 자꾸 움직이니까 기분도 좋고요. 하루 종일 사람들이랑 같이 일하고, 쉬는 시간에 놀고, 집에 와서 텔레비전 보면서 쉬고 그러면 하루가 다 가요. 하루 벌어 하루 사는 건데 걱정이 없어요. 돈 쓸 데도 거의 없으니까…… 여유롭고 한가하고…… 작년엔 전라도에서 두 달 동안 낚시하며 다녔어요."

팩두유에 빨대를 꽂아 드리자 아저씨는 기분 좋게 앉아 드시며 먼 산을 잠시 바라보았다. 만면에 미소를 띤 50대 중반의 아저씨는 누구보다 참 행복해 보였다.

⁂

한번은 강릉에서 주말을 보낸 뒤의 어느 월요일이었다. 해발 680미터
의 삽당령을 넘어 정선군 임계면에 도착했다. 뒤늦은 점심을 먹기 위해
가장 먼저 눈에 띄는 식당에 들렀다. '아무렇지도 않고 예쁠 것도 없는'
간판이 붙은 식당이었다. 여느 때처럼 우리 일행은 화장실부터 들렀다.

"아…… 화장실이 정말정말 깨끗하네요! 아름답습니다. 감사합니다!"

김선욱 선생님이 주인아주머니에게 큰 소리로 외친다. 작은 마을, 이
름 없는 식당에서 그토록 깔끔하게 정돈된 화장실을 만나니 퍽 감동적
이었다.

조용한 품성의 주인아주머니는 혼자 식당을 운영하고 계셨다. 반찬을
내 오시는데 각종 신선한 나물 무침과 채소들이 등장한다. 두릅과 당귀
장아찌, 누르대나물, 취나물에 직접 기른 상추와 배추까지……. "맛있다"
를 연발하는 우리 일행을 보며 아주머니는 미소 띤 얼굴로 다시 반찬을
듬뿍 가져다주셨다.

아주머께 우리 여행의 취지를 알리는 리플릿을 드리자 돋보기안경
을 꺼내 쓰고 작은 글씨를 유심히 읽어 보신다.

"아…… 정말 대단하시네…… 우리 아저씨는 2기인데도 가셨는
데……."

아주머니는 마흔일곱에 폐암으로 남편을 떠나보내고 홀로 식당을 하
며 세 아들을 키우셨다고 한다. 장남이 봉하의 개척교회에서 부목사로

일한다는데, 이곳에서 다니는 교회에서도 봉사를 해야 하기에 아들이 일하는 교회에는 못 가 보고 있다고 하셨다.

이야기 도중에 등이 조금·굽은 할아버지 한 분이 식당에 들어오신다. 단골손님인 듯했다. 콩국수를 주문하시면서 주머니에 꼬깃꼬깃 접혀 있던 천 원짜리 한 뭉치를 꺼내신다. 딱 6천원.

"차비가 모자라네……"

할아버지, 아주머니에게 돈을 건네며 말씀하신다. 아주머니, 천원을 도로 내드리며 혼잣말인 듯 대답한다.

"원래는 콩국수도 그냥 드려야 하는데……"

콩국수로 인해 우리 일행과의 대화는 잠시 끊겼지만 콩국수가 드시고 싶어 버스를 타고서까지 이 식당을 홀로 찾으신 할아버지나, 콩국수도 그냥 드리고 싶은데 차비만 도로 내드릴 수밖에 없어 미안해하는 아주머니가, 도시 생활에 익숙한 우리에겐 새롭게 보였다. 작은 면 단위 마을, 이름 없는 음식점에서 아주머니는 성실하게 자신의 임무를 수행하고 계셨다. 사랑과 정성을 이웃과 나누는 중차대한 임무를.

❊ ❊ ❊

이렇다 할 커다란 사건이 일어나는 일도 드물고, 하루하루가 크게 다를 것 없어 보이는 잔잔한 일상의 연속이지만, 고요하게 흐르는 시골 마을의 시간 속에는 '자족'과 '평화'를 아는 사람들을 위한 행복이 최적의 분량으로 차곡차곡 쌓여 가고 있는 것 같았다.

'공명(共鳴)'이 시작되다

5월의 첫 주말에는 밀린 빨래도 하고 침구인 에어매트와 침낭을 햇볕에 뽀송뽀송하게 말리면서 충전의 시간을 가졌다. 그리고 두 번째 주가 시작되는 5월 7일 월요일! 여느 날과 다름없이 화이팅을 외치며 라이딩이 시작되었다. 다행히 큰 언덕이 없어서 라이딩이 한결 수월한 날이었다.

점심에는 서울의 한 방송사에서 취재차 찾아왔다. SBS〈생방송 투데이〉팀이었다. 제작진은 점심 식사와 함께 담소를 나눈 뒤 본격적인 동행을 시작했다. 2~3주간 동행 취재를 하고 5월 17일과 24일 두 번에 걸쳐 15분짜리 미니 다큐 영상을 방송한다고 했다. 제작진은 특히 '여전히 신혼 진행형'인 김선욱 박재란 내외의 지나온 사연과 일상에 많은 관심을 보였다.

SBS〈생방송 투데이〉 - '최유라의 꽃보다 아름다워'. 2012년 5월 17일, 24일 2회 방송. "어쩌다 이렇게 못난 남편이 되어 버린 건지 알 수 없지만, 그래도 내 아내의 남편이라 참 좋습니다. 당신이 내 아내라서 참 좋습니다."

동영상 바로 가기

'마이다스 타이어' 배양기 대리님과 '성남 Bicycle Corp'의 임영철 팀장님, 정말 감사합니다!

마침 여장을 푼 장소는 강원도 인제군 북면 내설악의 십이선녀교 인근에 있는 미리내 캠핑장, 일명 '십이선녀탕 쉼터'였다. 이 계곡은 '지리곡', '탕수골' 또는 '탕수동계곡'이라고도 불렸는데, 1950년대 말부터 지금의 이름으로 불리기 시작했다고 한다. 8km에 이르는 십이선녀탕 계곡 중간 지점이 '십이선녀탕'이었고, 폭포와 탕의 연속으로 구슬 같은 푸른 물이 갖은 변화와 기교를 부리면서 흐르고 있었다. '12탕 12폭'이 있다 하여, 또는 밤에 열두 명의 선녀가 내려와 목욕을 했다는 전설 때문에 붙여진 이름이라고도 하지만 실제 탕은 여덟 개밖에 없다. 열두 명의 선녀 중 한 명으로 합류하고 싶었지만, 아직은 밤 기온이 너무 차가워 자제하기로 했다.

그렇게 해가 뉘엿뉘엿 지고 어둑해질 무렵 헤드라이트를 밝힌 자동차 한 대가 캠핑장 자갈밭을 가르며 우리 텐트 앞에 도착했다. 방송사 제작진에 이은 두 번째 손님은 각각 부산과 경기도 성남에서 찾아온 자전거 전문가들이었다.

여행 출발 전, 인터뷰 기사가 났던 신문을 보고 부산의 '마이다스 타

이어' 사장님이 언제든 출장 수리를 약속한 터였는데, 마침 여행 출발 일주일 만에 자전거의 기어가 고장이 나면서 출장 수리가 이루어졌다. 먼 길을 달려오느라 밤늦게 도착한 두 분은 기어 수리는 물론, 타이어도 새 것으로 교체해 주셨다. 여행을 하는 사람뿐 아니라 장비도 건강해야 한다는 것을 새삼 깨달았다. 우리 일행은 고맙고 감사한 마음에 기쁘고 송구스러웠고, 두 분은 도움을 주었다는 마음에 흡족한 미소를 지었다. 사심 없이 도움을 주고받는 관계 속에서 작은 기쁨의 교감이 이뤄지고 있었다. '착한 사람들이 만드는 희망 여행'이라는 '사이클링포큐어' 여행의 슬로건이 마음속 깊이 새겨지는 순간이었다.

✳ ✳ ✳ ✳

5월 둘째 주는 신기하게도 한 주의 시작과 마무리를 모두 반가운 손님들과 함께하는 주가 되었다. 양양군 서면 오색리에 머물렀던 금요일에는 마침 하루 종일 내리는 비로 라이딩을 하루 쉴 수밖에 없었다.

하루를 쉰 몫까지 열심히 달려야 할 토요일, 그래서 그런지 유달리 기운이 넘치는 날이었다. 그런 기분을 아는지 하늘도 전날과 달리 화창했다. 그리고 드디어 기다리고 기다리던 한계령에 도전한다! 무엇보다 특별한 날로 느껴진 또 한 가지 이유는, 첫 '구간 참여자'와 함께 동행하는 날이었기 때문이다.

한계령을 한 번이라도 다녀온 이들은 알겠지만 경사도 만만치 않고 오르막길도 상상 이상으로 길게 이어져 있는 곳이 바로 한계령이다. 자전거를 타고 이 길을 오른다는 것은 고독하고 힘겨운 길이 될 게 분명했다. 그런데 마침 '사이클링포큐어' 홈페이지를 통해 '구간 참여' 신청을 하신 분이 있었고, 다행스럽게도, 혼자였다면 더 힘겨웠을 한계령 구간을 함께하기로 한 것이다.

'사이클링포큐어'의 첫 동반 라이더 김인수 씨는 춘천에서 강원소방본부 항공구조대 소속 소방관으로 근무 중인 분이었다. 2010년 6월 위암 판정 후 수술 및 항암치료를 받고 1년간 요양 기간을 거쳐 지금은 일상으로 복귀한 상태였다 암 투병 중인 김선욱 씨가 강원도에 온다는 소식을 듣고 뜻 깊은 일이 될 것 같아 '구간 참여'를 신청하게 되었다고 한다.

처음 본 사이, 긴 이야기를 나누지 않아도 마음이 통하는 것일까. 두 사람은 만나자마자 누가 먼저랄 것도 없이 서로를 끌어안고 눈물을 흘렸다. 말이 필요치 않은 순간이었다. 자연스레 흐르는 눈물이 많은 말을 대신하고 있었다. 사람이 고통스러운 것은 근본적으로 '당신과 나는 분리되어 있다'는 사실을 깨닫고 인지하게 될 때인데, 때로는 고통과 고난의 경험을 공유하는 것이 그 분리의 경계를 약화시키기도 한다. 길 위에서 만난 사람들이 스스럼없이 마음을 열고 자신의 고난과 약점을 나누게 된다. '길'이라는 공간이 주는 힘 때문일까, 혹은 '여행'이 지닌 묘한 기운일까. 이 여행을 통해 우리는 날마다 조금씩 놀라운 경험에 다가가고 있었다.

눈물도 잠시, 두 사나이는 어느새 한계령을 정복하기 위해 '화이팅!'을 외치며 나란히 출발선에 섰다. 마주한 설악산의 기운을 받아 힘차게 페달링하는 두 라이더. 전날의 궂은 날씨는 상상도 할 수 없을 만큼 화창한 날씨 덕택에 설악산의 풍경은 한 폭의 그림 같았다. 설악산은 가을의 단풍놀이도 제맛이지만, 봄 특유의 푸르른 빛을 만끽하며 자전거를 달리는 것 역시 또 다른 재미였다. 길고 꼬불꼬불한 커브의 연속. 하지만 이런 험로도 의기투합한 두 사람의 길을 막을 순 없었다. 하루를 더 쉰 만큼 두 배의 체력으로 폭풍 라이딩!

그리고 드디어 한계령 고지! 어느새 두 사람에겐 여유가 넘쳐 보였다. 실제로는 여유롭게 올라갈 수 있는 길이 아니었음에도 만족감에서 나오는 여유로운 표정이었다.

오색리에서 신남리까지 김선욱 씨와 나란히 자전거를 타며 동행했던 김인수 씨는 잠시 집으로 돌아갔다가 우리와 더 많은 시간을 보내기 위해 저녁 무렵 우리의 캠핑장을 다시 찾았다. 맛있는 '춘천 닭갈비'와 함께! 닭갈비가 지글지글 구워지는 소리와 구수한 냄새가 잠자리에 들 때까지 우리의 청각과 후각을 만족시켜 주었다.

처음 만나는 사이인데도, '암 환우'라는 공감 때문이었을까, 두 사람은 만나자마자 말없이 긴 포옹을 나누었다.

2012년 5월 12일, 더없이 맑은 토요일, 해발 920미터 한계령 정상. 동행이 있었기에 더욱 든든하고 거뜬했던 라이딩.

　보통 사람도 아닌, 암의 고지를 넘어가고 있는 두 사람이 그 어렵다는 한계령 고지를 함께 넘으며 나눈 교감의 시간. 아침부터 저녁까지 계속된 두 사람의 교감의 동행 덕분에 지켜보는 일행 모두가 몹시 훈훈한 마음이었다. 아마도 이런 교감과 응원 덕분에 우리 여행이 계속 한 걸음씩 나갈 수 있는 건지도 모르겠다.

"삼촌은 늘 '엔조이(enjoy)'예요"

방문객이 끊이지 않던 2주차가 지나고 3주차로 접어든 5월 14일 일요일. 마침 이날은 정말 특별한 손님들이 우리 팀을 찾아왔다. 태평양 건너 호주에 살고 있는 김선욱 씨 조카 부부가 방문한 것이다. 호주에서 서울을 거쳐 강원도 홍천까지, 아마 2주라는 짧은 기간 동안 우리 팀을 찾은 방문객 중 가장 먼 곳에서 온 '원거리 손님 기록 보유자'가 아닐까 싶다. 바쁜 일정 때문에 다섯 시간 정도밖에 함께할 수 없었지만, 삼촌을 생각하는 조카 부부의 마음이 지켜보는 우리에게까지 잔잔하게 전해져 왔다. 특히나 조카 샘 킴^{Sam Kim} 씨는 호주에서 오랫동안 이민 생활을 했던 김선욱 씨를 곁에서 지켜보며 자란 까닭에, 김선욱 씨의 호주 시절에 대해 우리가 모르고 있던 이야기들을 들려줄 수 있었다. 말하자면 '박재란 여사도 미처 모르고 있었던 김선욱 씨의 과거'를 알아볼 수 있는 절호의 기회였다. 맛있는 식사를 마친 후 작정하고 샘 킴 씨와 인터뷰를 진행했다.

Q: 김선욱 씨는 호주 이민자였는데, 호주에서 김선욱 씨는 어떤 분이었나요?

A: 사실 호주에서 삼촌은 '미라클 스토리'의 주인공이라고 할 수 있어요. 삼촌은 그곳에서 청소부터 시작하셨죠. 이민 1세대가 할 수 있는 일의 종류는 주로 육체노동이니까 청소나 배달업에 많이 종사해요. 청소는 보통 사회적인 지위가 있는 사람들이 대행을 부탁하죠.

일반적인 한국인들은 청소를 하게 되면 청소만 하죠. 그런데 삼촌은 사람들에게 말을 걸고 인생을 넓혔어요. 만나는 모든 사람들을 친구로 만드는 재주가 있었죠. 보통 겁먹으면 그렇게 말을 못 걸죠. 하지만 삼촌은 겁먹지 않았어요. 마음의 벽이 유난히 없는 분이세요. 호주 이민사회에서도 삼촌은 발이 아주 넓었어요. 삼촌을 좋아하는 사람은 아주 좋아하고, 싫어하는 사람은 아주 싫어했죠 (하하).

삼촌은 호주에서 줄곧 결혼을 안 하고 싱글로 지내시다 보니, 저를 여기저기 많이 데리고 다니셨어요. 요트도 타고 스키도 타고, 삼촌이 하시는 스포츠나 문화 활동에 저를 데리고 다니셨어요. 저를 아들이나 친구처럼 생각하셨죠. 말하자면 제 멘토셨어요.

Q: 김선욱 씨의 성격은 어땠나요?

A: 저희 아버지는 열여덟 살에 호주로 이민을 가신 분이셨어요. 성격이 강하고 보수적이셨죠. 힘든 젊은 시절을 보내셨어요. 반면에 삼촌은 무척 개방적인 성격이세요. 말하자면…… 머리의 검열을 거치지 않고 이야기를 하시죠. 그래서 때로는 이야기를 듣고 있는 사람이 삼촌의 머릿속에서 일어났어야 할 그 생각의 과정을 거쳐야 해요. 그 정도로 오픈하는 분이

세요. 무엇에 얽매이는 걸 싫어했고, 삶을 즐기고 자유로운 걸 좋아하셨죠.

삼촌에게 생존 기제survival mechanism라는 것이 있다면, 도전과 긍정인 것 같아요. 그리고 보류하거나 지체하지 않고 곧바로 반응하는 것도요. 삼촌은 쓰기 위해서 벌었어요. 오늘을 즐기기 위해 돈을 버는 사람 같았죠. 호기심이 굉장히 많으시고요. 책도 많이 읽으셨어요. 그래서 창의적인 면과 논리적인 면을 둘 다 갖고 계세요. 삼촌은 어느 것 하나에 빠지면 그것을 굉장히 열심히, 몰입해서 하셨죠. 수상스키나 스노우스키, 수영, 자전거, 가리는 게 별로 없었어요. 늘 바다나 산, 식물같이 자연을 가까이 하고 싶으셨던 것 같아요.

'삶을 누리는 것enjoy life'이 삼촌 삶의 목표인 것 같아요. 그렇다고 나른 사람에게 폐를 끼치는 건 아니었죠. 그리고 그러기 싫으셔서 젊은 시절 결혼을 안 하신 면도 있고요.

삼촌은 암조차도 누리시는enjoy 것 같아요. 성격 자체가 그러세요. 걱정이 별로 없고요.

Q: 김선욱 씨가 다른 사람들과 소통하는 힘은 어디에 있다고 생각하나요?

A: 삼촌은 편지 쓰는 것을 무척 중요하게 생각하셨죠. 그래서 영어 문장이나 단어 공부를 열심히 하셨어요. 자신의 마음을 표현하는 데 편지만큼 중요한 게 없다고 생각하셨거든요. 어떤 사람을 만나든 늘 최선을 다해서 감정을 잘 전달하고 싶은 마음이 있으셨던 것 같아요.

삼촌에게는 사람의 마음을 열게 하는 힘이 있는데, 워낙 본인 자체가 마음을 여니까 상대도 두려움이 사라지는 것 같아요.

A : 삼촌을 보면 '희망'이란 단어가 생각나요. 어떤 상황에서도 긍정적인 에너지, 언제나 앞으로 전진하고자 하는 노력, 무언가를 배우거나 무언가에 에너지를 쏟고자 하는 열정. 그런 게 희망이라고 봐요. 저는 삼촌과 함께 있으면 그런 에너지를 받았어요.

Q : 김선욱 씨의 암 소식을 들었을 때 어떤 생각이 들었는지요.

A : 사실, 삼촌이 폐암이라는 소식을 들었을 때 무척 슬펐지만 왠지 이런 힘든 일을 겪으실 것 같은 예감 같은 게 있었던 것 같아요. 지금까지 자유롭게, 아무것에도 얽매이지 않는 삶을 살아오시다 보니 이런 큰 시련을 겪으시는 게 아닌가 하는……. 하지만 그 시련을 잘 극복하실 거라는 강한 믿음도 동시에 가지고 있습니다. 저뿐만 아니라 삼촌을 알고 있고, 지켜보는 모든 사람들이 그럴 거예요.

조카 샘 킴 씨의 말처럼 김선욱은 어린 시절부터 '진심을 다하는 편지' 쓰기를 부단히 연습했다고 한다. 만나서 나누는 대화나 전화 통화보다도 '편지'라는 수단을 특히 신뢰했다. 사람과 사람 간의 소통에서 진심을 다해 쓴 편지 한 통에는 '마음'을 전하는 특별한 힘이 있다고 믿었기 때문이다.

이러한 믿음은 언제나 열의로써 자신의 삶을 바꿀 수 있다고 믿는 그의 신념과 일맥상통한다. 자신의 삶에 대한 열정과 진심이 그 어떤 삶의 조건이나 환경보다 우선한다고 그는 믿고 있다. 열의와 진심이 있다면, 자신의 삶에 대한 믿음이 있다면, 행동하게 되어 있다고 생각했고, 그 행동에서 무언가를 바꿀 수 있는 에너지가 나온다고 믿었다. 이제까지 그의 삶은 이런 믿음을 직접 행동으로 옮긴 결과라 해도 과언이 아닐 것이다.

호주에서 살 때였다. 한번은 스키장에서 나치주의자를 만난 적이 있었다. 그는 외국에서 호주로 스키를 타러 온 사람이었는데, 스키를 타러 온 김선욱 일행을 향해 심각한 인종차별적 발언을 했다. 하마터면 큰 싸움으로 비화될 뻔한 순간을 가까스로 넘겼다. 그러고는 스키장에서 돌아온 뒤 호주인권위원회에 스키장에서 겪은 일의 부당함을 알리는 편지를 보냈고, 수개월 후 결국 그 나치주의자에게는 호주 입국 금지 조치가 내려졌다. 정직한 논리가 담긴 한 통의 편지가 이끌어 낸 행정 조치였다.

한번은 스키를 타다가 뜻밖의 사고로 척추를 다친 친구를 위해 도움을 줄 일이 없을까 생각하다가 이번에도 편지를 쓰기로 마음먹었다. 병원에서 친구를 위한 깜짝 파티를 열면 좋을 것 같았다. 그는 명료하고도 진심을 담은 편지를 써서 20여 명의 친구들을 불러 모았고, 그들은 우울할 수 있는 고통의 장을 신명나는 축제의 장으로 만들 수 있었다.

이번 자전거 여행도 마찬가지였다. 그는 편지에서부터 시작했다. 처음에는 여행 계획을 더 많은 사람들에게 알려 줄 언론사를 대상으로, 그다음에는 동참자를 찾기 위해, 홈페이지를 만들기 위한 웹디자이너, 여행 기획자, 그리고 후원을 부탁할 한국임상학회에 이르기까지…… 여행

I would appreciate if you could put the attached letter on your site.
It was written to find those who are willing to volunteer for my bike
tour around the world as part of a campaign for the prevention of
cancer.

Dear My Friend,

My name is Sunwook Kim, Living in Seoul, Korea.

I, aged of 58 was diagnosed with Lung Cancer stage 4 in 11 of
November 2010. I have finished 4 sets of Chemotherapy on 7th of
February 2011 then I have being taking an "Iressa" from 22 of March
2011.

When I was in good health it was my dream to explore the world
through a bike tour with my lovely wife Jearan Park. My initial plan
was to finish the tour in 5 years, starting from 1st of June 2012.
Unfortunately it was postponed indefinitely owing to this ruthless
lung cancer. The doctors say that my health condition is better now.
Expectations can be kept along with me further. As per to the doctors,
regular medical attention and care is the most important thing. In the
midst of all these I cannot stop thinking about my dream too. I know
that my dream is the perfect medication for me now, it keeps me alive.

So why should I defer it further. I want to start my world tour on the
1st of May 2012. The first stage of the tour will start from Imjingak
to Taejongdae in Korea for 5 months, 2013 in Japan, 2014 in USA, 2015
in Europe and be continues ,

Before I get victimized by this merciless disease, my original plan was just biking, sighting through towns and countries. But my new plan is when I visit any town, village or a country; I want to meet cancer patients and share my life & sorrow with them and encourage them to live with hope by understanding the nature of this difficult task that the God has gifted us!

While interacting with the public and rest of the world throughout my World Bike Tour, I am looking forward for a volunteer supporting team comprising of a web designer, article editor (Korean/English languages), visiting country's organizer, public relations specialist, strategic planner, Advocate & Engagement specialist who can give me a helping hand to make my dream a success.

Your contribution will renew my optimism on my plan which is 4 years ahead. Undoubtedly being a cancer survivor, your encouragement will help me more extensively for my intention of helping cancer patients and keep the world aware of taking adequate measures without further delay to eradicate cancer from this world.

I am confident that you will make a positive gesture on this, as this is not merely a social work but set a hope on each ones heart to live cheerfully and courageously who need it.

Yours Sincerely,

Jearan Park and Sunwook Kim
Email : 2bcure@gmail.com
82 10 9014 2224

여행에 도움을 줄 후원자들을 찾기 위해 세계 곳곳으로 보냈던 김선욱의 영문 편지.
'드림 디자이너Dream Designer'를 자처했던 그답게 여행 계획과 준비 과정에도 특유의 추진력이 빛났다.

에 대한 계획이 '꿈'에 그치지 않고 '현실'이 될 수 있었던 데에는 진심을 다해 쓴 한 사람의 편지가 있었다.

아내와의 소통에서는 문자 메시지를 자주 활용했다. 소소한 '수다small talk'가 친밀감을 높여 준다고 생각했기 때문이다. 그래서 그는 회사에 있는 시간에 한두 문장이라도 아내의 안부를 묻는 간단한 문자 메시지를 자주 보냈다. 그렇게 작은 수다들을 미리 자주 많이 나누다 보면 갑자기 '대화'를 하려 할 때도 머쓱하지 않다. 더 깊은 대화의 바다로 들어가기 위해 첨벙거리는 물장구가 필요했던 것이다.

"잘 쓰려고 할 필요도 없어요. 내 마음을, 내 진심을 정확하게 표현해 낼 수 있다면 된 거죠. 살면서 편지가 얼마나 중요한지 깨닫게 된 적이 한두 번이 아니에요. 내겐 사람들과의 소통이 삶에서 가장 중요한 가치이기 때문에 편지도 내 삶에서 그만큼 중요해요."

그렇다. 편지가 그의 삶의 많은 부분을 바꾸어 놓았다. 이번 자전거 여행 역시 '김선욱의 편지'가 이뤄 낸 많은 변화 중 하나이듯이.

25년 만의 깜짝 방문

"Hello, Please keep secret to Sun Wook Kim to join of myself on his road map of cycle this week. Please advise location to camp today. As per your reply, I myself could cross him on his road by 'cycling4cure'. The reason of application is to encourage him for his adventure, challenge and dedication to his 'cycling4cure'. Looking forward your prompt reply in the soonest.

Best regards,

Jonh Han (John) Lee

"안녕하십니까. 이번 주 김선욱 씨의 자전거 여정에 동행하고 싶은데, 김선욱 씨에게는 부디 비밀로 해 주시면 좋겠습니다. 오늘 김선욱 씨의 캠프 위치를 알려 주시면 좋겠어요. 위치가 파악되는 대로 '사이클링포큐어' 팀을 만나러 가겠습니다. 김선욱 씨의 모험과 도전 정신, '사이클링포

큐어'캠페인에 대한 그의 헌신을 응원하고 싶습니다. 최대한 빠른 회신

기다리겠습니다.

안녕히 계십시오.

존 리."

5월 23일, '사이클링포큐어' 홈페이지의 '구간 참여 신청' 게시판을 통해 짧막한 영문 메일이 한 통 접수되었다. 메일이 남겨진 시간은 오전 8시 56분, 서울의 지원 팀에서 메일을 확인한 시간은 오전 11시경, 그런데 '구간 참여 희망 일자'는 5월 23일 당일로 기재되어 있는 게 아닌가. 지원 팀은 메일에 남겨진 전화번호로 서둘러 연락을 취했다.

"저는 김선욱 씨의 30년 지기 친구입니다. 캐나다에서 왔는데, 김선욱 씨를 만나려면 어디로 가야 할까요? 홈페이지의 일정표를 보고 일단 지금 영월로 가고 있는 중입니다."

캐나다라니! 호주에서 찾아온 조카 부부에 이은 또 한 번의 '글로벌 원거리' 방문객이었다. 여행 시작 전에 작성한 180일 일정표는 현실적으로 그날그날의 현장 상황에 따라 지켜지기도 하고 지켜지지 않기도 하면서 다소간 변동이 있었다. 마침 이종한 씨가 구간 참여를 희망한 5월 23일의 경우 당초 계획표에 따른 행선지는 영월이었지만, 실제로 여행 팀은 충북 제천을 지나고 있었다. 이미 서울을 출발해 거의 영월에 다다른 이종한 씨는 다시 제천으로 발걸음을 돌려야 했다.

젊은 시절 캐나다로 이민을 떠난 그는 동아시아 출장차 한국을 찾은 길이었고, 오랜 친구 김선욱의 암 투병과 자전거 여행 소식을 듣고는, 모

25년 만의 해후. 끝도 없이 무언가가 쏟아져 나오는 친구의 선물 보따리. 김선욱의 손에 들린 것은 '생명을 의미하는 분홍색 셔츠'.

든 출장 일정을 마친 뒤 한걸음에 김선욱을 만나러 달려온 것이다. 중년을 훌쩍 넘겨 25년 만에 재회하는 30년 지기. 그런데 그 친구가 암과 싸우며 자전거를 달리고 있다니. 이종한 씨가 친구를 놀라게 해주고 싶어 하는 마음이 십분 이해되었다.

서울의 지원 팀은 급히 현장 팀에게 연락을 취했고, 현장에서는 김선욱 한 사람에게만 비밀을 유지한 채 서프라이즈 방문객을 맞을 준비에 들어갔다. 간단히 파스타로 먹기로 했던 저녁 메뉴도 김선욱에게는 '파스타와 함께 먹을 샐러드가 없더라'는 이유를 대고 숯불 구이로 바꾸었다. 그리고 잠시 후, 영월에서 제천으로, 그리고 제천 시외버스 터미널에서 다시 캠핑장으로, 먼 길을 달려온 이종한 씨가 도착했다. 그가 택시 문을 열고 내리는 순간, 김선욱은 25년 만에 만나는 친구를 대번에 알아보았다.

"어? 이게 누구야! 이종한 씨? 아하하하하하하!"

2부 *Go with the Flow* 자전거 두 바퀴에 희망을 싣고

예의 호탕한 웃음소리와 함께 김선욱의 눈에는 어느새 눈물방울이 맺혔다. 생각지도 못한 깜짝 방문이었다. 말할 수 없는 감격에 두 남자는 깊은 포옹을 나누었다.

25년 만에 만난 벗들은 할 말이 많았다. 저녁 식사 내내 이야기보따리가 끊이지 않았다. 한창 이야기가 무르익을 무렵, 이종한 씨가 캐나다에서부터 가져온 진짜 보따리에서 무언가를 하나씩 꺼내기 시작한다.

"이건 잇몸 시린 데 좋은 치약, 이건 얼굴을 촉촉하게 하는 빙하 점토 토너, 이건 생명을 의미하는 분홍색 셔츠, 이건 에너지 보충하라고 스위스 꿀, 이건 바늘이랑 실, 이건 머리핀, 이건 차에서 들으면 좋을 음악 CD, 이건 메모장, 이건 글리세린 비누, 이건 비타민, 이건 자전거 닦는 수건…… 그리고 이건…….."

끝도 없이 무언가가 쏟아져 나오는 선물 보따리에서 그가 마지막으로 꺼내 든 건 새하얀 운동화 끈이었다. 앞으로 6개월, 자전거 페달을 밟는 운동화 끈이 닳을 때마다 새 것으로 갈아 끼우라는 것이었다. 대체 그는 어디까지 생각한 걸까! 180일 자전거 여행의 모든 과정을 머릿속으로 곰곰 생각하고 또 생각한 모양이다. 상대의 필요를 생각하는 그 마음이 진짜 값진 선물이었다.

두 사람의 인연은 1979년에 시작되었다. 당시 각자 무역업에 종사하고 있던 김선욱과 이종한은 한 일본어 학원에서 첫 만남을 가졌다. 유독 사람을 좋아하는 성격이 서로 잘 맞는 데다 회사 위치도 가까워 그들은 점심시간에 자주 만나 대화를 나누곤 했다. 학원 수업을 마친 후에는 사람들과 함께 떼 지어 이문동 막걸리를 마시러 가기도 하고 삼각동 족발을 먹으러 가기도 했다. 같은 반 사람들과 조기 축구 팀을 만들어 몸 부대끼며 어울리기도 했다.

그러다 얼마 지나지 않아 이종한 씨가 캐나다로 이민을 가게 되었고, 김선욱 역시 호주로 떠났다. 1987년 이종한 씨가 가족들과 함께 시드니 여행 중에 김선욱을 만난 뒤로는 한 번도 직접 만날 기회가 없었다. 하지만 전화와 이메일로는 서로 연락의 끈을 놓지 않고 있었다. 도중에 5년 정도 서로 연락이 끊어졌다가 이종한 씨가 지인을 통해 김선욱의 연락처를 수소문해 다시 연락을 취한 것이 2010년 가을. 5년 만에 반가운 마음으로 다시 연락을 취한 이종한 씨는 청천벽력 같은 소식을 들었다. 친구가 폐암 말기라는 것이었다. 그 뒤로 이종한 씨는 거의 매일 친구에게 이메일과 전화로 안부를 물으면서 병의 추이를 지속적으로 확인했다.

"작년에 히말라야 등반에 도전하는 동료가 있었어요. 그 동료에게 우리 친구 김선욱의 쾌유를 기원하는 쪽지를 들려 보냈죠. 그 친구가 히말라야 베이스캠프에 쪽지를 붙여 두고 왔다고 해요."

멀리서나마 친구의 회복을 위해서라면 무엇이든 하고 싶었던 그다. 마침 이번 한국 출장길에 무슨 일이 있어도 김선욱을 만나야겠다고 유독 절박하게 마음먹은 이유는 따로 있었다.

"작년 1월 중순쯤 미국에서 전화가 왔어요. LA에 갈 때마다 만나던 친구였는데, 이 친구만큼 튼튼하고 건강한 사람이었죠. 평소에도 자주 연락을 주고받고 지냈는데, 얼마 전까지만 해도 건강했던 사람이 어느 날 전화를 해 와서는 갑자기 위암 말기라는 거예요. 담배도 안 피우고 술도 마시지 않는 독실한 가톨릭 신자였는데 말이죠. 병원에서 6개월도 안 남았으니 준비를 하라고 한 모양이에요."

한 달쯤 뒤 LA의 친구로부터 다시 이메일이 왔다고 한다. 항암치료를 하고 있는데, 한 번 하고 나면 사흘간 침대에서 일어나지 못한다는 내용이었다. 얼마 앞으로 다가온 딸의 결혼식 때까만이라도 어떻게든 살아 보고 싶은데 그때까지 몸이 버텨 줄 수 있을지 모르겠다고 했다. 더 이상 그를 만나는 것을 미룰 수 없었다. 어떻게든 그를 만나야 했다. 그러나 마침 여권 만기가 다가와 여권 연장 신청을 해놓고 기다렸다. 그러던 5월 LA로부터 전화 한 통이 걸려 왔다. 친구의 아내였다.

"휴대폰을 보니 친한 친구 분이셨던 것 같아 연락 드려요. 애들 아빠가 금요일 오후 두 시에 세상을 떠났어요……."

병원에서 진단을 받은 지 정확히 4개월 만의 일이었다. 이것이 사람의 운명인가. 며칠 전까지만 해도 명료하게 음성을 들을 수 있던 한 사람이 이제 이 세상 사람이 아니라는 것이 믿기지 않았다. 이제 다시는 친구의 얼굴을 볼 수 없단 말인가.

이후 이종한 씨는 자신도 모르게 우울증의 터널을 지났다고 한다. 오래된 포도주 같은 친구가 세상을 떠나기 전에 서둘러 그를 찾아가 한번 만나지 못한 데 대한, 위로의 말 한마디 건네지 못한 데 대한 죄책감이 컸다. 회한이 재가 되어 마음에 활활 날아다니는 것 같았다.

"LA의 친구가 마지막으로 보내 온 이메일에 이런 이야기가 있었어요. 어느 대학교수가 학생들에게 이런 질문을 했대요. 내일 지구가 멸망한다면 오늘 무엇을 할 것인지 종이에 적어 보라는 것이었죠. 학생들은 '부모님께 사랑한다고 말하겠다', 화해하지 않은 친구와 화해하겠다'처럼 평소 실천하지 못하고 속에만 담아 두었던 이야기를 적어 내려갔죠. 그러자 그 교수가 이렇게 말했대요. '그것을 지금 당장 하라!Do it now!' 전 그래서 여기 왔어요. 지금 제가 주춤거리면 나중에 이 사람을 못 볼 수도 있잖아요. 보고 싶은 마음이 들었을 때 봐야 하는 거죠. 김선욱이 강원도에 있든 충청도에 있든, 어디든 찾아가서 만나겠다는 생각으로 왔습니다."

25년간 나누지 못한 이야기들을 풀어 놓기에 5월의 하룻밤은 너무 짧았다.

이튿날 새벽, 텐트 사이로 울려 퍼지는 음악 소리에 잠을 깼다. 이글스의 〈호텔 캘리포니아〉. 김선욱이 가장 좋아하는 팝송 중 하나였다. 30년 지기 이종한은 친구의 음악 취향까지 잊지 않고 있었다. 친구가 좋아하는 노래를 들려주기 위해 음악 파일을 저장해 온 것이다. 25년 만의 깜짝 방문 그 자체만으로도 놀랍고 고마운 일인데, 매 순간 마음 씀씀이가 세심하게 느껴지는 그의 선물에 모두들 적잖은 감동을 느꼈다.

그리고 마침내 작별의 시간. 두 친구는 긴 포옹을 나누었다. 자전거에 올라타는 김선욱의 눈에는 이슬이 맺히고 그런 그를 토닥이는 이종한 씨의 등은 흡사 형제 같고 아버지 같았다. 한 사람의 마음에는 남은 5개월여 지치지 않고 달리고도 남을 든든한 위로와 응원이, 또 한 사람의 마음에는 꼭 만나야 할 친구를 만나고 돌아가는 감사함이 자리를 잡았다. 이렇게 우리는 매일매일 행복과 감사를 만나고 있었다.

"부르릉."

5월 24일 목요일, 흰색 트럭 한 대가 아침 일찍 캠핑장 앞에 도착했다. 곧이어 형형색색의 사이클 복장을 차려입은 라이더 다섯 명이 트럭에서 내렸다. 트럭 화물칸에는 이들의 애마인 자전거 다섯 대가 실려 있었다. 알록달록한 두건과 헬멧, 마스크, 몸에 밀착되는 야광색 상하의, 자전거 뒷바퀴에 꽂은 앙증맞은 깃발. 그리고…… 얼굴엔 무표정 바탕화면에 썩소 폴더까지. 한마디로 '자전거 탄 A 특공대'다. 이들은 김선욱과의 동반 라이딩을 위해 강원도 평창에서 제천까지 출동한 '평창 장암 MTB 동호회' 회원들이었다.

리더인 김선종 씨는 〈강원도민일보〉에 실린 김선욱, 박재란 부부의 자전거 여행 기사를 접한 뒤 '사이클링포큐어' 홈페이지에 매일같이 찾아와 댓글을 남길 정도로 큰 관심과 응원을 보내 주던 분이었다. 대개는 동병상련이라고, 암 환우이거나 또는 암 환우의 가족들이 댓글을 남기는 경우가 많았는데, 김선종 씨는 그런 상황도 아니었다. 그는 왜 그렇게 이들의 여행을 관심 있게 지켜보게 된 걸까.

"대개 암이라고 하면 병원에 입원하거나 모든 일을 접고 집에 들어앉기도 하잖아요. 그런데 이분은 자전거로 전국일주를 한다잖아요. 그것도 7000km를…… 존경스러웠어요. 유명한 사람들만 존경받으란 법 있나요."

순수한 마음에서 우러난 존경심이었다.

"그리고 저도 자전거를 타 봐서 아는데, 혼자 타면 지루하고 외로워서 그만큼 쉽게 피곤해져요. 저도 하루 60km 정도 타고 나면 그 다음날은 타고 싶지가 않아요. 그런데 이 양반은 180일 동안 자전거를 매일 타겠다는 거예요, 그것도 폐암 환자가…… 대단한 용기죠. 그래서 잠깐이라도 자전거를 함께 타야겠다 싶었어요. 옆에서 같이 달리는 사람이 있으면 대화라도 나누고, 그러면 몸은 똑같이 힘들어도 지치는 느낌은 훨씬 덜하죠. 서로 대화하고 응원하면서 타다가 쉬기도 하고, 또 쉬는 시간에 대화하고. 그렇게 같이 가면 김선욱 씨도 더 힘이 날 거예요."

그렇다. 함께 가면 두 배 세 배 더 힘이 날 것이다. 홈페이지에 들어가 예정 경로를 확인하고, 강원도 평창 인근을 지날 즈음에 합류하기로 결심했다. 그리고 자전거 동호회 후배들에게 소식을 알렸다. "형님이 그렇다면 저도 이틀 휴가를 내죠."라며 동참하겠다는 후배들이 나타났다. 3교대로 격무를 이어가는 소방공무원 후배도 합류하기로 했다. "집에 가서 쉬고 싶지만 그런 취지라면 제가 빠질 수 없죠. 형님도 하시는데요." 그렇게 한 사람, 두 사람, 자신의 하루를, 자신의 이틀을 내놓으며 암 환우 김선욱의 라이딩에 힘을 보태기로 했다.

홀로 외로이 달릴 길에 시간과 노력을 들여 선뜻 동행이 되어 주겠다고 찾아온 이들의 정성이 너무 고마워 김선욱, 박재란 부부가 점심 식사를 대접하겠다고 하자, 오히려 버럭 하며 손사래를 친다.

　"주려면 홀딱 벗어 주라는 말이 있어요. 남의 일을 봐 주려면 3년상을 봐 주라는 말도 있죠. 여러분은 우리 손님이에요. 우리가 냅니다."

　그러고선 점심 식사는 물론 쉬는 시간 간식까지 대접한다. 한 라이더가 식사 도중에 눈시울을 붉히며 조심스레 말한다.

　"사람이 살다 보면 언제 어떻게 아플지 모르는 일인데…….이렇게 긍정적으로 사시는 모습이 참 보기 좋습니다. 건강한 제가 다 부끄럽네요."

　"네, 그냥 봤을 땐 폐암 환자이신지 전혀 모르겠어요. 표정이 참 밝으세요."

　"몸에 병이 오면 마음의 병이 더 심하게 들기도 하잖아요. 선생님은 지금 육체는 고되어도 마음은 편하신 것처럼 보여요."

　"네. 처음 암 선고를 받았을 땐 하늘이 무너지는 것 같았는데, 요즘엔 집사람이랑 농담도 하며 지내요. 제가 뭐 조금만 잘못하면 이 사람이 '폐암 주제에 그러기냐' 이런 식이죠. 슬픔 속에서 암을 모시고 살진 않을 거예요. 결코."

　"그럼요, 우린 어차피 다 시한부 인생인데…… 하루를 살아도 즐겁게 살아야죠…….'"

　동호회 회원들과 남편의 대화를 듣고 있던 박재란 여사도 몇 마디 거들면서 한동안 대화가 이어진다.

　점심 식사를 마치고 동반 라이더들이 안내하는 평창의 캠핑장을 향

"저 현수막에 쓰여 있는 걸 보니까, 내 이름이 처음으로 예쁘게 느껴지네⋯⋯." 진심 어린 환영과 뜻밖의 선물에 말로 표현 못할 감동을 경험했던 날.

해 다시 달렸다. 캠핑장에 거의 도착할 즈음, 운전을 하던 로드 매니저가 "아⋯⋯." 하고 나지막이 탄성을 내뱉는다. "왜? 무슨 일이야?" "저기⋯⋯." 그러면서 어딘가를 가리킨다.

김선욱, 박재란 부부를 환영합니다.
당신의 열정이 모든 암 환자에게 희망을 줍니다.
7,000km 대장정이 무사히 끝나고 쾌유를 기원합니다.

— 강원 평창 장암 MTB 회원 일동

캠핑장 입구, 그들이 미리 준비해 놓은 파란 현수막이 나부끼고 있었다. 우리 팀은 모두 말을 잃었다. 박재란 여사의 눈엔 어느새 눈물이 고였다.

"나는 늘 내 이름이 마음에 들지 않았는데, 저 현수막에 쓰여 있는 걸 보니까, 내 이름이 처음으로 예쁘게 느껴지네……. 내 이름이 참 예쁘구나. 아…… 태어나서 내가 모르는 사람들한테 이렇게 많은 사랑을 받아 보긴 처음이야……."

박재란 여사의 눈에서 굵은 눈물방울이 떨어진다. 그렇게 평창 장암 MTB 회원들과의 동반 라이딩 첫날이 저물었다.

다음 날 새벽 여섯 시, 눈 뜨기가 무섭게 전날의 동반 라이더 한 분이 자전거를 타고 캠핑장을 찾았다. 안부 인사차 들렀다는 것이다. 밤새 춥지는 않았는지, 벌레에 물리지는 않았는지, 살뜰하게 물어보며 안부를 확인했다. 그렇게 잠시나마 다시 얼굴을 보고 싶어서 출근 전 새벽 걸음을 했노라고. 인사를 나눈 뒤 그는 자신의 일과를 위해 다시 떠났다. 평창 장암 MTB 회원들과의 둘째 날도 이렇게 가슴 한 편이 뻐근해지는 감동으로 시작되었다.

새벽 손님이 다녀가고 난 뒤 둘째 날을 함께할 다섯 명의 라이더들이 속속 도착했다. 전날과 마찬가지로 형형색색의 사이클 복장은 여전했다. 자신이 쓰던 사이클 두건을 그 자리에서 김선욱에게 벗어 주는 이도 있었다. 전날 라이딩 중에 지나쳤던 시내의 한 제과점에서는 휴식 시간용 간식으로 많은 양의 빵을 인편에 보내 왔다. 캠핑장에 잠시 산책을 나왔던 이웃의 한 할머니 권사님은 이들 부부의 사연을 듣고는 기억하고 기도하시겠다며 연락처까지 적어 가신다. 그리고 몇 분 지나지 않아 승용차 한 대가 캠핑장에 도착한다. 단정한 차림의 여인 한 명이 운전석에서 내린다.

"안녕하세요? 김선욱 선생님이시죠?"

동반 라이더 중 한 명이 근무하는 보건의료원의 과장님이 소식을 듣고 출근 전 캠핑장을 찾은 것이다.

"이렇게 멋진 도전을 하신다기에 너무 감사해서 들렀어요. 선생님이 저희 희망이십니다. 많은 사람들이 진심으로 응원하고 있다고 꼭 말씀드리고 싶었어요."

그러고는 막국수라도 직접 대접하고 싶은데 그러지 못해 죄송하다며 박재란 여사의 손에 금일봉을 쥐여 드리고 서둘러 일터로 떠났다.

한 달 전까지만 해도 세상 어딘가에 존재하는 줄도 몰랐던 곳곳의 이웃들로부터 이렇게 응원받을 만한 일인가. 이렇게 축복받을 만한가. 부부는 길 위에서 만나는 이들의 환대에 깊은 감동과 깊은 참회가 뒤섞인 오묘한 감정을 느끼며 다시 길을 나섰다.

'선수'들이 함께하는 날을 알아서였을까, 때맞춰 이상이 생긴 타이어, "즉석 교체쯤은 문제없습니다!"

동반 라이더들은 평소보다 페이스를 늦췄다. 보통은 평균 시속 20~22km로 달리는데, 김선욱의 속도에 따라 평균 15km를 유지했다. 천천히 달릴수록 자전거 위에 앉아 있는 시간이 길어지면서 둔부에 무리가 가지만, 경주를 위한 달리기가 아닌, '동행'이었기에 어쩌면 당연한 일이었다. 약한 사람, 그 약함을 드러내는 사람을 중심으로 속도를 맞춰가고 있었다. 그 약한 존재의 속도에 맞춰 선한 마음들과 에너지가 모여들고 있었다.

평창군 진부면에서 정선군 정선읍으로 넘어오는 사이 어림짐작으로 고개 네댓 개는 넘어온 것 같았다. 혼자였다면 한 고개조차 힘들었을 마의 구간을 다섯 명의 동행과 함께 달리니 거뜬했다. 다음 고개는 가리왕산의 비행기재! '마전령(麻田嶺)'이라는 이름으로도 알려진 곳이다. 비행기재는 해발 946미터에 달하는, 깎아지른 산비탈이다. 높고 꼬불꼬불한 고개 위에 오르면 마치 비행기를 탄 것 같다고 해서 비행기재라 부른다는 설도 있고, 고개를 오르던 버스에서 내려 걸어간 손님이 오히려 꾸물꾸물 고갯길을 내려오던 버스보다도 먼저 정류장에 도착해 버려 버스 운전사가 놀라며 "비행기 타고 왔소?"라고 물었던 데서 이런 이름이 생겼다는 설도 있다. 또한 험한 고갯길을 타고 넘던 버스나 트럭이 가끔 미끄러져 고갯길 아래로 날았다 하여 비행기재라 부른다는 등 이름의 유래에 대한 이야기가 여러 가지다. 우리의 라이더들은 이 깎아지른 비행기재에서 터널을 지나게 되었다. 자전거 라이더들에게는 공포의 공간,

2012년 5월 24일과 25일 이틀에 걸쳐 '동행'이 되어 주었던 '평창 장암 MTB' 회원들. 잊지 못할 사랑과 격려의 시간이었다.

터널.

"터널 안에서는 뒤에 오는 자동차 소리가 벼락 같아. 차가 추월이라도 하려고 들면 엄청 무섭지."

"언젠가는 백라이트만 켜고 프런트라이트를 안 켠 채 자전거를 탔는데, 내 앞에 커다란 화물차가 있었거든. 그런데 내 뒤에 있는 차가 그걸 모르고 날 추월하려다가 사고가 났지. 그때 정말 죽는 줄 알았어."

"그래서 백라이트랑 프런트라이트는 모두 켜야 해. 그리고 터널에서는 항상 같이 타야 해. 혼자 타면 안 돼."

터널에 대한 라이더들의 이야기는 터널만큼이나 길게 이어졌다.

긴 터널 안에서 들리는 소리는 사람을 압도하기에 충분하다. 차 안에 서라면 창유리를 사이에 두고 소음으로부터 어느 정도 차단되겠지만 자 전거를 타는 이들은 사정이 다르다. 빠른 속도로 달리는 차량들. 타이어 와 노면의 마찰에서 나는 소리. 그리고 소리의 증폭. 안 그래도 터널은 일반 도로보다 사고 위험이 높은 공간인데, 터널 안에서 나는 소리는 바 깥보다 몇 배는 더 크게 들려 불필요한 공포를 조장한다. 맨몸으로 공기 중에 노출된 자전거 라이더들에게 터널은 한마디로 생명의 위협을 느끼 는 공간이다. '이 터널에는 분명 끝이 있다'는 사실이 그만큼 위안이 되 는 순간도 없을 것이다.

터널 안에서 난 사고에 대해 물었다.

"추월하려다가 사고가 난 차는 어떻게 되었나요?"

"완전히 납작하게 찌그러졌지."

"사람은요?"

라이더는 강원도 사투리로 태연하게 대답했다.

"지금 어디 가 있는지 모르겠어."

그러고는 말을 잇는다. "천국인지 지옥인지……."

다른 라이더가 말을 받는다.

"차가 멀쩡한데도 죽는 사람이 있고, 차가 완전히 폐차 지경이 되어도 살아남는 사람이 있지. 사람 운명은 모르는 일이야."

"그런데 그거 알아? 요즘엔 사람들이 천국에 가는 걸 싫어한데."

"왜요?"

"사람이 너무 없어서 일이 너무 많대. 그런데 지옥은 사람이 많아 불가마 물도 식어서 미지근하고 할 일도 별로 없대."

알고 보면 씁쓸한 농담에 한바탕 실컷 웃고선 다시 아우라지로 향했다.

그날의 동반 라이딩을 모두 마친 늦은 오후, 아우라지의 한 곳에 짐을 풀었다. 그리고 곧이어 트럭 한 대가 도착했다. 동반 라이더들의 자전거를 싣고 돌아가기 위해서였다. 모래바람과 함께 사라지는 평창의 'A 특공대' 뒷모습을 바라보며 꿈같았던 이틀이 떠올라 눈물이 주르르 흘러내렸다. 이틀간 우리가 경험한 건 어떤 나라였을까. 대한민국도 아니고 세상의 그 어떤 나라도 아닌…… 사랑의 왕국 같았다.

'김밴댕' 씨의 '화이팅'

여행 출발 후 2주 가까이 한동안 강원도 내륙 중심으로 돌아다니다 5월 셋째 주 중반으로 접어들면서 수도권역에 입성하게 되었다. 파주 임진각을 출발해 국토를 지그재그로 종주하여 내려가는 방식이다 보니 국토의 동서를 교대로 가로지르게 된다. 일단은 잠시 강원도를 떠나지만 또다시 강원도 쪽으로 돌아오는 일정도 예정되어 있고, 그런 식으로 동에서 서로, 동시에 북에서 남으로 차츰차츰 반도를 훑어 내려가는 방식이다. 여행 출발한 지 17일 만에 도착한 곳은 바로 경기도 수원! 처음으로 시골길 또는 숲길을 벗어나 대도시를 달리게 되었다.

하지만 화장실과 온수 공급 등 생활 편의 시설 면에서 한결 편리해질 것에 대한 기대가 컸던 까닭인지, 우리는 정말 중요한 한 가지를 잊고 있었다. 일상적으로 대도시에서 생활하는 것과 자전거를 타고 대도시를 경유하는 것은 전혀 다른 문제였다. 대도시 생활은 편의성 면에서 큰 장점이 있겠지만, 대도시에서의 자전거 라이딩은 시골길과 비교해 딱히 장점이랄 것이 없었다. 아니, 정확히 말해 대도시 자전거 라이딩은 '정말 힘들었다'. 도로를 지나는 차량들이 문제였다. 차량도 많을 뿐더러 저마다 빠른 속도로 지나가기 때문에 그 사이사이로 자전거를 타고 달리기엔 상당한 위험이 따랐다. 잠자리는 불편해도 자전거를 타고 달리기에는 더없이 쾌적한 한적한 시골길이 몹시 그리워졌다.

사정이 그렇다 보니, 로드매니저 '정도령'도 혼선이 이만저만이 아니다. 쭉 직진하는 길이라 자전거의 뒤를 따라가기만 했었는데, 헷갈리는 갈림길이 나타나면서 자전거는 어느새 로드매니저가 말했던 길과 다른 길로 넘어가 버렸다. 대개 이런 식의 엇갈림은 순식간에 일어나기 마련이어서, 뒤따라오지 않는 차량을 확인한 김선욱, 결국 길 중간에 서서 '욱'하고 만다. 착할 선, '욱할 욱', 김선욱답게.

"이렇게 갈림길이 나타나면 자네가 잽싸게 앞질러 나가서 길을 리드해야지! 그렇게 뒤떨어져 따라오면 어떡해!"

약간 상기된 얼굴로 정도령도 대꾸한다.

"그냥 쭉 직진하시면 되는 길이라서요…….."

"아니, 그래도 헷갈리는 길이 이렇게 불쑥 나타나잖아! 그럴 땐 자동차를 타고 있는 자네가 먼저 달려 나가야지!"

"네, 알겠습니다."

두 사람을 지켜보는 사모님과 나는 가슴이 조마조마하다. 바로 5분 전까지만 해도 화기애애하던 우리 팀의 분위기는 일순간 긴장 모드로 급변하였다. 약간의 긴장 상태에서 다시 라이딩이 시작되었다. 그런데 조금 더 달려 나가자 방금 전과 마찬가지로 다시 갈림길이 나타났다. 나

는 속으로 '이번에도 정도령이 앞으로 안 나가면 어쩌지?' 걱정스런 마음이 들었다. 그러나 우리의 로드매니저는 괜히 정도령이 아니다. 역시 눈치 빠르게 엑셀레이터를 밟아 자전거를 지나쳐 앞으로 전진한 다음 뒤따라오는 김선욱 선생님을 기다린다. 김선욱 선생님도 지나가며 방금 전과 달리 기분이 좋은지 "땡큐!" 하고 큰 소리로 외친다. 때를 놓칠세라, 사모님, 차창 밖으로 고개를 내밀고 외친다.

"김밴댕 아저씨, 화이팅!"

그러면서 동시에 차 안에서는 정도령을 위로한다.

"아니, 처음부터 쭉 직진이라고 했는데 자기가 그렇게 안 가 놓고서는 왜 승질이래? 아유, 김밴댕! 그 승질 어디 안 가지. 정도령이 이해해요."

이렇게 우리는 서로를 향해 순식간에 화도 냈다가, 한 사람이 또 다른 사람을 위로도 했다가, 다 같이 미안해하기도 하면서, 서로에게 신호를 맞추어 가고 있었다.

어느새 차 안의 세 사람은 '사이클링포큐어' 팀의 공식 간식, '먹다가

'욱하는 김선욱 씨'를 '김밴댕 씨'라고 부를 수 있는 유일한 인물, 박재란 여사. 오가는 대화는 '터프'하지만 누구보다 세심하게 그를 살피는 사람도 그녀이다.

굶어 죽는다는' 강냉이를 말없이 우적우적 씹기 시작했다. 긴장 상황 종료.

＊＊＊＊＊

이쯤에서 짚고 넘어가 보자. '사이클링포큐어' 팀의 공식 '닉네임 & 용어 사전'!

출발 전 두어 차례 사전 미팅을 갖고 이 여행의 목적과 취지에 대해 나름 공유하긴 했지만, 출발 당일 아침까지만 해도 김선욱 박재란 내외와 로드매니저 정환혁 군, 그리고 여행 작가인 나, 이렇게 네 사람은 서로에 대한 탐색전의 긴장을 놓지 못하고 있었다. 하지만 서로에게 맨 얼굴을 보이며 길 위의 텐트에서 '노숙' 생활에 돌입한 첫날 저녁, 우리는

무심한 듯 잡은 두 손. 여행 내내 가장 아름다우면서도 안심이 되던 뒷모습 중 하나.

이미 서로에 대해 경계 없이 '무장해제'되고 있었다. 그리고 첫 일주일을 보낸 주말 무렵에는 서로를 부르는 '닉네임'과 팀 안에서만 통용되는 '공식 용어'까지 등장할 정도가 되었다.

   무엇보다 우리의 로드매니저 정환혁 군은 어떠한 연유로 '정도령'이라는 이름으로 불리게 되었을까? 그 이유는 사실 '알 수가 없다'는 게 가장 정확한 답이리라. 정환혁 군은 어떤 사람인가. '사이클링포큐어' 팀의 로드매니저. 인간 네비게이터이자 든든한 일꾼. 타고난 방향 감각에, 장군의 운전병이었던 실력을 바탕으로 안전하고 완벽한 에스코트를 선보임. 텐트를 치고 걷는 순간 유감없이 발휘되는 그의 꼼꼼함과 신속함. 샤

워 시간이 신혼여행 간 새색시보다
긴 남자. 빨래를 갤 때도, 물건을 정
리할 때도 '각을 잡아야' 안심이 되
는 남자. 누군가 정리해 둔 모습이
마음에 안 들면, 말없이 혼자서 모두
정돈해 버리는 남자……. 그의 이러
한 성격 하나하나를 생각할 때 우리
는 어느 순간 그에게는 '정도령'이라

'정도령' 또는 '정박사'와 루트를 상의 중.

는 이름이 참 어울린다는 생각을 하
게 된 것 같다. 누가 먼저인지 모르게 '정도령'이라고 부르기 시작하자,
그는 우리에게 와서 '정도령'이 되었고, 여행 기간이 길어지면서 더욱 빛
을 발하는 그의 성실함과 책임감에 어느새 그는 '정박사'라는 제2의 닉
네임까지 갖게 되었다.

　하루 24시간을 보내는 동안 이런 '정도령'의 이름을 가장 많이 부르
는 이가 있었으니, 바로 이 여행의 주인공 김선욱 씨였다. 선하고 순수하
기 이를 데 없는 마음씨와 툭하면 욱하기 일쑤인 급한 성격을 동시에 지
닌 그에게 우리는 '선할 선, 욱할 욱'이라는 꼬리표를 붙여 주었다. 자전
거를 달리고 있거나, 식사 중이거나, 잠자는 시간을 제외하면 거의 대부
분의 시간에 "하하하!" 호탕한 웃음소리가 끊이지 않는 그이다 보니 동
행한 우리 팀원들조차 그가 '폐암 4기' 환자라는 사실을 가끔씩 잊는다.
처음 만난 사람과 5분 만에 가족 이야기까지 나누며 캠핑 생활에 필요한
물품을 공수해 올 수 있는 전천후 마당발이면서도, 여행의 준비 과정부

터 진행 상황을 세심하게 챙기는 주도면밀함도 동시에 갖추고 있다. 매일같이 새벽 5시에 일어나 성경을 묵상한 후, 전날의 주요 일과와 그날의 계획 및 다짐을 지인들에게 핸드폰 문자 메시지로 알리는 습관 역시그의 '주도면밀함' 중 하나였다. 그리고 이렇게 주도면밀한 가운데 '화이탕!' '지전거' '비가 오내요' 같은 오자를 남기는 것은 그의 타고난 인간미! 그가 남긴 문자 메시지의 적지 않은 오자 가운데 '화이팅'을 잘못 적은 '화이탕!'이라는 표기는 어느새 '사이클링포큐어' 팀의 공식 구호로 자리 잡기까지 했다.

그리고 이러한 '욱하는' 김선욱 씨를 '김밴댕'이라고 부를 수 있는 유일한 실세이자 권력자가 있었으니, '정도령' 또는 '정박사'와 같은 연유로 '이유를 알 수 없이' 그저 그렇게 불리게 된 '박 회장님', 박재란 여사가 있다. 우리 팀의 '노숙 살림'을 도맡아 관장하면서도, 한시도 가만히 앉아 있지 못하고 깨어 있는 시간 내내 부지런히 몸을 움직여야 마음이편해지는 여자. 남편에게 끊임없이 잔소리를 하면서도, 남편의 신발 끈을 매 주고, 잠시 휴식 중인 남편의 입에 손수 간식을 먹여 주고, 아기 다루듯 조심조심 자외선 차단 크림을 남편의 얼굴에 발라 주는 아내. 팔도강산 지천에 널린 야생화와 약초 이름을 모르는 것이 없을 정도로 자연에 대한 애정과 지식이 풍부하고, 쑥 캐러 갔던 야산에서 만난 뱀 한 마리에도 전혀 움찔하지 않던 강단이 있는 그녀. 때로는 남편보다 막걸리와 빈대떡을 더 사랑하는 낭만주의자. 그녀가 아니었다면 이 여행의 실행 자체가 불가능했을, 이 여행의 절대적 존재감을 지닌 '노숙(露宿)'계의 안방마님.

서로에게 물들고, 서로를 물들이며 우리는 그렇게 하루하루를 맞이했다.

　마지막으로 '김밴댕' 선생님과 '박 회장님' 그리고 '정도령' 이 세 사람이 '이작'이라고 줄여 부르는 사람이 바로 지금 이 글을 정리하고 있는, 동행 '이 작가'이다. '이작'이라는 닉네임은 우리 팀 안의 호칭에 그치지 않고, 취재차 찾아온 방송사 제작진이나 김선욱 박재란 내외의 지인들에게까지도 나는 '이작'이라 불렸고, 지금도 여전히 그렇다. 교회 수련회나 대학 MT를 제외하고는 '한뎃잠'이란 것을 자 본 적이 없다가, 어느새 노숙 생활을 숙명처럼 받아들이게 되었고, 손으로 하는 모든 일에 서툴면서도 살림살이를 돕겠다고 나섰다가 '박 회장님'으로부터 "조용히 저쪽에 가 글이나 쓰라."는 핀잔을 듣기 일쑤였던 작가.

60대 전후의 김선욱 박재란 내외와 20대 후반의 청년, 그리고 30대의 젊은 여성, 이렇게 네 사람이 한 팀을 이뤄 움직이다 보니, 때로는 '4인 가족'으로 오해를 받기도 하고, 폐암 환자라고 예상하기에는 너무나 긍정적이고 역동적인 에너지로 가득한 김선욱 씨이다 보니, "제가 폐암 4기입니다."라고 커밍아웃할 때마다 믿기 힘들다는 반응들이 이어졌다. 우스갯소리로 "'폐암 4기'가 아니라 '폐암 사기(詐欺)단 아니냐!"는 얘기를 듣기도 했다.

　　그랬다. 우리는 그렇게 서로에게 물들고, 서로를 물들이면서, 때로는 가족처럼, 때로는 '암'이라는 존재를 완전히 잊은 사람들처럼 하루하루에 충실하게 새로운 '매일'을 맞이하고 있었으며, 김선욱의 두 발로 힘껏 달리는 자전거에 함께 마음을 실어 달리고 있었다.

이것이 진정한 '복불복 1박 2일'

처음으로 이 여행에 대한 설명을 들었을 때 순간적으로 떠오른 나의 첫 반응은 놀라움 그 자체였다. 비단 나뿐만 아니라, 이 여행 이야기를 처음 접하는 거의 모든 사람들의 반응이 그랬다. 첫째는 '폐암 4기 환자'가 자전거로 국토 종단을 한다는 점에서 그랬고, 두 번째로 놀라는 지점은 그 여행 기간 내내 길 위에서 캠핑을 한다는 계획을 들을 때였다.

김선욱 씨야 워낙에 스키와 골프 등을 수준급으로 즐기던 만능 스포츠맨이었고, 그런 김선욱 씨와 재혼한 박재란 여사도 결혼 후 남편과 함께 주말마다 떠나곤 하던 캠핑을 익숙하게 즐겨 오던 터였지만, 180여 일 동안 매일같이 길 위에서 숙박을 해결하는 것은 이들 내외에게도 또 다른 문제였다. 하물며 이 여행을 통해 난생처음 캠핑을 경험하게 된 나와 로드매니저에게는 하루하루가 모험의 연속이었다. 아무리 사전에 예상 루트를 따라 주요 캠핑장 정보를 확보해 두었다고 해도, 당일에 캠핑장을 예약하고 그 많은 짐을 내려 하룻밤을 위한 집을 지었다 다음날 아

침이면 다시 집을 허물어 차에 싣는 일의 연속은 '고되다'는 표현만으로
는 모자란 경험이었다.

상황이 그렇다 보니 여행을 다니면서 우리가 결코 기회를 놓치지 않
는 것들이 네 가지 있다. 노트북 컴퓨터와 핸드폰, 디지털 카메라 등을
충전할 수 있는 콘센트, 화장실, 그 화장실의 고무 호스, 그리고 마트 청
과 코너의 비닐 봉투다. 모두들, 적어도 전기와 화장실, 샤워 시설을 갖
춘 집에서 나름 '곱게' 살아오던 인생들인데, 캠핑이 장기화되면서 우리
는 어쩌다 우연히 이 네 가지 중 하나라도 마주치면 눈을 반짝이며 달려
갈 정도가 되었다.

한마디로 어떤 상황이 우리를 기다리고 있을지 모르는, 어떤 상황이
라 해도 받아들일 수밖에 없는 '복불복 1박 2일'의 연속이었다.

❋ ❋ ❋ ❋

텐트 칠 곳을 결정할 때 늘 염두에 두어야 하는 것은 첫째, 물이 나오
는 곳인가, 둘째, 가까운 곳에 화장실이 있는가, 셋째, 온수가 나오는가
였다. 첫 번째는 반드시 있어야 하는 조건이었고, 두 번째는 있었으면 하
는 바람이 간절한 조건, 세 번째는 있으면 좋으나 없어도 할 수 없는 것
이었다.

텐트 속에 앉아 있거나 누워 있다 보면 바깥의 모든 소리가 매우 크
게 들린다. 작은 텐트는 온갖 소리에 귀 기울이게 되는 다락방 같은 조
건을 갖췄다. 발자국 소리, 바람 소리, 빗방울 소리, 심지어 사람의 숨소

리까지……. 모든 소리가 섞여 들리는 바깥이었다면 그냥 지나쳤을지도 모를 소리들이 귀에 바짝 댄 듯 자세하게, 때로는 확성기를 댄 것처럼 커다랗게 들려왔다. 귀 기울이지 않았던 소리, 없는 줄 알았던 소리들은, 실제로는 모두 존재하고 있었다. 평소 다른 소음에 익숙해서, 너무 들을 게 많아서 귀에 들리지 않았을 뿐, 그 소리들은 그때도 있었고 지금도 존재하고 있다.

어쩌면 이 작은 텐트는 고통이라는 울타리와도 흡사하다. 그리고 어쩌면 우리 생에 가장 중요한 소리는, 없는 줄 알았으나 분명히 존재하고 있었던, 들리지 않았으나 고통의 순간에는 분명하게 들리는 그런 소리인지도 모르겠다. 그 소리가 비로소 귀에 들리기 시작하는 순간, 우리는 자신이 어떤 존재인지 궁금해하며 깨닫기 시작하는 것이 아닐까. 이제까지 무엇을 낭비하며, 무엇을 소중히 여기며 살아왔는지 그제야 선명하게 보이기 시작하는 것이 아닐까.

※ ※ ※ ※

텐트 생활의 또 하나의 특징은, 날이 어두워지면 거의 아무것도 하지 못한다는 점이다. 희미한 가스등에 의지해서는 많은 일을 할 수도 없을 뿐더러, 다음 날의 라이딩을 위해선 일찍 잠자리에 들어야 한다. 밤 9시쯤 되면 우리 팀은 전원 취침 모드다. 도시에서는 한창 거리를 쏘다니거나 친구를 만나거나 텔레비전을 볼 시간에 말이다.

언젠가 어두운 천막 밑에서 빨래를 널고 있을 때였다. 뭔가가 입속으로 확 흡입되는 느낌이 들더니, 목구멍이 걸걸해진다. 목구멍 속에서 무언가가 날아다니는 상상이 들었다. 아…… 날벌레구나. 날벌레도 어둠 속에서 갈 길을 잃고 헤매다 내 목구멍 속으로 날아들어 죽음을 자초했구나. 사람도 날벌레도 어둠 속에서는 갈 길을 잃고 헤맬 수 있음을 인정하고 나는 그 날벌레를 내 식도로 넘겨 위에다 무덤을 만들어 주었다. 김선욱 선생님과 사모님은 여름에 날벌레 먹는 것은 보약 한 재 먹는 것보다 낫다며 나를 위로하셨다. 올해는 보약 안 먹어도 되겠구나!

우거진 솔숲, 소나무 사이사이로 불어오는 청량한 바람이 몸속 깊은 곳까지 신선한 공기를 불어넣어 주고 있었다. 치솟은 소나무들 사이로 별이 보인다. 별밭처럼 보이는 소나무 사이로 보이는 하늘. 자연에 오면 누구든, 사람과 사회에서 받은 상처들을, 바람이, 공기가, 나무가, 꽃들이 치유해 줄 것 같다. 그런데……. 아니 그리고…… 사람에게 받은 상처들을 다시 사람들이 치유해 주고 있었다…….

❀❀❀❀

강원도 양양군 서면 오색리를 지날 때였다. 전날과 비슷한 정도로, 오전에 영동 지방에는 약한 비가 부슬부슬 내리는 날이었다. 혹시나 빗줄기가 더 굵어지지는 않을까 걱정을 하면서 라이딩을 시작했지만, 어느새 비가 그쳐 있었다.

약한 비라고 해도 빗길에서 자전거를 타는 일은 위험하기도 하겠거니와, 엄청난 빨랫감을 남기게 마련이다. 옷이 젖는 것은 기본이고 신발과 자전거에까지 흙탕물 세례다. 자전거의 바퀴가 돌아갈 때마다 라이더의 등에는 세로 방향으로 빗물자국이 남는다. 빗방울은 그렇게 라이더의 고생과 도전의 흔적들을 가시적으로 보여 주었다. 맑은 날씨 아래서는 결코 깨달을 수 없었던 그 흔적들을.

"필요하시면 벨 누러 주세요."

점심 식사를 하기 위해 들른 식당. 5월치고 아직까지 쌀쌀한 기온에 한 차례 지나간 보슬비 덕분에 으슬으슬 웅크렸던 몸을 녹이기에 딱 좋은 온돌방이었다. 주문을 하려고 보니 벽에 붙은 문구가 눈에 띈다. '필요하시면 벨 누러주세요'. 오타가 아니라 강원도 사투리일까? 이야기를 나누다 우리는 식당의 분부대로 벨을 '누러서' 주인아저씨를 불렀다.

식사를 마친 뒤 주인아저씨와 이런저런 이야기를 나누다가 아저씨의 소개로 숙소도 잡게 되었다. 별 고민 없이 숙소가 해결된 날은 큰 짐을 덜어 낸 기분이다. 숙소 바로 아래에는 맑고 깨끗한 계곡물이 흐르고 있었다. 어느새 그쳤던 비가 다시 내리기 시작하면서 기온이 점점 내려가고 있었다.

나는 갑자기 두통이 왔다. 몸에 열이 오르면서 오한이 나고 소화가 되지 않았다. 여행이 시작된 이래 최악의 컨디션이었다. 이대로는 몸이 버텨 낼 것 같지 않아 점심을 먹었던 깊은 산골 음식점을 다시 찾아갔다. 급한 대로 찾은 응급실인 셈이었다.

"저…… 아까 점심 먹고 간 사람인데요, 갑자기 몸이 안 좋아서 그러는데 좀 쉬었다 가도 될까요?"

주인아저씨는 흔쾌히 따뜻한 온돌을 빌려 주었다. 덕분에 나는 방석을 베개 삼아 음식점 한구석에서 몸을 녹이며 자칫 탈이 나려는 몸을 달랠 수 있었다. 세 시간 남짓 까무룩 잠들었던 사이 콩국수 먹는 꿈을 꾸기도 했다. 깨어서 돌아오니 모닥불을 피워 놓고 기다리던 동지들이 두 팔 벌려 나를 환영해 준다. 그렇게 또 한 고비를 넘겼다.

한계령 중턱의 5월은 확실히 달랐다. 5월이라는 봄의 한가운데에서 모닥불을 지피게 될 줄이야. 남쪽에서는 벌써 반소매 차림이 등장했다는데 말이다. 하지만 조금 쌀쌀한들 어떠랴. 토닥토닥 떨어지는 빗소리와, 낮게 내려앉은 하늘, 그리고 불꽃을 튀기며 타오르는 모닥불이 한데 어우러져 어느새 그윽한 운치를 자아내고 있었다.

다음날도 비는 멈추지 않았다. 기온도 전날보다 더 내려가 할 수 없이 하루 라이딩을 쉬기로 했다. 악천후 덕분에 주어진 첫 휴일이었다. 비가 너무 많이 쏟아지는 건지, 텐트가 과장된 소리를 만들어 내는 건지, 처음엔 낭만적이던 빗소리가 점차 무서운 소리로 변해 간다. '내일은 과연 라이딩을 재개할 수 있을까?' 다들 말은 안 해도 다음 날에 대한 걱정으로 마음 놓고 쉴 수는 없는 휴일이었다.

저녁 7시 조금 넘은 시각, 각자 텐트 속으로 들어가 자리에 누웠다. 전기가 없던 시절 왜 그리도 사람들이 일찍 잠자리에 들었는지 알 것 같왔다. 하루 세 끼 밥 먹고 자전거 타고 텐트 치고 텐트 거두고 설거지하고 이동하고 일찍 자는, 아 이 단순하고 아름다운 길 위의 삶이여!

* * * *

5월 중순, 서운산 운모석 캠핑장을 출발해 용계 저수지를 향하는 길. 라이딩을 시작하자마자 작은 산을 넘게 되었다. 하지만 말이 '작은 산'이지 실제로는 만만치 않은 경사였다. 그러나 김선욱은 힘들다는 내색은커녕 오히려 가파른 언덕에서의 페달링을 즐기는 경지에 이르렀다. "아, 이제는 평지가 너무 지루해."라며 농담을 건넬 정도다.

가파른 길을 오르다 잠시 쉬어 간다. 아내 박재란이 건네주는 파프리카와 토마토를 간식으로 먹는다. 그사이 커다란 화물 트럭이 그 곁을 지나간다. 그는 트럭을 향해 팔을 쭉 뻗고 크게 손을 흔들었다. '나 좀 살려주세요!' 구조대에 구조 요청이라도 하듯. 처음 지나가는 화물 트럭 운전사는 힐끗 내다보더니 똑같이 커다란 손짓으로 화답한다. 그 뒤로 또 다른 트럭이 지나간다. 이번에도 운전사는 '내가 아는 사람인가…… 왜 나한테 인사를 하지……' 싶어서 고개를 내밀고 바라보다 잠시 후 어설프게 손짓으로 답례를 한다. 누구든 웃는 얼굴에 침 못 뱉듯이, 환대하는 자, 마음을 열고 먼저 다가가는 자에겐 반응을 하게 되어 있다. 지나친 경계심이 없는 한에는……. 경계를 허무는 자 복이 있나니. 저가 환대를 받을 것이요.

라이딩을 쉬는 사이 그는 스트레칭을 한다. 그러면서 툭하면 이렇게 말한다.

"천만다행이야. 어디 아픈 데가 없으니 말이야."

폐암 4기 환자가 '어디 아픈 데가 없어 다행'이라고 말한다. 이 말을 처음 들을 때만 해도 사뭇 초현실적으로까지 느껴져 나는 고개를 갸우뚱했다. 하지만 그로서는 진심이 담긴, 있는 그대로의 고백이었다. 그는 자신에게 주어진 나쁜 것보다 자신에게 주어진 좋은 것을 찾아내는 데 천부적이다. 아니, 어쩌면 의지적이라고도 볼 수 있겠다. 그에겐 지금 몸져 눕지 않고 살아서 자전거를 타고 있는 한 순간 한 순간이 기적이다.

짧은 휴식을 끝내고 다시 라이딩을 준비하면서 그는 아내에게 입을 맞춘다.

"여보, 난 당신이 차창 밖으로 고개 내밀고 '여보 화이팅!' 해 줄 때가 제일 좋아."

우리 팀에서는 이미 일상이 된 '닭살 행각'이다. 사랑하는 이들의 서로에 대한 응원은 보는 사람마저 힘이 나게 한다. 이런 표현은 아무리 '세게' 해도 지나치지 않다.

이날은 특히 저수지를 많이 지나쳤다. '생거진천(生居鎭川)'이라는 말이 있듯이, 비옥한 토지, 넓은 평야, 풍부한 산물로 알려진 진천은 풍경만으로도 살기 좋은 곳이란 느낌이 다가왔다. 점심으로는 진천의 특산품 '흑미'를 발효하여 만든 육면 전문점에 들렀다. 뜨끈뜨끈하고 매콤한 국물, 쫄깃쫄깃한 면발의 맛이 일품이었다. 그런데 마침 주인아주머니의 성함이 '김선옥'이었다. 자신과 이름이 비슷하다는 작은 인연을 그냥 지나칠 김선욱이 아니었다. '욱 & 옥' 느낌이 듀엣 같다며 두 사람은 나란히 포즈를 취하고 사진을 찍었다.

오전에 작은 산을 오를 때만 해도 전혀 지친 기색을 보이지 않던 그였는데, 점심 식사 직후 "오늘 컨디션 너무 좋은데!"라는 말을 내뱉자마자 코피가 주르르 흘러 내렸다. 심장이 두 개라도 되는 듯 폭풍 라이딩을 강행하더니, 탈이 날 만도 했다. 하지만 어찌 되었든 폐암 4기 환자 아닌가! "아, 어떡해……"라며 걱정스런 마음으로 구급 상자를 찾는 일행과 달리, 그는 사진기부터 찾았다. 그러고는 천진난만한 표정으로 정도령에게 코피 흘리는 모습을 사진으로 남겨 달라고 했다. 정말 못 말리는 성격이다.

이윽고 캠핑장인 백야자연휴양림에 도착했다. 입구부터 우거진 메타세쿼이어 길이 무척이나 아름다웠다. 평일의 캠핑장에는 인적이 드물었다. 신록의 숲과 새소리만이 우리를 맞아 주었다.

아침저녁으로는 5월이 맞나 싶게 쌀쌀했지만, 낮에는 낮대로 또 5월이 맞나 싶게 한여름을 더위가 일찌감치 시작되었다. 짐을 내리고 텐트를 치다 보면 너나 할 것 없이 금세 땀으로 범벅이 된다. 그런데 텐트를 치고 나서 갑자기 사라졌던 남자들이 어디선가 개운한 표정으로 나타나 "아 시원하다." "천국이다 천국!" 하고 외친다. 박재란 여사마저 왠지 모르게 훤해진 얼굴로 어리둥절해 하고 있는 나에게 호통을 친다.

"이작! 빨리 가서 씻고 와!"

아니, 온수는 물론이고 샤워시설도 없는 캠핑장이라던데?

"씻고 나오니까 천국 같아 천국!"

대체 어디서? 너무 더워 얼굴이 벌겋게 익어 버린 나는, 밥 두 공기는

❶ 그날그날 주행 경로를 지도에 자동으로 기록하는 GPS 장치.

❷ 자전거와 모든 짐을 싣고 이동할 때의 차량 뒷모습은 이런 식.

❸ 짐을 모두 내려 '보금자리'를 설치한 기본 모습.

❹ 볕이 좋은 날에는 반드시 침구와 에어매트를 널어 말린다!

❺ 맑은 날에는 타프 앞마당에 식탁을 차린다.

❻ 타프 안의 모습. 텐트 세 동과 간이 식탁과 의자들.

❼ 비가 와서 라이딩을 쉬는 날에는 이메일도 확인하고 이런저런 문서 작업들에 열중.

❽ 취재진이나 손님들이 찾아올 때면 모닥불 피워 놓고 둘러 앉아 이런저런 대화를 나누다 어느새 밤이 깊어지곤 했다. 매일매일이 '힐링캠프'나 다름없던 날들.

❾ 6개월 기간 중 가장 인상 깊었던 캠핑 장소 두 곳, 비닐하우스 안과 황토방 숯가마 안에 각각 텐트를 설치.

먹고 나온 사람들 앞에 이틀은 굶은 채 서 있는 기분이었다.

"어디서 씻으라는 거예요?"

"저기 화장실 있잖아."

"화…… 화…… 화장실이요?"

"그래. 들어가서 샤워하고 나와. 여기 우리 말고 아무도 없어."

공중화장실 밑바닥에 깔린 고무호스가 샤워기인 셈이었다. 화장실 바닥을 청소하는 호스인 것 같았다.

"사모님, 이 호스로요? 어디서요? 설마 화장실 안에 들어가서 문 잠그고?"

박재란 여사, 순식간에 인상을 쓰며 또 한바탕 야단을 치신다.

"아휴, 여기 우리 말고 아무도 없어 아무도! 잠그긴 뭘 잠가! 그냥 밖에서 해! 천국이야 천국!"

천국이라고? 그래. 천국, 천국. 천국이란 말에 혹하여 나는 위험을 무릅써 보기로 했다. 누군가 덜렁이는 공중화장실 바깥문을 밀치고 들어온다면, 나는 불이 난 목욕탕에서 뛰쳐나오는 여인들처럼 얼굴만 가려야 하는 것이었다. 그래도 하루 종일 뙤약볕에 시달렸으니 어쩔 수 없다…… 에잇! 호스로 온몸에 냉수를 끼얹는 순간 "흡!" 하고 절로 숨이 멈췄다. 순간 나를 이곳에 보낸 출판사와 편집장 얼굴이 차례로 떠올랐다. '으흐흐흐, 두고 봅시다.' 그래도 이를 앙다물고 난생처음 냉수마찰을 시도한 결과 나도 비로소 '천국'을 맛볼 수 있었다. 뛰어넘지 못한 인생의 벽 하나를, 얼떨결에 넘은 기분이었다.

"내가 예언하건대, 우리 네 사람 다 이 여행을 평생 잊을 수 없을 거야……이렇게 힘들었던 경험들이 문득문득 그리워질 날이 올걸……. 이제 뜨거운 물 나오는 캠핑장만 가도 좋아서 팔짝팔짝 뛰고, 길 가다 들른 식당 밥이 맛있어도 행복해하고……. 어쩌면 정말 잘 사는 사람은 작은 행복을 놓치지 않고 붙잡는 사람이야…… 그 작은 행복들이 모여 큰 행복이 되지……. 우리는 지금 그런 작은 행복에 민감해지는 법을 배우고 있는 중이고……"

화장실 샤워로 천국을 맛본 일행에게 라면을 끓여 주며 박재란 여사가 말했다. 그래. 작은 행복에 민감해지는 법을 배우자, 이번 기회에.

평일이라 우리 일행밖에 없는 휴양림. 사위가 고즈넉했다. 잠시 저녁 산책을 하고 돌아와 보니 김선욱 선생님의 코 고는 소리가 적막한 휴양림의 텐트 밖으로 울려 퍼진다. 깊은 산골 어느 집에서 모락모락 밥 짓는 연기가 피어오르는 것을 볼 때의 평화로움이랄까, 그런 느낌이 든다.

그렇게 우리의 '복불복 1박2일'의 또 하루가 저물었다. 우리, 내일도 화이팅해요. 쌍화탕, 십전대보탕보다 효과 좋은 화이팅!

한 달을 축하합니다!

6월의 첫날. 어느새 밤 10시를 향해 가는 늦은 시간, 멋지게 사이클 복장을 차려입은 사나이가 날렵한 동작으로 우리 텐트 앞에 자전거를 멈춰 선다.

"어? 이게 누구십니까!"

마침 텐트 바깥에서 차를 마시고 있던 김선욱이 깜짝 놀라며 뜻밖의 손님을 맞이한다. 5월 1일 임진각에서 출발하던 날, 우리와 함께 라이딩 스타트를 끊어준 이주형 씨다.

"어쩐 일이세요, 어쩐 일! 어허허허허허!"

오랜 지인의 깜짝 방문에 입이 벌어진 김선욱은 연신 절로 나오는 웃음을 그치지 못한다. 이주형 씨는 한 달 내내 블로그를 통해 우리 팀의 라이딩 코스 정보를 주시하고 있었다고 한다. 그리고 로드매니저와 연락을 취해 오늘의 캠핑 장소를 알아낸 뒤, 퇴근하자마자 서울에서 출발한 것이다.

우리 여행이 한 달을 무사히 넘긴 것을 기념하고 축하하기 위해 케이크와 촛불 하나, 와인을 사 들고 서울에서 청주까지 버스와 자전거를 타고 내려온 것이다. 자전거에 줄로 친친 동여맨 케이크가 흔들릴까 노심초사하며 달린 결과, 생크림 케이크는 한 치도 흔들림 없는 모습으로 우리 숙소에 무사히 도착했다.

"첫 한 달을 무사히 완주할 수 있어서 감사합니다."

"한 달 축하합니다, 한 달 축하합니다, 사랑하는 김선욱의 자전거 여행. 한 달 축하합니다!"

케이크에 촛불 하나 올려놓고 생일 축하 노래를 엉겁결에 개사하여 다 함께 목청껏 불렀다. 그리고 종이컵에 와인을 한가득 따라 건배도 했다.

실은 6월 1일이 되었어도, 늘 함께 지내던 우리 일행은 그저 "어, 벌써 한 달이네. 세월 참 빠르다"고 중얼거리며 무심히 또 하루를 시작할 뿐이었다. 늘 함께 있으면 특별히 기념할 날도 잊어 버리거나 아무렇지 않게 지나치게 된다. 매일 반복되는 일상에서 특별한 점을 찾기가 쉽지 않고, 무언가를 기념할 돈이 있다면 오히려 실용적인 사용처를 찾기 때문이다. 우리 일행은 한 달을 기념할 생각도 하지 못했거니와, 케이크를 살 돈으로 목욕탕 나들이를 다녀왔다.

그런데 지난 한 달간 멀리서나마 우리의 여행을 지켜보고, 그 한 달을 경축하기 위해 찾아와 준 손님 덕분에 정신이 번쩍 들었다. 매일 매일 살림살이를 이고 지고 자전거와 차량을 통해 이동하는 길 위의 생활이 일상이 되었다. 그런 환경에 무감하게 매몰될 즈음, 이 '기념'은 지난 한 달간의 여행을 돌아보고 그 여행의 의미와 기쁨을 되새기게 해 주었다. 이것이 바로 기념일의 효과로구나!

"나이가 들어가면서 감동이 점점 사라졌는데……. 기쁜 일이 있어도 별로 기쁘지 않고, 슬픈 일이 있어도 별로 슬프지 않고 그저 덤덤했는데, 이 자전거 여행을 시작하고 나서, 평생 받을 감동을 한꺼번에 받게 되네……."

이주형 씨와 김선욱, 두 친구가 밤늦은 시간까지 테이블을 사이에 두고 두런두런 이야기를 나누는 사이, 그들을 멀찍이서 바라보던 박재란 여사가 나지막이 말했다.

"첫날, 저 사람이 혼자 출발할까 봐 마음이 너무 안 좋았는데, 저분이 같이 출발해주셨지. 사이클이라는 게 혼자 탈 때는 참 외로운 스포츠인 것 같아. 외롭지, 참 외로워……. 그런데 같이 라이딩해 주고, 이렇게 한 달 기념일이라고 찾아와 주고……. 이렇게 어려울 때 함께해 주는 사람들은 눈을 감을 때까지 못 잊을 것 같아……."

다음날 그는 하루 종일 동반 라이딩을 하고 싶어 했으나, 갑자기 공항에서 맞이해야 할 손님이 생겨 일찍 떠나야 했다. 대신 오전 11시까지 22km 정도를 함께 달린 뒤 인근의 버스 터미널에서 작별 인사를 나눴

5월 1일 첫째 날, 6월 2일 한 달 기념, 6월 23일 무주, 10월 19일 진도 둔전리 6,000km 돌파,
10월 31일 제주도 종주일까지 총 5회에 걸쳐 '동행'이 되어 주었던 오랜 벗 이주형 님.

다. 다음을 기약하며. 고작 13시간 남짓, 수면 시간을 제외하면 다섯 시간 정도를 함께하기 위해 그는 서울에서 청주로 달려와 주었다. 짧은 방문이 될 것을 알면서도 지난 한 달의 여행을 칭찬하고 앞으로 남은 여행을 격려하기 위해 먼 길을 마다않고 찾아와 준 그 마음 씀씀이에 우리는 모두 깊은 감동을 받았다. 얼마를 있건, 얼마가 걸리건, 자신의 편의는 고려하지 않고 오직 타인을 기쁘게 하기 위한 방문은 그렇게, 길고도 강한 여운을 남겼다.

10월 31일 제주도 해안도로 변에서. '우정'에도 표정이 있다면 이들의 얼굴을 닮았을 것.

새 유니폼과 새 마음

문득 도시에서의 평범한 일상이 그리워질 때가 있다. 실은 자주 그립다. 그리운 일상 중 하나를 꼽아 본다면, 계절이 바뀔 때마다 그동안 입었던 묵은 옷을 서랍 속에 정리해 넣고, 계절에 맞게 새 옷을 꺼내 입는 순간도 그중 하나일 것이다. 이제 막 시작된 여름, '사이클링포큐어' 팀에도 '새 옷'이 전달되었다! 비록 유니폼이라 할지라도 새 옷은 새 옷이다!

자전거 전문 월간지 《더 바이크The Bike》에서 취재 겸 유니폼 전달을 위해 경북 문경까지 찾아왔다. 유니폼 가슴에 새겨진 'Cycling4Cure' 로고가 라이딩 완주를 향한 의지와 희망 공유에 대한 사명감을 더욱 북돋아 주는 것 같았다.

오늘은 전날과 마찬가지로, 복잡한 도시의 도로가 아닌 시골 특유의 좁다란 길을 향해 달렸다. 산이 아니라 논과 함께 하는 라이딩. 도시에서는 절대로 경험할 수 없는 일들을 하나하나 해 보는 것도 전국일주 여행

2012년 6월 12일. 김선욱의 오랜 단골 헤어디자이너 홍기훈 씨가 경북 영주까지 아주 특별한 '출장'을 자청해 나와 주었다.

의 소소한 재미라 할 수 있다. 그늘이 없는 평지라는 점만 제외한다면, 차를 피해 달릴 걱정 없이 마음 놓고 안전하게 달릴 수 있는 코스였다. 논두렁에 빠질 위험만 제외한다면 말이다.

문경에서 시작한 6월 12일의 라이딩은 예천을 거쳐 목적지인 영주시에 진입하는 것으로 마무리했다. 목표 거리보다 10km를 초과한 60km를 달렸다. 김선욱은 조금 더 달리고 싶은 마음도 없지 않았지만 '오늘은 여기까지'라며 스스로 단호하게 절제했다. 목표 지점을 향해 조급하게 나아가지 않고, 앞으로의 일정을 고려하며 무리하지 않는 것이 이번 여행 내내 지켜야 할 중요한 원칙이었기 때문이다.

오늘은 청옥산 자연휴양림에서 머물게 되었다. 이곳은 온수가 '펑펑펑펑' 나온다. 드디어 샤워한 지 닷새 만에 몸을 씻을 수 있게 되었다. 온수가 나오는 곳에서 매일 씻어 두면 그 깨끗함이 비축되어, 씻지 못하는

장갑도 아무렇게나 벗어던진 채 벤치에 잠든 남편, 그 곁을 든든하게 지켜 선 아내. '꿀 낮잠' 덕분에 가뿐해진 몸으로 해발 830m 신리재에서 만세!

날까지도 그 깨끗함으로 버틸 수 있는 시스템이 우리 몸에 유지된다면 얼마나 좋을까?

저녁에는 헤어디자이너 홍기훈 씨가 청옥산 자연휴양림까지 찾아와 주었다. 그는 김선욱 박재란 부부가 자주 가는 단골 미용실 헤어디자이너였다. 김선욱 부부의 머리를 손질해 주기 위해 이 먼 길을 달려온 것이다. 일상에서 맺어진 작은 인연 하나하나가 이 특별한 여행길에도 끊임없이 새로운 이야깃거리와 사연을 만들어 주고 있다. 이런 방문과 만남이 자칫 외롭고 단조로울 수 있는 대장정에 얼마나 힘이 되는지 모른다. 저절로 감사를 배우게 된다.

새로운 유니폼, 그리고 깔끔해진 헤어스타일. 어느 때보다 마음을 새롭게 가다듬을 수 있었던 날. 청옥산 휴양림 한가운데에서 느껴지는 새벽녘의 한기마저 신선하게 다가온다.

그렇게 개운함과 감사함에 젖어 새벽녘에야 잠이 들었다. 다음 날 아침, 여느 날과 다름없이 김선욱 부부의 티격태격하는 소리로 하루가 시작되었다. 대개는 넉넉한 것도 너무 넉넉하게 식사를 준비하는 아내와 남겨서 버릴 것을 왜 그렇게 많이 준비하느냐는 남편의 잔소리로 서로 언성이 높아진다. 처음에는, 어떻게 날이면 날마다 똑같은 주제로 싸울 수 있을까 놀랍기도 했지만, 이제 정도령과 나는 놀라지 않는다. 또 언제 그랬냐는 듯 금세 '하하하하' 밝게 웃으며 풀어져 버릴 것이기 때문이다. 다툼도 5초 만에, 화해도 5초 만에, 뭐든 '5초 부부'라는 것을, 정도령과 나는 한 달여 만에 다 알아 버렸다.

영주에서 봉화를 거쳐, 태백 방면으로 나아가는 길로 화장산을 넘어가는 노루재길을 택했다. 길 한쪽의 이정표를 지지하고 있는 녹슨 철근에서는 인적 없이 흘러간 세월의 흔적이 드러났다. 옛 길이라 그런지 차량 통행이 거의 없어 자전거를 달리기에 안성맞춤이었다. 너

'사이클링포큐어Cycling4Cure' 공식 유니폼을 제작해 직접 방문해 준 월간 《더 바이크》 팀과의 즐거운 한때.

무 신이 났던 까닭일까. 노루재를 넘어 잠시 휴식을 취하기 위해 자전거를 멈추려는 순간, 그가 가볍게 넘어지고 말았다. 소소한 부상으로는 어느새 네 번째다. 이번에는 넘어지는 순간 마찰이 셌는지 바지에 동그란 구멍이 났다. 이 와중에 아내 박재란 여사는 "아스팔트 안 깨졌나?" 농담으로 분위기를 콘트롤한다.

다 함께 한바탕 웃고, 잠시 휴식을 취한 뒤 다시 신나게 라이딩을 재개한다. 김선욱이 자전거를 달릴 동안 이동 베이스캠프 차량은 라이딩 종료 예정 지점으로 앞서 나가 기다린다. 그런데 얼마 안 있어 그가 잠시 휴식을 취하겠다고 휴대전화로 알려 왔다. 무슨 일인가 싶어 달려가 보았더니 길가의 버스 정류장에서 벤치를 침대 삼아 낮잠에 빠져들어 있었다. 넛재를 넘는 동안 급격히 체력이 소모된 탓인지 졸음이 쏟아진다며 휴식 겸 '쪽잠'을 청한 것이다. 우리는 다시 한 번 웃었다. 이번에는 왁자한 웃음이 아닌, 신나게 뛰어놀다가 피곤함에 자기도 모르게 까무룩 잠든 어린아이를 바라볼 때와 같은 미소였달까.

'긴급 낮잠' 시간을 뒤로하고, 온통 푸르게 적셔진 태백의 신록을 다시 달렸다. 장사익의 〈찔레꽃〉을 들으며 태백 길을 달리노니, 지난 여행의 장면과 내면의 풍광이 파노라마처럼 스쳐 지나간다. 생명과 죽음, 기쁨과 슬픔, 유한성과 무한성, 이렇게 극과 극으로 보이는 특성들을 한 품에 안고 달리는 여행이었다. 그러나 이 모든 것이 결코 극과 극이 아님을, 극단처럼 보이는 가치와 정서들이 언제나 한데 어우러져 버무려진 게 삶이란 것을, 이 여행을 통해 우리는 배우고 있다.

5월 1일 임진각을 출발한 지 꼬박 한 달이 흐르고, 어느새 6월의 두 번째 금요일. 아침부터 비가 부슬부슬 내리기 시작하더니 점심이 지나도록 그칠 줄 몰랐다. 아침 식사 후에는 이런 날씨에 라이딩을 할 수 있을지 염려하느라 시간을 다 보내다가, 결국 하루 라이딩을 쉬기로 했다. 안 그래도 마침 오후에는 대전 충남대 병원 암센터에서 암 환우들과의 만남이 예정되어 있었다. 예정 시간보다 조금 이른 시간에, 일행들과 함께 충남대 병원 암센터를 찾았다. 날씨는 흐리고 어두웠지만 병원 내부의 인상은 그리 어둡지 않았다. 지나치게 복잡하거나 거대한 구조의 건물로 사람을 압도하지도 않았고, 병원 특유의 차갑고 우울한 기운이 느껴지지 않는, 아늑하고 단아한, 병원치고는 다소 독특하게 다가오는 공간이었다.

180일간의 여행 중, 주로 대도시 중심이 되긴 하겠지만, 기회가 닿는 대로 지역 암센터를 방문해 암 환우들과 만남의 시간을 갖는 것 역시 이 여행의 주요 목적 중 하나였다. 6월 8일 금요일은 처음으로 그런 만남이 있는 날이었다. 자신과 같은 고통을 안고 있을 암 환우들 앞에서의 첫 강연을 위해 마음의 준비를 하고 있는 김선욱의 얼굴에 사뭇 착잡한 기운마저 감돌았다.

강연에 앞서 암센터 교수님과 잠시 대화를 나눈 뒤 강연장으로 들어서자 10여 명 남짓한 청중이 조용히 앉아 기다리고 있었다. 시작 시간이 가까워 오면서 하나 둘 자리가 채워지기 시작한다. 여전히 숨죽인 침묵. 이들 사이에 어떤 이야기가, 어떤 감정의 기운이 스며들어 올지 감지할 수 없는 적막한 공기다. 암으로 투병하고 있는 환자들, 또는 그 가족들. 그런데 그들 앞에서 똑같이 암 투병 중인 사람이 강연을 한단다. '무슨 이야기를 하려는 것일까…… 나에게 도움이 되는 얘기일까…… 가뜩이나 고된 투병으로 예민해진 신경에 거슬리기만 하진 않을까…… 저 사람은 폐암 말기인 몸으로 전국 자전거 여행까지 한다는데 나는 왜…… 그만의 치료 방법이 공개될까…… 나도 저 사람처럼 다시 일어설 수 있을까……?' 의혹과 경계와 호기심과 일말의 기대 어린 시선들이 한 사람에게로 향했다.

마침내 네 명의 의사와 휠체어를 탄 입원 환자 및 그 보호자를 마지막으로, 서른 명 남짓한 청중을 앞에 두고 강연이 시작되었다. 여의사 한 분이 시작에 앞서 김선욱의 자전거 여행을 간략히 소개한다. 그녀의 상냥한 목소리가 고요하고 숙연하던 공기를 다정하게 흩뜨린다.

"평소에 '조금 더 힘내세요'라는 의미로, 처방전 아래에다 '희망을 가지세요'라고 써 드리고 싶었어요. 하지만 의사인 제 말이 여러분 마음에

여행 기간 중 가장 기대하고 중요하게 생각했던 일정은 '암 환우'들과의 만남이었다. 2012년 6월 8일 충남대학교 병원 대전지역 암센터.

얼마나 와 닿을까 싶어 그렇게 하지 못했답니다. 그런데 2010년도에 폐암 4기 진단을 받고 올해 5월부터 전국 자전거 여행을 시작한 분이 계세요. 지금도 매일매일 치료제를 복용 중인 환자 분이시죠. 이분의 이야기라면 여러분의 마음에 더 와 닿지 않을까 싶어 이렇게 모셨습니다."

환영의 박수 소리가 들리고 김선욱이 단상에 올랐다. 청중의 눈과 마주치는 순간, 그는 말문을 열지 못하고 한참을 적막 속에 맴돈다. 이미 수없이 만나 온 사람들인데도 암 환자, 아니 암 '환우(患友)'들만 만나면 그는 울컥 목이 멘다. 암 선고를 받던 순간의 충격과 힘들었던 항암치료의 기억이 고스란히 떠올라서다. 그리고 지금 자신의 눈앞에 있는 이들도 그 힘든 과정을 똑같이 겪고 있을 것을 충분히 이해하기 때문이다.

간신히 마음을 가다듬고 그는 입을 열었다.

"안녕하세요? 저는 여러분과 함께 제 치료의 경험을 나누러 왔습니

2012년 7월 16일 대구 영남대학교 병원 '제12회 폐암 건강교실' 강연.

다. 저는 2010년 10월 18일 명치 끝에 통증을 느끼고 닷새 만에 암일 가능성이 높다는 이야기를 들었습니다. 이후 큰 병원으로 옮겨 정밀 검사를 거쳐 11월 11일 폐암 4기 진단을 받았어요. 진단이 내려지는 순간 아주 극심한 공포를 느꼈습니다. 그 다음엔 화가 나서 견딜 수 없었죠. 저 자신에 대해 화가 나고 주위 사람들에게도 화가 나고. 항암치료를 받으면서는 집사람에게 수도 없이 화풀이를 하고 성질을 냈어요. 그렇게 한참 화를 내고 나니까 우울해집디다. 저 스스로 뭘 어떻게 할 수도 없는 처지가 되고……. 항암제를 맞고 나서는 집에 가서 하염없이 텔레비전만 봤죠. 텔레비전 내용이 머리에 들어오는 것도 아닌데…… 짜증 나고 우울한 상태가 계속되었어요. 그 기간이 좀 지나니까 그제야 제 상태를 좀 인정하게 되었죠. 제 상태를 거부만 하지 않고 타협하게 된 거예요. 그 다음엔 그것을 받아들이고 이해하고, 이제 남은 시간을 어떻게 살 것인가를 생각하게 되었습니다. 암이라는 새로운 친구로부터 무엇을 배울지 생각하기 시작했습니다. 여러분도 아마 이런 과정 중의 한 단계에 계신 분들이 많을 겁니다."

그는 암 진단을 받고 나서 자신이 겪어온 감정의 상태를 공포Panic, 분

노Anger, 우울Depression, 인정Compromise, 수용Understanding, 이렇게 다섯 단계
로 정리하여 설명하였다.

"사실, 저는 암에 대한 책은 거의 읽지 않고 인터넷에서 암에 관한 정
보를 찾아 보지도 않았어요. 많은 정보들이, '암은 고칠 수 있다'는 희
망적인 이야기를 굉장히 쉽게 하는 것 같습니다. 환자들이야 워낙 절박
한 심정이다 보니, 병을 낫게만 해 준다면 모든 걸 다할 수 있을 것 같아
서 현혹되는 경향이 있는데, 저는 상식선에서 암을 치료하겠다고 마음먹
었습니다. 의사가 할 일은 의사에게 맡기고 저는 제가 할 일을 하겠다는
거죠."

그는 자신의 병에 대한 지나친 염려와 호기심, 수많은 정보들이 오히
려 혼란을 야기하는 악재가 될 수 있다고 믿었다.

"의사 선생님을 만나면, '제가 얼마나 더 살 수 있습니까?' 같은 질문
도 하지 않았어요. 정확한 답도 할 수 없을 텐데 물어 뭐하나 싶었습니
다. 암의 크기가 작아졌는지, 커졌는지도 묻지 않았죠. 의사 선생님의 말
한마디 한마디에 일희일비하고 싶지 않았습니다. 마음에 중심을 잡고 쭉
나아가고 싶었어요. 의사 선생님이 치료해 보자고 하시고, 직장도 다니
며 일상생활도 하라고 하시니 그저 의사 선생님을 신뢰했습니다. 의료
쇼핑을 하지 않았어요. '어느 병원의 어느 선생님이 좋더라'라는 얘기에
혹하게 되면 내 담당 선생님한테 불만이 생기고, 그렇게 해서 딴 데 가
서 또 검진하고…… 그러기 싫었습니다. 주치의 선생님을 신뢰하기 시작
하니까, 진료를 위해 만나러 갈 때마다 웃으면서 들어갔죠. 좋은 관계를
유지하기 위해 때론 의사 선생님을 놀리기도 했어요. '선생님, 오늘 좀

피곤하신 거 같아요?' 웃으며 들어가는 환자를 보면 좀더 편하실 것 같아서요."

담당 주치의와의 라포rapport* 형성까지 신경을 쓰는 그였다. 그리고 '병과의 전쟁'이 아닌, '병과의 동행'을 마음먹은 그는 특별한 식이요법을 감행하지도 않았다. 그저 암 진단 전과 다름없이 자신이 원하는 음식들을 좋은 재료를 사용해 만들어 먹을 뿐이었다.

"특이한 건 하나도 없었고요. 신선한 야채를 골고루 먹었어요. 계절 과일, 계절 야채 같은 것을요. 주스로 갈아 마신다든가 샐러드로 먹는다든가 했죠. 고기도 잘 먹었어요. 특별히 암에 좋다는 음식, 그런 걸 많이 신경 쓰지 않았어요. 입맛이 당기는 대로 먹었습니다. 대신에 가능한 한 외식을 안 하도록 노력했죠. 지금은 자전거 여행을 하니 점심은 어쩔 수 없이 외식을 하고 있지만요. 그리고 지금도 꾸준히 하고 있는 건 따뜻한 물을 많이 마시는 거예요. 항암제를 맞을 때 간호사들이 물을 많이 마시라고 하는데, 저는 5~6시간 정도 항암제를 맞을 때마다 화장실에 여섯 번 이상 갈 정도로 물을 많이 마셨어요. 가장 간단하고 쉽게 실천할 수 있는 일이었거든요. 어렵고 전문적인 이야기에만 귀 기울이지 않고 간단하고 쉬운 것을 따라 하는 게 중요하다고 생각했기 때문입니다."

무엇보다 그는 마음의 태도가 몸의 회복까지 이어진다는 것을 직접적으로 경험했다.

"항암치료 부작용으로 맛있는 음식을 먹어도 예전처럼 100퍼센트 맛

---

* 상담, 치료, 교육 등을 위한 관계에서 친근감을 바탕으로 이뤄지는 상호 신뢰 관계.

을 느끼지는 못하지만 뭐든 먹을 때마다 '맛있어요!' '고마워요!' 표현을 하면서 먹어요. 그렇게 저 자신에게 의도적으로 말하면서 먹다 보니 음식을 맛있게 먹는 습관이 생겼어요. 항암치료를 할 때 가장 힘든 건 부작용 때문에 음식 섭취를 못하면서 에너지 확보를 못하는 거니까요."

그의 이야기를 듣던 청중 한 명이 어떻게 자전거 여행을 시작하게 되었는지를 물었다.

"병이 낫는다고 해도 제가 이미 육십 줄에 접어들었으니 생이 많이 남지는 않았죠. 병이 치료되지 않으면 정말 얼마 남지 않은 거고요. 남은 삶을 어떻게 정리할까 생각하던 중에 자전거를 타고 이곳저곳을 다녀 보자는 생각을 하게 되었어요. 실은 제가 은퇴한 후에 자전거 세계일주를 떠나는 것이 저희 부부의 꿈이었습니다. 그런데 제가 갑자기 암 진단을 받게 되었고, 아내가 그 자전거 세계일주를 앞당겨 우리나라 구석구석부터 먼저 다녀 보자고 한 거죠. '암은 곧 죽음'이라는 절망적인 명제에서 빨리 벗어날 수 있게 되길 바랐어요. 아내와 함께 여행을 다니다 보면 관계도 좀 더

2012년 8월 22일 화순 전남대학교 병원, 9월 12일 부산대학교 부산지역 암센터.

돈독해지지 않을까 싶었고, 저처럼 암으로 고통받는 분들이 이런 저를 보고 조금이라도 기운을 낼 수 있다면 좋을 것 같았고, 여행 중에 만나게 될 사람들과 희망을 나눌 수 있다면 더 좋겠다는 바람도 있었습니다. 사실, 저는 폐암으로 인해 오히려 제 삶을 다시 돌아볼 수 있었어요. 폐암 진단 이전보다 한층 양질의 삶을 살 수 있게 되었습니다. 그래서 암에 대해 고마운 마음까지 갖게 된 것이 사실입니다."

뒤이어 또 다른 남성 환자의 질문이 이어졌다.

"저는 2010년에 암 진단 받으면서 항암치료 다 하고…… 현재 관리상태에 있는데…… 선생님 주치의는 치료받으시고 나서 이렇게 국토대장정해도 괜찮다고 하십니까? 저는 완치됐다고 할 순 없는데요. 격한 운동을 하지 말라고 하던데요. 기흉을 겪었어요. 면역력이 떨어졌는데 운동을 하다가 폐 속에 공기가 들어갔다고 하더라고요. 혹시 다른 환자 분들이 따라하실까 봐 겁이 나서……."

"환자의 상황과 체질에 따라 관리를 해야겠죠. 제 경우가 기본이 될수는 없습니다. 제가 말씀드리는 건, 자전거 여행으로 암을 치료하겠다기보다, 우리 삶의 질을 높이고 부정적인 생각을 긍정적인 생각으로 바꿔 보자는 얘기죠. 저도 병이 완치된 상태가 아니라 치료 중인 암 환자라서, 어떤 운동이 좋거나 나쁘다고 말씀드릴 수가 없습니다. 다만 암에게 지배되지 않고 좀더 자유로워지자는 이야기를 나누고 싶었습니다."

어쩌면 우리를 우울하게 하는 건, 우리의 초점이 온통 '낫느냐 안 낫느냐'에 있기 때문일지도 모른다. 당장은 알 수 없는 미래의 영역을 예측하기란 무척 어렵고, 또 그 결과를 기다리는 일은 무척 불안한 일이기

때문이다. 그러니 낫게 될 때까지 불안하고 힘들다. 그리고 무엇보다…… 실제로 '몸이 아프다.'

아픈데, 낫지 않는데, 결국 죽고 말 텐데…… 어떻게 밝고 긍정적이고 재미있게 살 수 있을까. 김선욱의 논지는 이렇다. 지금은 아프지 않다 하더라도 사람은 모두 언젠가 죽는다. 그리고 질병이 아니라 하더라도 사람들은 저마다 자기 자신의 문제를 끌어안고 살고 있다. 매 순간 이러해서, 저러해서, 행복하게 살 수 없다는, 그래서 불행할 수밖에 없다는 이유를 내미는 사람은 사실 끊임없이 불행할 수밖에 없다. 그러나 '이럼에도', '저럼에도', 행복하게 살겠다는, '조건을 해체시켜 버리는' 사람은 어떤 상황에서도 행복을 찾을 수 있다. 그것이 생에서 맛볼 수 있는 최대의 '자유'다.

그는, 이런 점에서 계속해서 자유를 찾아가는 사람이다. 자신이 직접 해결할 수 없는 문제는 옆으로 잠시 제쳐 두고, 자신이 할 수 있는 일, 하고 싶은 일, 나도 행복하고 남도 행복할 수 있는 일을 우선 찾아 나선다. 그런 일은 대단하거나 큰 일이 아닐 수도 있다. '자전거 여행' 역시 그에게 적합한 일이었을 뿐이다. 누구든 이처럼 작고 소소할지라도 자신에게 적합한 일들을 발견할 수 있을 것이다. 죽음의 순간에 후회하지 않을 수 있도록 삶을 누릴 수 있는 용기, 제한된 시간을 소중한 시간들로 채워 나갈 수 있는 일들. 작고 소소한 것일지라도 그런 일을 찾는 것이 바로 행복의 첫걸음 아닐까.

강연을 마치자 앞서 김선욱을 소개했던 여의사가 강연 내용을 정리하
며 청중을 향해 말했다.

"김선욱 씨의 이야기 중에서 자신의 병에 대해 너무 많은 정보를 알
려고 하지 말자, 인터넷 정보에 의지하지 말자, 주변 사람들의 이야기
에 너무 귀 기울이지 말자는 내용이 있었는데, 저도 이 말씀에 동의하고
공감해요. 사실 이 부분은 경제적인 것에도 영향을 많이 미쳐요. 확인되
지 않은 정보를 듣고 항암에 전혀 효과가 없는 약을 사서 드시거나 하
면, 돈은 돈대로 들고 몸은 몸대로 안 좋아지죠. 그리고 저희 환자 분들
은 암 진단을 받았어도 '나의 가족'을 한번 돌아볼 수 있는 여유로운 마
음이 되셨으면 좋겠어요. 환자 분들 모두 즐겁게 사실 수 있어요. 가족도
괴롭히지 않고 사실 수 있답니다."

청중들의 박수로 행사가 마무리되고 하나 둘씩 사람들이 강연장을 빠
져나가는 가운데 한 아주머니가 다가와 말씀하셨다.

"우리 바깥양반이 이제 막 항암치료를 세 차례 끝냈어요. 환자나 환자
가족은 여기저기서 정보가 지나치게 많아 마음이 산란하고 불안해지는
면이 있죠. 선생님 말씀처럼 인터넷이나 다른 사람들의 말에 너무 현혹
되지 말고, 애들 아빠가 먹고 싶어 하는 것 잘 먹고 마음을 편하게 가져
야겠네요. 이야기를 듣고 나니 모든 게 좀 단순해지네요."

한결 가벼워진 표정으로 그녀는 고맙다는 인사를 남기고, 자신이 있
어야 할 곳을 향해 다시 떠났다.

환자들이 모두 자리를 떠난 뒤 홀로 남아 호흡을 가다듬고 있는 김선욱에게 의사가 슬며시 말을 건넸다.

"실은, 이곳에 입원하시는 많은 환자 분들이 불안해서 집에 가고 싶어 하지 않으세요. 병 때문에 불안한 마음에 계속 병원에 머물고 싶어 하시죠. 하지만 그렇게 불안해서 일상생활을 할 수 없다면, 남은 시간을 어떻게 보내실까 저로서는 많이 염려가 되죠. 폐암도 갖고 살아야 할 만성질환으로 생각하고 즐겁게 사셨으면 좋겠어요. 하지만 의사가 그런 말을 하는 것과, 자신과 같은 입장에 있는 환자가 하는 것은 정말 다르죠. 그래서 오늘 김선욱 환자 분의 용기가 민들레 씨처럼 퍼졌으면 하는 마음이 들어요."

그녀의 말대로, 자신의 이야기가 아득하게 먼 곳의 고통받는 사람들에게까지 퍼져 희망 한 알과 용기 한 움큼이 될 수 있기를 기도하며, 그는 젖은 눈으로 오래도록 자리를 지켰다.

자연에 중독되다

슬슬 장마가 시작되려는 것일까. 6월도 보름째 접어들면서 날씨가 차츰 심상치 않다. 아침부터 구름이 잔뜩 끼어 있는 것이 금방이라도 소나기가 후두둑 쏟아질 것만 같다. 하지만 구름이 햇빛을 가린 덕에 한결 선선하게 느껴지는 날씨는 그야말로 라이딩하기엔 최적이다.

강원도 삼척시 도계읍. 라이딩을 하다가 작은 간판 하나로 호기심을 불러일으키는 산골 속 카페를 발견했다. 입구는 좀 예쁜 '귀곡 산장' 느낌. 조그만 목조 다리를 건너자 생각지도 못했던 풍경이 펼쳐진다. 누군가가 정성스레 가꾸어 온 흔적이 역력한 정원. 그러나 좀처럼 인위적인 냄새가 나지 않는다. 자연이 사람을 가꾼 것인지, 사람이 자연을 가꾼 것인지 모를, 자연과 사람의 일체감이 느껴지는 공간이다. 카페 안으로 들어가 보니 도자기와 회화 작품들, 그리고 각종 미술 도구들이 즐비하게 놓여 있다. 주인 부부 내외와 인사를 나눴다. 남편은 도예 미술가, 아내는 회화 미술가로, 이곳에 들어와 산 지는 22년째 되었다고 한다. 주위에

마땅한 음식점이나 마트를 찾으려면 한참은 나가야 할 것 같은 산골에 들어와 이런 펜션과 카페를 만들고 미술 활동을 하는 이유는 뭘까.

"저이랑 저는 거의 중독 수준이에요, 이곳에. 22년 내내 그랬어요."

지금은 50대 중반이 된 부부는, 30대 초반에 이곳에 들어왔다. 남편이 고등학교 동창 친구네에 놀러 왔다가 마침 동창이 팔려는 땅이 있었는데, 땅을 사기로 했던 사람이 그날 오지 않길래 그 자리에서 사 버렸다고 한다. 다음 날, 땅을 사려 했던 사람이 하루 늦게 찾아왔으나 이미 거래는 끝난 뒤였다. 땅도 다 자기 임자가 있나 보다. 거친 돌밭이나 다름없었던 땅을 부부는 골프연습장으로 변모시켰다. 그러다 보니 대지가 잔디로 바뀌어 버렸다. 그리고 5년 전부터는 골프연습장을 접고 이렇게 펜션과 카페로 꾸며 운영하고 있다고 한다. 여느 펜션이나 카페 같지 않게 인공적인 느낌이 전혀 나지 않는 이유는, 자연에 어울리는 친환경적인 자재를 사용하기도 했거니와, 신기하게도 부부가 원하는 나무나 꽃, 넝쿨이 원하는 장소에 붙어서 저절로 자라더라는 것이다. 때로는 남편이 뽑아 버리자 해도 아내가 한사코 그대로 두자고 하며 나무와 꽃이 마음껏 자라도록 '내버려 둔' 덕분에 지금과 같이 아름다운 풍경이 빚어질 수 있었다. 카페의 통유리 벽에는 다래 넝쿨이 가득 뒤덮여 따가운 햇빛을 가려 주고 있었는데, 이 다래 넝쿨 역시 어느 날 바람에 실려와 유리 벽에 붙은 채 자라기 시작했다고 한다. 부부는 말 그대로 '스스로 그러한' '자연'을 인위적으로 옮기지 않고 그대로 끌어안고 있었다.

부인의 거칠고 뭉툭하기 이를 데 없는 손이 눈에 들어왔다. 손톱마다 흙이 끼여 있었다.

"사흘만 안 가꾸어도 온통 지저분해지거든요. 장갑을 껴야 하는데, 보이는 대로 풀을 뽑다 보니 맨손을 써서 손이 이렇게 됐어요. 그래도 좋아서 하는 일이니까 이렇게 하는 거죠."

거칠지만, 아름다운 손이었다.

화장실 문에는 멋들어진 붓글씨로 쓰인 시구가 붙어 있다. 살다 보면 가끔씩 놀라운 깨달음이 화장실에서 임하기도 하는데, 다 이런 문구들 덕분인지도 모른다.

얻었다 한들
원래 있던 것,
잃었다 한들
원래 없던 것.

화장실에서 몸도 마음도 가볍게 비우고, 세면대에서 손에 비눗칠을 하는데, 갑자기 엄지손가락만 한 왕거미가 세면대 안에서 바쁘게 움직이기 시작한다. 거미와 친하지 않은 나는 깜짝 놀라 어찌할 바를 모르다가 어쩔 수 없이 비눗기 있는 손을 그대로 들고 주방으로 와서 손을 씻었다. 세면대 주변을 훑어보니 온갖 거미줄과 거미들이 그대로 방치되어 있었다.

"여기 세면대에 거미가 많네요? 깜짝 놀랐어요."

"네, 거미는 해충을 잡아먹잖아요. 사람들에게 아주 좋은 거예요. 저희는 잔디에 농약을 뿌리지 않거든요. 그래서 거미가 꼭 필요해요. 그런

늘 '자연과의 만남'이기도 했던 '사이클링포큐어' 여행.

데 오시는 손님들 중에서 거미 무섭다고 모기약을 한 통씩 뿌리는 분들이 계세요. 제발 그러지 마시라고 부탁하죠. 또 어떤 손님들은 신기하다고 관찰하는 분들도 계시죠. 사람마다 다 달라요. 여기는 뱀도 있어요. 우리 눈에 안 띨 뿐이지 어디든 있죠. 개미도 많아요. 하지만 가만히 있으면 자기들이 알아서 사람을 피해 가요. 자연은 자연 그대로 내버려두면 우리를 해치지 않아요."

이렇게 자연과 한데 어울려 살게 된 그들이 처음부터 자연에 익숙했던 것은 아니었다. 30대 초반이라는 한창 나이에 고향에 들어와 전원생활을 하게 된 데에는 계기가 있었다. 남편의 형님이 40대 초반의 젊은 나이에 폐암으로 갑자기 세상을 떠난 것. 깊은 상심에 빠져 있던 남편은 고향에서 우연찮게 땅을 사게 되면서 이곳을 개척하여 살기로 결심했다고 한다. 형님의 때 이른 죽음을 접하면서 허해져 있던 마음도 자연 속에서 살다 보면 치유가 될 것 같아서였다. 그렇게 아픔의 씨앗은, 그들이 도시 생활을 접고 새로운 세계로 발을 들여놓는 데 결정적인 역할을 했다. 그리고 지금은 "갑부도, 대통령도 부럽지 않은 삶"을 살고 있다고 말한다. 사방이 푸른 산천초목으로 둘러싸인 곳에서 손으로 직접 자연을 가꾸고, 추운 겨울이면 따뜻한 온기를 찾아 여행을 떠난다. 때 되면 뜻 맞는 손님들이 먼 길을 마다않고 찾아와 묵으며 함께 바비큐 파티도 한다. 틈틈이 작품 활동과 와인 생산도 하고, 근처의 계곡에서 텐트 치고 며칠 동안 침묵 수행을 하며 지내기도 한다. 이들은 그야말로 세상의 가치에 자신들을 맞추기보다 자신들만의 가치에 충실하게 살아가면서도 얼마큼 행복할 수 있는지를 보여 주는 좋은 모델이었다.

"저희 셋째 아이는 갓난아기 때 여기 들어왔거든요. 그 애야말로 온전히 자연에서 자란 아이에요. 그래서 그런지 첫째, 둘째랑은 좀 달라요. 느긋하고 걱정이 없죠. 오히려 우리가 무슨 일로 걱정하면, 왜 그런 걸 가지고 걱정하느냐, 시간이 지나면 자연스레 해결될 것이다, 그러면서 우리를 위로해 줘요. 이제, 스물셋, 군대 제대를 기다리고 있는데, 제대하면 캐나다에 가서 무작정 여행하며 자기가 하고 싶은 일을 찾아본다고 해요. 고생 좀 하겠죠. 그래도 그러라고 했어요."

한 시간 반 정도 그들 부부와 함께 이야기를 나누다 헤어질 즈음 커피 값을 내려 하는데 주인아저씨가 한사코 말리신다. 그러더니 눈시울을 붉히며 이야기하신다.

"저희가 다른 걸로 도와드리지도 못하는데요……. 이렇게 여행하시는 모습 보니까 너무 보기 좋습니다……. 자꾸 저희 형님이 생각나네요."

폐암으로 20여 년 전에 돌아가신 형님 생각을 하며 눈물을 흘리는 주

산과 산 사이에는 마을이 있고, 사람과 사람 사이에는 늘 '사랑'과 '희망'이 있음을 날마다 발견해 가던 날들.

인아저씨. 누구나 각자 나름의 슬픈 사연을 가지고 있다. 그리고 그 슬픔
을 계기로 우리는 무언가를 배워 가고 삶을 바꿔 가고 있었다. 아저씨가
우시니, 그제야 또 자각이 된다. 자꾸 잊어버리곤 했는데……. 우리의 여
행은 암을 동반한 여행이구나. 늘 어느 정도의 불안감과 슬픔을 안은 채,
그러면서도 유쾌하고 즐거운 상황을 맞이해야 하는 이 경험이 순간 기
이하게 느껴진다.

남들이 살아가는 대세에 휩쓸려 가지 않고, 자신의 가치와 주관대로
주도적으로 살아가는 이들과의 만남은, 더욱 값지다. 정원도 주인이 뚜
렷한 방향을 가지고 손질하고 돌보아야 황폐해지지 않듯이, 삶도 그렇게
가꾸어야 황폐해지지 않는다. 누군가 대신해 주기만을 바란다면, 뒤처질

까 불안한 마음에 다수의 삶을 따라가기만 한다면, 세월은 아무 의미 없이 그저 흘러갈 테니까.

다시 라이딩을 이어 가다가, 한 폭의 동양화 같은 풍경을 만났다. 산과 산 사이의 마을 하나가 위에서 내려다보이는 풍경이었다. 위에서 내려다보면 그저 한 덩어리의 마을인데, 저 안으로 들어가 보면 또 얼마나 많은 사연들이 자리를 잡고 있을까. 우리의 삶에도 현미경과 망원경이 각각 필요하리라. 깊은 시름에 빠져 있을 때는 망원경으로 삶을 멀리서 조망하고, 즐겁고 기쁠 때는 현미경으로 그 행복을 더욱 촘촘히 들여다보기. 걱정은 생각보다 크지 않을 것이고 행복은 생각보다 더 크고 즐거운 것이리라.

"뭐가 자꾸 보이네요"

— 도보 여행자들

427번 지방 도로를 타고 동해의 대진항 쪽으로 넘어간 뒤, 바로 울진 쪽으로 내려가는 길. 동해의 많은 사람들이 애용하는 7번 국도가 아닌 일명 '낭만가도'를 경유했다. 이 길에서 바라다보이는 동해는, 마치 수평선 즈음에 이르러서는 새로운 세계가 열릴 것 같은 신비로운 아름다움을 간직하고 있었다. 오르막과 내리막의 연속, 구불구불 넓다랗게 펼쳐지는 길을 따라 이어지는 바다 풍경. 아무리 현실에 피로를 느끼던 사람일지라도 저 멀리 아득한 세계로 잠시나마 빠져들 수 있게 만드는 마법의 힘을 지닌 '낭만가도'였다. 구름과 산과 바다가 그림처럼 어우러진 낭만가도는 많은 자전거 마니아들에게 적극 추천할 만한 곳이다. 영동 지방 라이딩의 필수 코스라고 해도 과언이 아니다.

오후가 지나면서 다시 비가 부슬부슬 내리기 시작했다. 김선욱은 몸을 적시는 빗방울에도 아랑곳하지 않고 오히려 그 비를 벗 삼아 계속해서 페달을 밟았다. 공기 중으로 상큼하게 비의 향기가 퍼졌다. 그의 육신

2012년 7월 4일 가야산 자락 해인사에서 만난 호주의 불교 연구자 웬디.

뿐 아니라 마음까지 촉촉하게 젖어드는 것 같았다. 하지만 점차 빗줄기가 굵어지면서 폭우로 변하자 그는 자전거를 멈출 수밖에 없었다. 서둘러 자전거를 정리해 차에 싣고, 비가 그치기를 기다리는 사이. 대진에서 울진으로 넘어가는 길 가운데 빗속의 도보 여행자들을 만났다. 처음 만난 여행자는 26세의 대학생이었다. 그는 6월 9일 포항에서 도보 여행을 시작해 화진포에서 여행을 마칠 예정이라고 했다. 목적은 자기 성찰. 한창 화려하고 재미있는 것들이 눈에 들어올 나이에 '자기 성찰'을 목표로 포항에서 화진포까지 하루 10~12시간씩 걷는다고 하는 젊은이. 여행지에서는 누구나 감상적이 된다지만, 순간 이 젊은이 하나로 인해 대한민국의 미래에 대한 희망이 느껴질 정도였다.

그는 중간에 만나는 민박이나 찜질방을 숙소로 삼고, 그 외 모든 시간은 오로지 도보로 이동하는 데에 사용했다. 걷고 또 걷는 여행이었다.

"경치도 좋고 도중에 사람들 인심도 좋고……. 무엇보다 걷는 느낌이 아주 좋아요. 막상 배낭 메고 나오니까 세상에 좋은 사람들이 정말 많더라고요."

그는 이 여행이 계속되는 동안 자기만의 시간을 가지면서 지난 시간

2012년 9월 3일 울산 신불산 자연휴양림에서 만난 미군 공군 소령 부부와 아기.

을 돌아보고 앞으로 어떻게 살아가야 할지 생각해 볼 예정이라고 했다. 그는 일찌감치 '걷기 수행'의 길로 들어선 것처럼 보였다.

26세 청년과 이야기를 나누고 각자 다음 여정을 향해 발걸음을 옮긴 뒤, 또 다른 여행자와 조우했다. 한창 여름 더위가 시작되기 전이라 그런지 6월 16일과 17일 이틀 동안에는 특히 길 위의 여행자들과 만날 기회가 잦았다. 두 번째로 만난 30세 청년은 회사를 그만두고 우리나라를 제대로 살펴보고자 도보 여행을 시작했다고 한다. 동해에서 시작해 부산까지 걸을 예정이라고 했다. 전날은 8시간, 그리고 우리와 만난 날은 6시간째 걷고 있었다. 예전부터 도보 여행을 해 보고 싶다는 생각이 많았는데, 해외여행을 가기 전에 우리나라부터 알고 싶었다고 한다.

"걸으면서 생각보다 여러 가지를 많이 보게 되는데요. 어느 마을에서는 황산 저장소 설립을 반대하는 주민들의 시위를 보면서 지방마다 자기들만의 사건이나 현황이 있다는 걸 알게 되었어요. 항구에서 석탄이나 시멘트가 배로 들어와서 트럭으로 운반되는 것도 처음 보고요……. 평소 잘 보지 못했던 작은 동식물들도 눈에 띄고……. 뭐가 자꾸 보이네요."

'뭐가 자꾸 보이네요.' 천천히, 오래 걸어 본 사람만이 할 수 있는 말이었다.

이튿날인 17일에는 우리처럼 자전거로 여행 중인 30대 중반의 미국인 이발사와 마주쳤다. 그는 자그마치 3년째 자전거로 세계 여행을 하고 있었다. 세계 여행 중 인도에서 만난 고아들의 비참한 모습에 그 아이들을 위해 모금 활동을 하기로 마음먹었다. 그 뒤로 여행을 다니면서 만나는 사람들에게 자신의 취지를 전했고, 사람들은 그에게 10불, 50불, 100불씩 선뜻 후원금을 내주었다. 미국에 있는 그의 동생이 이 모금 활동을 위한 웹페이지를 운영하고 있다고 한다.

무엇보다 신기했던 것은 그의 자전거에 실려 있는 짐이었다. 3년간 29개국을 여행 중이라는 그의 짐은 17kg 정도가 다였다. 가볍게 몇 덩어

도보 여행자들은 곧 '길 위의 수행자'들이기도 했다.

리로 나누어 자전거에 전부 싣고 다닌다고 했다. 경량 텐트와 갈아입고 신을 옷 몇 벌과 신발뿐. 출발할 때는 47kg이었던 짐이 어느새 버릴 것들을 버리고 줄이다 보니 결국 17kg만 남은 여행이 되었다.

이들 외에도 우리는 길 위에서 많은 여행자들을 만났다. 자기 자신을 발견하기 위해 1년 예정의 자전거 여행 한복판에 있는 30대 중반의 대만 텔레비전 방송국 PD, 경남 해인사에서 마주친 호주 시드니 대학 불교학 교수 웬디, 30대 초반에 불황을 맞은 사업을 정리하고 재충전을 위해 자전거를 타고 거리로 나왔다는 두 청년, 자연과 캠핑을 사랑하는 미국인 공군 소령 부부등……. 길 위에서 만난 이들의 공통점은 최대한 단출하고 가벼운 짐이었다. 어쩌면 여행 내내 불필요한 짐을 추리고 버리는 과정에서 '버려야' 살아남을 수 있다는 인생의 진리를 깨달았는지도 모른다.

내리쬐는 뙤약볕에도, 퍼붓는 비바람에도 아랑곳 않고 예정했던 목적지를 향해 우직하게 걷거나 자전거를 달리던 길 위의 수행자들. 불필요한 마음의 짐들은 벗어 버리고, 마음의 눈에 새로이 '뭔가 자꾸 보이게 된' 그것들을 간직하고 돌아가기 위해 그들은 천천히 계속해서 걷거나 페달을 밟고 있었다.

3,000km를 돌파하다!

2012년 7월 8일. 여행을 시작한 지도 두 달을 넘어서고 있었다. '사이클링포큐어' 팀은 5, 6월 두 달 동안 경기 — 강원 — 인천 — 강원 — 충남을 거쳐 경상도에까지 이르러 있었다. 이른 아침부터 내리는 가랑비 때문에, 뜻하지 않게 일정을 변경했다. 일단 오전 라이딩을 접고 가야산 근처에 위치한 '가야산 야생화 식물원'으로 꽃구경을 나섰다. 우선 시간을 보내며 날씨 상황을 지켜보기로 했다. 7월 즈음의 한여름은 소위 '꽃들의 보릿고개'라 일컬어지는 시기다. 그래서인지 식물원에도 만개한 꽃이 생각보다 많지 않았지만, 한나절 식물원을 거니는 것만으로도 충분한 휴식이 될 수 있었다.

그렇게 마음을 비우고 '지금 이 순간'에 집중해 한나절을 보내고 나니 어느새 비가 그쳐 있었다. 아침과 달리 맑게 갠 하늘이 라이딩을 유혹하는 것 같았다.

점심식사를 간단하게 마치고 라이딩 채비를 했다.

라이딩을 하면서 이동하는 궤적들은 자전거에 장착한 GPS 기기를 통해 지도에 기록되고 있다. 그뿐 아니다. 우리가 머문 캠핑장, 식사를 위해 들른 식당 이름과 전화번호까지도 김선욱은 모두 꼼꼼하게 기록해 놓는다. 그리고 매일 아침 라이딩을 시작하기 전 자신의 얼굴을 핸드폰 카메라로 촬영하는 일을 잊지 않는다. 매일 아침 얼굴에 나타나는 건강상의 변화가 있는지 확인하기 위함이고, 그렇게 180여 일의 사진이 모인다면 좋은 추억거리가 될 것 같아서라고 한다. 뿐만 아니라 라이딩하는 동안의 심박수나 혈압도 모두 기록되고 있다. 혹시나 후에 운동과 암의 역학관계를 연구하는 데에 자신의 이런 상세한 기록들이 도움이 될 수도 있을 거라고 그는 말한다. 그에게 '기록'이란 자신만의 삶의 궤적에 머물지 않고 다른 이와 언제든 '공유'할 수 있는 나눔의 대상이다.

오늘도 아내의 응원 키스를 받으며 본격적인 라이딩 시작, 그는 3.5km에 이르는 가야산의 험준한 경사를 한 발 한 발, 페달에 힘을 주며 넘는다. 드디어 경상남도와 경상북도를 가르는 '가야산 고갯마루'. 10리에 가까운 언덕길을 폐암 4기의 환자가 자전거를 타고 오른다. 상상하기 힘든 일이다. 그러나 그는 스스로의 힘으로, 매일같이 마주치는 고갯마루들을 하나둘 넘어 여기까지 이르렀다.

❄ ❄ ❄ ❄

'성주'는 원래 참외로 유명한 곳이다. 라이딩을 하며 지나간 성주 길가에는 참외 비닐하우스들이 즐비했다. 직접 재배를 하는 농민들이 판

매대를 마련해 두고 행락객들에게 참외를 팔고 있었다. 우리도 잠시 길을 멈춰 맛있는 참외를 먹으면서 휴식 시간을 가진 뒤 다시 목표 지점을 향해 달려갔다. 며칠 내린 비 덕분인지 도로변에는 꽃들이 만개해 있었다. 한여름에 자주 볼 수 있다는 '루드베키아' 길을 달리기도 했다. 달리다 쉬다가, 길가의 꽃과 나무들을 관조하기도 하고, 오가는 여행객들과 사연을 나누기도 한다. 이런 하루하루가 모여 어느새 누적 주행 거리 3,000km 돌파를 앞두게 되었다.

그가 '건강하게' 두 달여 시간 동안 3,000km 가까운 거리를 달려 올 수 있었던 데에는 아내 박재란 여사의 내조를 빼놓을 수 없다. 캠핑을 나와서까지 이런 음식이 가능할까 싶을 정도로 맛과 영양을 제대로 갖춘 자연식으로 아침 저녁을 정성껏 준비하고, 틈틈이 챙기는 간식도 영양 만점이다. 햇볕이 따갑다 싶은 날에는 수시로 자외선 차단 크림을 남편의 얼굴에 발라 주고, 피부 보호 스프레이를 뿌려 준다. '김밴댕 씨'라며 남편에게 거친 농담을 건네는 모습 한편에 이런 살뜰한 사랑이 있다. 깨어 있는 동안은 거의 내내 남편을 응시하며 그의 작은 신호 하나까지 놓치지 않는다. 마치 아이에게서 눈을 떼지 못하는 엄마의 모습 같기도 하다.

그런 든든한 내조 덕분인지 김선욱에게서는 언제나 자신감이 넘친다. 그의 당당한 모습에서 폐암 4기의 흔적은 찾아보기 힘들었다. 자신이 지니고 있는 병 때문에 우울해하거나 걱정하는 모습을 그에게서는 좀처럼 찾아볼 수 없었다. 그래서 그런지 함께하는 우리 역시 그가 '암 환자'라는 사실을 종종 잊기 일쑤였다.

자전거의 두 바퀴는 연약하지만, 나쁜 것을 좋은 것으로 변화시키는 움직임(易動)과 수많은 어려움을 이겨 내면서 힘차게 나아가는(力動) 당당함을 만들어 낸다.

게다가 자전거라는 이동수단은 자동차에 비한다면 참으로 '연약한' 탈 것이기 때문에, 왕복 4차선 국도 변을 달릴 때면 빠른 속도로 지나쳐 가는 차량들 틈에서 흡사 이방인처럼 느껴지기도 한다. 지나가는 차량들의 양보 운전이 없었다면 이 자전거 여행도 쉽지 않았을 것이다. 유난히 공사 구간이 많은 곳에서는 대형 중장비 차량들 옆을 지날 때마다 소외감마저 느껴지곤 했다. 자전거 전용 도로가 아닌 길을 조심조심 달리는 것의 어려움에는 바로 이런 소외감도 포함되어 있었다.

한적한 시골의 2차선 도로에서는 자전거 주행에 대한 운전자들의 인식도 많이 달라졌음을 느낀다. 예전 같으면 경음기를 울리거나 위협적

2부 *Go with the Flow* 자전거 두 바퀴에 희망을 싣고

인 운전으로 겁을 주기 일쑤였는데, 요즘은 오히려 차량 속도를 늦추고 자전거의 안전한 라이딩을 위해 배려하는 모습도 종종 보게 된다. 어느 덧 3,000km 돌파를 17.1km 앞둔 시점. 지금까지 길 위에서 '사이클링포 큐어' 김선욱의 곁을 지나쳐 간 수많은 차량들, 배려와 양보 운전으로 무 언의 응원을 전해 준 운전자들 역시 이 여행의 숨은 조력자들 중 하나일 것이다.

※ ※ ※ ※

그리고 2012년 7월 10일 드디어 3,000km를 돌파했다.

전날 저녁 늦게야 완성된 '사이클링포큐어'의 숙소. 경북 청송군 부동 면 상의리 주왕산에서 맑고 상쾌한 아침을 맞이했다. 모처럼 비가 내리 지 않는 날씨라 더욱 기대가 되는 하루였다. 주왕산의 좋은 기운들을 모 아 '사이클링포큐어'는 전날 라이딩을 마쳤던 군위군 호포 삼거리로 달 려갔다. 하루도 빠뜨리지 않는 김선욱만의 독특한 스트레칭으로 몸을 충 분히 유연하게 만든 뒤 라이딩을 시작한다. 출발 전 GPS 장치도 꼼꼼하 게 살폈다. 새로운 기록을 위하여!

3,000km 지점은 그리 멀지 않았다. 17.1km만 달리면 된다. 언덕을 내 려가면 금세 도착하는 곳이었다. 호포 삼거리 인근의 자두나무 과수원 근처, 2012년 7월 10일 오전 9시 47분 김선욱은 3,000km 지점에 골인 했다. 크게 기쁨을 내색하지는 않았지만 그간의 투병 생활과 자전거 여 행에 나서기까지의 결단, 그리고 여러 사람들의 도움과 응원이 머릿속에

파노라마처럼 스쳐 지나가면서 깊은 감회에 잠기는 건 어쩔 수 없었다.

3,000km를 돌파했다고 그날의 라이딩을 멈출 그가 아니었다. 그는 다시 새로운 기록을 향해 힘차게 페달링을 시작했다. 7,000km 완주의 그날까지, 그리고 정말로 이루고 싶은 '완치'라는 과제를 향해. 그러나 완치에 대한 강박이 아닌 '아름다운 도전'으로 하루하루를 메워 나가가 보면 완치의 순간에 이를 수도 있을 것이라고, 그는 믿고 있다.

아름다운 자연과 온전히 하나가 되어 자신의 위기를 극복하려는 열정, 나쁜 것을 좋은 것으로 변화시키는 움직임(易動), 수많은 어려움을 이겨 내면서 힘차게 나아가는(力動) 당당함.

김선욱은 그렇게 계속 달렸다.

오르막길과 내리막길

5월 1일 임진각을 출발해 시작한 여행이 어느새 150일차를 넘어 막바지로 접어들고 있다. 이 여행은 두 가지 면에서 전혀 일상적이지 않았다. 하나는 매일같이 잠잘 곳을 옮겨 다녀야 하는 장기간의 야영 생활이라는 점, 또 하나는 '생명'이라는 것을 언제나 염두에 두고 긴장을 늦출 수 없는 여행이라는 점이었다. 매일같이 동가숙 서가숙 하며 한뎃잠을 자야 하는 상황은 겉으로 드러나는 문제이다 보니 보는 사람들마다 "대단하다", "힘들지 않느냐", "고생이 많겠다"는 격려와 감탄의 반응이 일반적이었다. 그러나 두 번째 문제는 달랐다. 그것은 여행 당사자들이 먼저 의식하고 이야기하지 않는 이상 우리 자신도 잊을 수 있고 제3자는 알아차릴 수 없는 문제였다.

그렇다. 이것이 암을 동반한 여행이라는 것을 우리는 한편으론 늘 의식했고, 한편으론 자주 잊었다. 의식함으로써 하루하루가 얼마나 빛나는 보석 같은 날들인지를 깨달았고, 잊음으로써 죽음이라는 불안과 두려움

운무에 휩싸인 적막한 고갯길. 묵묵히 페달을 밟는다.

을 떨칠 수 있었다. 그 두 가지는 항상 함께 따라다녔다.

✾ ✾ ✾ ✾

쉭쉭. 강원도 강릉시 왕산면 송현리와 모계리 사이, 삽당령 고개를 올라가는 길. 고갯길은 적막 그 자체였다. 사람 그림자도 없고 사람 소리도 들리지 않는다. 지나가는 차량도 없다. 자전거를 타고 고개를 오르는 이의 가쁜 숨소리가 적막을 가른다. 입으로 내뱉는 숨소리가 조금씩 커진다. 바람에 흔들리는 나뭇잎 소리, 새 소리, 그리고 근방에 가득한 풀 향내. 조용히 그 자리를 지키고 있는 것들만이 그와 함께하고 있었다.

"여기는 삽당령 정상입니다. 해발 680미터."

"자전거로 언덕을 오를 때는 멀리 내다보지 않아. 금세 지치기 때문이지. 바로 눈앞만 바라보고 바퀴를 조금씩 굴려 가다 보면 어느새 언덕을 넘어가고 있거든." 가파른 오르막을 오르며 그가 말했다.

몰입. 시야를 멀리 두지 않고 바로 가까이에 둔다는 것은 몰입을 위한 것이었다. 이는 힘든 오르막길을 올라갈 때의 그만의 라이딩 원칙이었다. 특히 경사가 아주 가파른 오르막길에서의 몰입은 정말 큰 힘이 된다. 눈앞의 경사로에만 몰입하면서 지그재그로 오르막을 오른다. 경사가 가파른 오르막을 직선 주로로 곧장 오르다 보면 몸에 무리가 와 현기증과 어지럼증이 나기 마련이다. 가파른 경사를 지그재그로 질러 가면, 거리는 길어지지만 경사도는 낮아졌다. 한꺼번에 많은 것을 생각하는 것이 아니라 한 번에 한 가지씩, 눈앞에 있는 것에만 집중. 인생에서 큰 어려움을 대하는 방식도 자전거로 오르막길을 오를 때와 비슷했다. 암 투병도 그랬다. 너무 멀리까지 보려 하지 않았다. 멀리까지 예상할수록, 멀리까지 염려되었다. 하루하루에 충실함으로써 하루하루의 만족을 얻고 싶었다. 작은 모래알이 쌓여 큰 산을 이루듯 충실한 하루들이 모여 충만한 세월과 충만한 인생이 되어 간다는 것이 그의 인생 지론이었다. 매사에 정면 돌파만이 능사는 아니리라. 때로는 우회하고 돌아가는 지혜도 필요하다.

어느새 삽당령 고갯길 정상에 올랐다. 그제야 자전거 바로 앞의 맨땅을 향하던 시선을 거두어 멀리 하늘을 내다보며 그가 두 손을 번쩍 든다.

오르막의 정점을 찍고 나면 내려갈 차례이다. 그런데 이때 충분한 안정을 찾지 않고 급하게 내려가다 보면 신체의 리듬이 제어되지 않으면서 사고가 나기 쉽다.

사실 내리막은 자전거 라이더들에겐 '공짜'로 주어지는 길이나 마찬가지다. 고통스럽게 오르막을 오르고 나서 땀범벅이 된 얼굴에 시원한 바람을 맞으며 내려가는 길은 희열 그 자체다. 바람이 불지 않더라도 내리막에선 가속도가 붙기 때문에 자전거가 공기의 저항에 부딪히면서 스스로 바람을 일으킨다. 게다가 페달을 밟지 않아도 저절로 속도가 나면서 자전거가 굴러 내려간다. 쉬어 가는 길이나 마찬가지인 셈이다. 이런 선물 같은 내리막은, 그런데, 오르막이나 평지보다 사고 위험이 5~10배 높다. 자유와 희열을 만끽할 수 있는 요인이 동시에 위험 요인도 되는 것이다. 시원한 바람

"자전거로 언덕을 오를 때는 멀리 내다보지 않아. 금세 지치기 때문이지. 바로 눈앞만 바라보고 바퀴를 조금씩 굴려 가다 보면 어느새 언덕을 넘어가고 있거든."

189

을 붉게 하고 페달링을 쉴 수 있게 해 주는 가속도는, 무엇보다 전복 사고의 가장 큰 위험 요소이다. 쉬우니까 위험이 있는 것이다. 한순간 속도를 제어하지 못한다거나, 어쩌다 한 손을 놓는다거나, 잠시 딴 생각을 한다든가, 브레이킹이 잘못되는 순간 사고로 직결된다. 또한 내리막에서 코너를 돌 때, 갑자기 라이더가 이겨내지 못하는 속도가 난다거나 노면이 젖어 있거나 혹은 돌이나 모래가 있는 길이거나 파손되어 있는 길일 때에도 사고가 난다. 그러니까, 대부분의 큰 사고, 부상을 입고 심지어 생명까지 잃게 되는 큰 사고는 대부분 내리막, 즉 '한창 잘나가는 길'에서 일어난다고 해도 과언이 아니다.

반면, 평지는 가장 안정적으로 오래 갈 수 있는 길이다. 평지에서는 바람의 방향이 관건이다. 등바람이냐, 맞바람이냐에 따라 어떤 평지에서는 속도가 붙기도 하고 떨어지기도 한다. 평지에서 에너지를 절약할 수 있는 방법은 기어를 적절하게 조절하는 것이다. 바람의 영향이나 자신의 컨디션에 따라 기어를 조절한다. 오르막과 내리막이 자주 반복되다 보면 힘을 썼다 뺐다 하게 되는 반면, 평지에서는 꾸준하게 힘을 쓰면 된다. 가속도를 붙이면 붙인 대로 그 속도를 유지할 수 있고, 힘들 때는 속도를 조금 늦춘 뒤 힘을 회복할 시간을 벌 수도 있다. 지루함만 견딜 수 있으면 된다. 힘겨운 오르막이나 사고 위험이 높은 내리막에 비해 꾸준하고 안정적인 반면단조롭고 지루한 길, 그것이 평지다. 마치 특별히 좋은 일도 나쁜 일도 없이 이어지는 일상과도 같다.

김선욱이 가장 힘들어한 구간은 오르막도, 내리막도 아니었다. 경사가 급한 오르막 뒤에 바로 이어지는 평지였다.

"올라가면 쉬운 내리막이 나타나리라는 기대감을 가지고 올라가는데, 막상 올라간 순간 바로 평지가 또 이어지면 계속 힘을 써서 바퀴를 굴려야 하잖아. 그러니 실망스럽지. 힘도 들고. 힘들게 올라간 뒤에는 반드시 쉴 수 있는 내리막의 시간을 기대하게 되잖아." 그렇다. 우리가 대부분 '실망'이라는 단어를 쓰게 되는 경우는 '기대'가 있었기 때문이다. 기대가 클수록 실망도 클 것이다. 힘겹고 버거운 오르막 끝에 신나고 즐거운 내리막길이 열린다는 기대와 달리, 쉬지도 못하고 계속 힘을 써야 하는 평지가 나타나면 실망할 수밖에 없다.

그러나 오르막 이후 계속 이어지는 평지보다 더 그를 지치고 힘들게 하는 것이 있었으니, 그것은 '외로움'이었다. 페달을 움직여 자전거를 타는 동안의 그는 온전히 혼자였다. 뒤따라오며 그를 에스코트하는 차량도 있었고, 차창 밖으로 얼굴을 내밀어 그를 응원하는 아내도 있었지만, 그의 두 발로 자전거를 움직이는 동안에는 즐거움도 혼자 누리고, 힘겨움도 혼자 감내해야 한다. 물론 그 시간이 사색과 성찰로 이어지는 경우가 많았다. 하지만 누군가와 함께 타는 것의 이점은 누릴 수 없다.

자전거를 누군가와 함께 타면, 무엇보다 물리적인 혜택이 있다. 앞서 달리는 사람이 공기 저항과 싸워 주므로 뒤에 오는 사람은 힘의 70퍼센트만 써도 되는 것이다. 결과적으로 뒤에서 달리는 사람들은 체력을 아낄 수 있다. 이처럼 함께 타면 경쟁도 되고, 상대를 어떻게 활용하는가에 따라 각자의 체력을 적당히 안배할 수 있다.

"선봉자는 자기희생을 하는 거예요. 일종의 '페이스 메이커pace maker'죠. 그러니, 자전거를 혼자 타는 것은 대단한 자기와의 싸움이에요. 공기

저항을 혼자서 모두 감내해야 하니 체력적으로 힘들죠. 그리고 외로움과 싸워야 하죠. 그래서 여러 명이 함께 타는 것보다 더 위대한 일이라고 할 수 있어요."

김선욱의 자전거 트레이닝을 담당했던 박기환 트레이너의 말이다.

실제로 스포츠로서의 사이클링은 혼자 타는 개인 경기이기는 하지만 반드시 동료의 도움이 있어야 한다. 동료의 도움이나 희생 없이는 결코 우승할 수 없기 때문이다. 사이클링 대회는 보통, 5~10명 정도로 구성된 팀이 100~200팀 정도 참여하는데, 한 팀의 에이스를 위해 다른 팀원들이 희생하고 보조하게 되어 있다. 결국 '개인'이 우승하는 경기이긴 하지만, 그 개인은 결코 자기 혼자 우승을 일궈 냈다고 말하지 않는다. 다른 팀원들이 공기 저항을 막아 주고 자리싸움에서 좋은 자리를 확보해 주면서 환경을 만들어 주었기에 가능한 우승이라는 것을 알고 있기 때문이다. 물론 같은 팀의 동료들도 선의의 경쟁자이긴 하지만 그들은 자신의 에이스가 우승한 것에 자신의 일처럼 기뻐한다. 어떤 면에서는 상당히 이상적인 조직 생활의 모습과 닮아 있다.

그렇게 멋진 스포츠 사이클링을, 홀로 병마와 싸우면서 도전하고 있는 사람이 김선욱이었다. 그런데 그의 도전 과제는 여느 도전자들의 과제와는 달랐다. '완주'가 아닌, '언제든 포기할 줄 아는 것'이 목표였다. '180일 동안 7,000km'라는 가시적인 목표치는 설정되어 있지만, 그와 동시에 늘 잊지 말아야 할 목표가 한 가지 더 있었던 것이다. 투병 중이라는 것, 포기해야 할 순간에는 포기하는 지혜를 발휘해야 한다는 것. 트레이너 박기환은 김선욱에게 신신당부했다.

"이번 사이클링 여행의 가장 중요한 목표는 암을 이겨 내기 위한 것이에요. 사람들에게 보여 주기 위한 게 아니라는 건 선생님이 더 잘 아시죠……. 살아남기 위해서 하시는 거예요. 그러니 힘들면 포기하셔야 해요. 몸이 힘들어 면역력이 떨어져서 병세가 악화되면 의미가 없습니다. 선생님 자신의 몸의 소리에 귀 기울이셔야 해요."

자신의 몸의 소리에 귀를 기울일 것. 무리하지 않을 것. 언제든 필요하면 내려놓을 것. 또 다른 커다란 목표, 생명을 위해 그는 자신의 의욕이나 욕심은 내려놓고 포기할 줄 아는 겸손을 배워야 했다. 그런 면에서 이 여행은 '늘 포기하지 않고 도전을 즐긴' '목표 지향적인 삶'을 살아온 그에게 여러 가지 과제를 안겨 준 셈이다.

"이건 삶과 죽음이 걸려 있는 문제니까요. 그리고 무엇보다 잘나갈 때 조심하셔야 합니다. 자전거도, 컨디션이 좋고 기분이 좋을 때 사고가 납니다. 자만하고 오만하게 되니까요. 하지만 자연은 결코 호락호락하지 않습니다. 잘나갈수록 더 자신을 다잡아야 하죠. 특히 내리막에서는 잠시의 실수가 큰 사고를 불러일으킵니다. 자전거가 속도를 내면서 나갈 때가 제일 위험할 때입니다."

박기환 트레이너는, 몇 번이나 '포기할 줄 아는 판단력'과 '잘나갈 때의 조심'을 강조했다.

'도전하되 내려놓을 줄 아는 겸손', 그리고 '컨디션이 좋을 때 방심하지 않는 것'. 아마도 이것은 김선욱의 자전거 여행 7,000km 도전에만 해당하는 덕목이 아닐 것이다. 김선욱의 사이클링 여행은 이렇듯 어떤 면에서 인생을 닮아 있었다.

고통의 터널을 지나며

— 탐험가 최종열과의 만남 (1)

5월 중순경 제천 산내들 캠핑장에 머물 때였다. 라이딩과 모든 일과를 마치고 저녁 준비를 하고 있는데 낯선 승용차 한 대가 자갈 소리를 내며 캠핑장에 도착한다. 승용차 문이 열리고 한 사내가 등장한다. 주황색 점퍼에, 자그마하나 단단한 체격, 강단 있는 표정. 절도와 격식이 있어 뵌다. 뭐든 '딴딴해' 보인다.

"안녕하십니까?"

여행 탐험가 최종열 대장이다. 에베레스트 등반, 자북점 도달, 북극 탐험, 한국인 최초 북극점 정복, 시베리아 탐험, 세계 최초 사하라 사막 도보 횡단 성공, 실크로드 자전거 횡단 등 이루 열거하기 힘들 정도의 위업을 달성하며 우리나라에서는 물론 세계적으로도 이름을 날린 탐험가. 이런 '엄청난 도전'들에 성공한 탐험가를 가까이서 만나긴 난생처음이었는데, 이렇게 눈이 맑아야 탐험가가 될 수 있나 싶을 정도로 맑고 단호한 눈빛의 소유자였다.

에베레스트 등반, 한국인 최초 북극점 정복, 시베리아 탐험, 세계 최초 사하라 사막 도보 횡단, 실크로드 자전거 횡단 등을 달성한 세계적인 여행 탐험가 최종열 대장.

그가 파란색 보온 플라스틱 병부터 꺼내 든다. 요구르트에 바나나 두 개, 딸기, 블랙베리, 사과 등을 넣어 직접 갈아 만들었다는 생과일 주스다.

"선생님, 이거 한번 드시죠. 저는 이런 거 만들어 먹길 좋아합니다. 몸에 아주 좋아요."

감동하며 주스를 한입에 털어 넣는 김선욱을 물끄러미 바라보며 최종열 대장이 다시 말을 잇는다.

"폐암 4기이신데 이렇게 자전거 전국 여행을 시작하셨다고 해서 무척 감동을 받았습니다. 정말 큰 용기인 것 같습니다."

그러고는 잠시 머뭇거리며 생각에 잠긴 듯한 표정.

"실은 저도 올해 좀 큰일을 당했습니다."

"…… 무슨 일이신데요?"

"제 아내가 올 1월에 암으로 세상을 떠났어요. 발견한 지 38일만이었죠."

말하는 내용과 어울리지 않게 그의 표정과 말투는 매우 덤덤했다.

'원발 부위 불명암'. 최종열 탐험가의 아내는 어디서부터 암세포가 발생했는지 알 수 없으나, 모든 장기에 이미 암세포가 퍼져 있는 상태로, 2012년 1월, 암 발견 38일 만에 세상을 떠났다고 한다. 탐험을 하며 생사의 고비를 수도 없이 넘겨 본 그였지만 아내와의 갑작스런 이별은 가혹하리만치 참담했다.

"8개월 전에 종합검진을 했을 때는 아무 이상이 없었어요. 깨끗했죠. 그런데 막상 암이 발견되었을 때는 더 이상 손을 쓸 수 없을 정도로 온몸에 암이 퍼져 있었다는 거예요……. 사람에게는 어떤 운명이 있는 것 같아요. 피할 길 없는 숙명 같은 것……."

그의 시선은 잠시 먼 산 어딘가를 더듬는 듯했다.

"가족 중에 큰 병을 앓고 있는 사람이 있을 때 그 당사자가 치료 방법을 결정하지 않으면 다른 가족이 선택하기가 무척 힘들어요. 저는 아내에게 항암치료를 안 하게 하려고 했어요. 전체적으로 몸이 급속도로 악화되고 있었거든요. 다른 가족들은 거의 저와 같은 뜻이었는데, 처제들이 '그러면 어떻게 해요? 그래도 해야죠' 하니까 저 혼자 선뜻 결정을 못 내리겠더라고요."

결국 최종열 대장의 아내는 항암치료를 시작했다. 1차 항암치료에서는 걸어 들어갔다가 침대에 눕게 되었고, 이미 골반까지 암이 전이된 상황에서 들어간 2차 항암치료에서는 더 이상 움직일 수도 없을 정도로 급속히 상태가 악화되었다. 사실, 이제 와 돌이켜 보면 항암치료를 한 번만 하고 집으로 돌아오는 걸 선택했어야 했다. 하지만 그는 아내의 눈빛을 보고 도저히 그렇게 할 수가 없었다고 한다.

"애처롭게 저를 바라보던 그 눈빛, 정말 살고 싶다는 그 눈빛 앞에서 도저히 그냥 포기할 수가 없었어요."

그의 말이 담담하게 이어지는 동안 한 편에서는 흐느끼는 소리가 신

긴 터널 안에서 들리는 소리는 사람을 압도하기에 충분하다.
혼자서라면 더더욱 크고 과장되게 다가올 고통의 무게. '함께'라는 의미를 더욱 생각하게 되는 터널이라는 시공간.

음처럼 흘러나왔다. 김선욱의 얼굴에 눈물이 한 방울 두 방울 흘러내렸다. 이마와 눈가의 주름 사이사이로 저녁 하늘의 붉은 노을이 소리 없이 번져 갔다. 그의 얼굴에 새겨진 노을에 투병 이래 지금까지의 고단함과 슬픔이 고스란히 배어 있는 것 같았다. 다른 이의 슬픔 앞에 서자 비로소 그 자신의 슬픔도 수면 위로 떠오르는 듯했다.

"탐험하면서 죽을 고비를 숱하게 넘겨 봤지만 이번 사건만큼 제 인생에서 힘든 일도 없었어요. 아무것도 해 주지 못하고 옆에서 속수무책으로 지켜볼 수밖에 없다는 게……. 애간장이 끓는다는 표현이 이런 경험을 두고 하는 말이구나 싶었습니다. 본인은 담대하고 의연하게 죽음을 대하려고 했지만, 그 눈빛에선 삶에 대한 애착이 절절히 묻어났죠……."

신앙심이 돈독했던 아내는, 어차피 모든 사람이 죽는데 자신이 좀 더 일찍 떠날 뿐이라며 오히려 남편을 위로했다고 한다. 그러고는 그렇게 세상을 떠났다. 최종열 대장은 스스로 해양과 사막과 북극까지, 지구 곳곳을 탐험하면서 정말 담대한 사람인 줄 알았는데, 진정으로 담대한 사람은 죽음을 자연스럽게 받아들이는 이라는 것을, 아내의 죽음을 통해 깨달았다.

"간혹 '암을 친구 삼아 지내라'는 조언을 듣게 되는데, 그건 암을 겪어 보지 않은 사람이 할 수 있는 말인 것 같아요. 몰아낼 수도 없게 온몸 구석구석 퍼져서 너무 큰 고통을 주는데……, 막상 그 고통을 당하는 본인 입장에서는 친구로 여기기가 쉽지 않을 거예요……."

✽ ✽ ✽ ✽ ✽

'고통을 받아들이라', '고통을 친구 삼으라', '운명이다', 심지어 '축복이다'라는 조언들은 얼핏 그럴듯해 보이지만 실은 고통에 대한 감수성을 결여하고 있는 조언이다. 당사자 스스로 고통의 체험을 되짚으며 그것을 긍정적으로 정리하지 않는 한, 제3자가 고통의 현장에 있는 이에게 긍정적인 태도로 변화하라고 함부로 강요할 수는 없을 것이다. 함께 울고 함께 아파하고 함께 있어 줄 밖에…… 그것이, 언제 어느 때 어떤 고통을 당할지 알 수 없는 인간이라는 존재가 서로를 위해 할 수 있는 유일한 위로인지도 모른다.

그렇게, 서로의 고통에 공감하는 대화가 깊어질수록 두 사람을 비추는 노을도 점점 붉게 물들어 가고 있었다.

삼각형 바퀴

— 탐험가 최종열과의 만남 (2)

숯불로 고기를 굽는데 연기가 모락모락 피어오른다. 고기에서 숯불로 기름이 떨어질 때마다 작은 불꽃이 솟는다. 외지 생활에는 달인이나 마찬가지인 최종열 대장은 고기를 굽는 데도 능숙했다. 솟아오르는 불이 고기에 직접 닿지 않도록 불판의 높이를 조절하고, 고기가 가장 맛있게 익을 수 있도록 뒤집어야 할 순간을 정확하게 파악했다. 역시 모든 솜씨의 핵심은 조절과 조율의 능력인가 보다.

※ ※ ※ ※

"이렇게 자연에 나와서 운동을 하시니 집에 계실 때와의 가장 큰 차이는 뭡니까? 스스로 생각하시기에도 건강해지는 것 같으신가요?" 최종열 대장이 물었다.

"자꾸 잊죠, 병을. 집에만 있을 때보다 병에 대한 생각을 훨씬 덜 하게

어느 날 내게 삼각형이나 사각형의 바퀴가 주어진다면 어찌할 것인가. 최종열은 다짐했다. '이 삼각형 바퀴를 굴려
서 남아 있는 나의 삶을 그나마 행복하게 할 것이다.'

되는 것 같아요. 건강해지는 느낌도 있고요. 어떤 문제가 발생했을 때 그
문제를 해결하려고 거기에만 집중해 매달리다 보면 오히려 지쳐 버리잖
아요. 밖에 나와서 규칙적으로 몸을 움직이고 매일 자연과 만나니까 문
제 자체도 잊고, 저 자신도 잊어 버리게 돼요."

"자전거를 타시면서 힘들 때도 있지만 즐겁기도 하신가요?"

"그럼요. 매일 새로운 환경에 노출되고, 이렇게 제가 몰랐던 세계의
좋은 분들도 만나니까 즐거워요. 내가 느끼지 못했던 세상을 만나고 즐
겁다고 생각하면 우리 몸에 암을 죽일 수 있는 인자들이 나올 수 있는
것 같아요."

두 바퀴 자전거를 매개로 만나는 세상은 즐거움을 주었고, 그 즐거움은 자신의 문제, 그러니까 암을 잊게 하는 데 도움을 주었다. 그러고 보면, 김선욱에게 즐거움은 삶의 필수 커리큘럼이었던 셈이다.

❋ ❋ ❋ ❀

최종열 탐험가 역시 자전거 여행 경험이 있다. 바로 2000년에 도전한 실크로드 횡단이었다. 16,600km의 실크로드를 141일 만에 횡단하는 대장정이었다. 처음엔 150~170km 정도의 여정으로 계획했다가 매일 10km 정도를 늘여, 마침내는 하루에 250km 정도의 거리를 달릴 수 있었다.

그는 대원 두 명과 함께 길을 떠났다. 처음엔 대원들이 훈련이 잘 되어 있지 않아 20일 정도 몸 고생이 심했다. 그러나 한 달쯤 지나자 속도가 붙기 시작했다. 비바람이 불면 그가 선두를 섰다. 강한 바람이 불던 어느 날, 그는 대원들에게 선두를 서 보게 했다. 대원들은 맨 앞에서 달리는 사람이 그동안 어떤 바람을 견디며 달려야 했는가를 경험하게 되었다. 그 후로 그 팀에서는 횡단을 마칠 때까지 불평불만이 나올 틈이 없었다고 한다.

최종열 대장은 실크로드를 횡단하는 동안 매일 자전거 바퀴를 굴리며 삶을 생각했다. 삶이란, 저 굴러가는 바퀴와 마찬가지 아닐까. 만약 바퀴에 삼각형 바퀴, 사각형 바퀴, 원형 바퀴가 있다면 사람들은 모두 잘 굴러가는 원형의 바퀴를 택할 것이다. 그러나 내가 살아온 결과와 관계없이 어느 날 내게 삼각형이나 사각형의 바퀴가 주어진다면 어찌할 것인가. 삼각형이나 사각형 바퀴는 쉽게 굴러갈 수 없으니, 그대로 주저앉을 것인가. 하늘을 보고 원망할 것인가.

그는 다짐했다. '불가능은 없다는 각오로 바퀴를 굴리고 또 굴려서 각진 부분을 닳게 만들 것이다. 그것이 내 인생 탐험의 목표이자 끝자락일 것이다. 삼각형 바퀴를 굴려서 둥글게 만들 것이다. 남아 있는 나의 삶을 행복하게 꾸려 갈 것이다.'

그렇게 바퀴를 굴리고 또 굴려서 각진 부분을 닳게 하기로 결심한 그의 삶은, 계속되는 도전으로 이어졌다.

1990년에는 북극 탐험에 도전했다. 북극에서는 영하 50~60도까지 내려가는 혹한을 견뎌야 한다. 텐트 바깥에서는 생활이 불가능했다. 일기를 쓴다 하더라도 장갑을 끼고 연필로 적어야 했는데, 워낙 떨리는 몸으로 쓰다 보니 글씨가 스스로 춤을 추곤 했다. 그러나 몸은 이내 영하 50도 이하의 살인적인 추위에도 적응을 하였고, 영하 25도 정도면 외투를 벗고도 견딜 만한 정도가 되었다. 그러한 과정을 통해 그는, 사람은 어떤 환경에도 적응할 수 있다는 것을 깨달았다.

그런데 북극에서 추위보다 견디기 힘든 것이 한 가지 있었다. 어이없게도 '세상의 색깔'이었다. 아침에 일어나서 저녁에 잠들기까지 눈에 보이는 것은 온통 백색 세상이었다.

"색깔의 변화가 없는 장소에서 지내다 보니 그동안 우리가 얼마나 다양한 색상의 사물들을 보아 왔는지 알게 되었어요. 그리고 그 다양한 색상들을 보면서 욕망들이 절로 생기거나 키워져 왔다는 것도 깨달았죠."

다양한 색상의 사물들을 보면서 자신이 살아 있음을 느끼고, 무언가를 가져 보고 싶다는 욕망도 생긴다는 것이다. 그렇다 보니 북극에서는 욕망이나 욕심, 집착이 있을 수 없었다. 모든 것이 동일한 색상, 동일한 얼음 덩어리였기 때문에. 아침에 눈을 떠도 백색 세상, 저녁에 눈을 감기 직전까지도 백색 세상. 온통 백색 덩어리였다.

"매일매일 아침부터 저녁까지 보는 세상이 온통 하얀 세상이라고 생각해 보세요. 정신이 이상해질 정도예요."

최종열 대장은 그때 생각했다. 이곳에서 '다양함'을 눈으로만 보려 할 때는 하루면 충분하다. 사람의 본능은 다양함에서 즐거움과 만족을 찾는 것인데, 더 이상 다양함을 찾을 수 없을 때, 모든 게 똑같은 형상과 색상일 때, 정신이 혼미해져 버린다. 그는 무언가 다른 출구를 찾아야만 했다. 그렇다면 이 모든 환경이 왜 똑같을까? 왜 이런 색상을 지니고 있을까? 온통 하얗기만 한 세상에서 다채로운 변화는 찾아낼 수 없는 것일까? 이렇게 생각하기 시작하자, 똑같은 얼음 덩어리들이지만 새롭게 보이기 시작했다. 하얀 색상 중에서도 어떤 것은 비치 색상이 어른거리는 것도 있었고, 어떤 것은 희미하게 누런빛을 띠는 것도 있었다. 같은 사물이라도 또 다른 무언가를 발견하고 찾아내려는 의지에 따라 그것은 확연히 달라질 수 있음을 그는 북극에서 경험했다.

"자전거 여행에서도 마찬가지일 것 같아요. 자전거를 타면서 맞는 빗방울. 똑같은 빗방울이라도 또 다르게 생각할 수 있겠죠. 고독한 여행 속에서만 만날 수 있는 게 있어요."

"네, 맞아요. 제 경우 자전거를 타고 가면서 만나는 건 바로 저 자신이에요. 그리고 자전거와 마찬가지로, 저처럼 병을 안고 있는 사람들은 다 자기만의 고독한 여행을 하면서 자기 자신을 만나고 있는 거겠죠."

최종열 대장은 캠핑장을 떠나기 전, 김선욱에게 이런 말을 남겼다.

"제가 해양 탐험 때 직접 노를 저어 독도까지 가고, 밀림의 정글 탐험 때는 길이 없는 곳을 헤매면서도 탐험을 멈추지 않을 수 있었던 이유는, 그 환경에 적응하고 순응했기 때문이에요. 정글에서는 정글 사람들이 사는 방식을 선택했죠. 자전거 여행도 마찬가지일 겁니다. 높은 고갯길이 있는 만큼 신나게 달릴 수 있는 내리막길도 있겠죠. 힘든 오르막이 있으니 내려가는 즐거움이 있는 거겠죠. 어떤 어려움이 있어도 그 자연과 환경 속에 적응하고 순응했을 때 선생님이 원하는 꿈이 이루어질 겁니다. 그 꿈을 이루시면 또 다른 길이 보일 테고, 그러면 또 다른 꿈을 이루실 수 있을 거예요. 제가 작은 꿈을 이루지 못했다면 큰 꿈도 이루지 못했을 겁니다. 그래서 전 늘 작은 것을 소중히 여깁니다. 작지만, 자전거 속에서, 병마 속에서 새로운 탐험가가 되시는 겁니다. 그런 점에서 보면 누구나 탐험가가 될 수 있어요. 사람들은 어떤 일에 대해서 '난 못할 거야'라는 한계를 그어 놓는데, 실은 그 한계는 자기 자신이 만든 거죠. 그런 면에서 선생님은 지금 누구보다 훌륭한 탐험가이십니다."

사람의 꿈의 크기는 무한대가 될 수 있지만, 그 꿈의 크기를 결정하는 것은 결국 자기 자신일 것이다. 그런데 우리를 주저앉게 하는 것은 사실

꿈의 크기가 아니라 스스로 그어 놓는 '한계'에 있는지도 모른다. 자신을 둘러싼 환경, 안주하고자 하는 욕망, 현재의 편의, 돈, 부양가족 등 여러 가지 환경이 '한계'라는 이름으로 작용한다. 익숙한 것을 떠나 미지의 세계로 가는 두려움, 준비나 고민을 해야 하는 번거로움도 한 몫을 할 것이다. 물론 그 '한계' 안에서 만족과 사명을 찾았다면야 다행이지만, 불만과 불행을 느끼면서도 한계를 넘지 못하는 게 우리 현실이다. 그러나 탐험가 최종열은 한계를 긋지 않고 강하게 도전했다. 그의 삶 자체가 그런 통념에 대한 도전이었기 때문에 그의 말에는 힘이 있었다. 뜻밖의 만남 덕분에 이 '무모한' 자전거 여행을 하나의 '도전이자 탐험'으로 다시 생각해 볼 수 있었다.

암을 숨기는 이유

선선한 바람이 솔잎을 흔들어 몸속 깊은 곳까지 청량한 기운을 머금게 하는 솔숲 속 어느 저녁.

폐암 판정 이후 김선욱 부부가 자주 참석했던 웃음 동호회 '웃음보따里' 회원들이 이들의 캠핑장을 방문했다. 그날은 마침 서울의 한 방송사에서 이들 부부의 자전거 여행을 취재하기 위해 와 있었다. '웃음보따里' 회원들 중에는 김선욱을 비롯해 암 투병 중인 이들이 상당수 있었는데, 방송 제작진이 김선욱 부부의 사연과 함께 동반 취재를 원하자 하나같이 모두들 극구 꺼렸다. 궁금해졌다. 어떤 이유로 사람들은 자신이 암이라는 사실을 숨기고 싶어 할까.

"값싼 동정이 싫기 때문이에요. 내가 암이라고 하면 사람들이 뭔가 다른 눈으로 나를 쳐다보는 것 같아요. 내가 웃으면 '암인데도 웃네?', 내가 우울해하면 '얼마나 아프면 저럴까?' 하는 눈빛. 아무리 진심이 담긴 눈빛이라 해도, 염려가 아니라 아프게 다가와요. 한담거리일 뿐이죠."

"자전거 여행을 하면서 내가 폐암 4기 환자라고, 암에 대해 아무렇지 않게 사람들에게 이야기하다 보니까, 이제 암이라는 존재가 별것 아닌 것처럼 느껴집니다."

　자신이 암 환자라는 것을 공개하기 꺼리게 되는 이유는 '타인의 시선'이었다. 타인의 말, 타인의 관점, 타인의 시선은 그렇게 우리의 삶에 전방위적인 영향을 끼치고 있다. 생과 사의 갈림길에서조차 타인의 시선으로 인해 우리는 마음 놓고 솔직해지기도 쉽지 않다. 다른 사람과 관계를 맺어야만 살 수 있는 사회적 동물인 이상 타인을 의식하지 않고 자유로워지기란 절체절명의 순간에조차 불가능한 것일까.

　유방암과 자궁암으로 투병했고, 결국 급성 골수성 백혈병으로 운명을 달리한 미국의 에세이스트이자 예술평론가 수전 손택은 자신의 저서 『은유로서의 질병』에서 이렇게 말한 바 있다.

　"암이라는 사실이 당사자의 애정 생활, 승진 기회, 직업 자체를 위태롭게 만드는 등의 물의를 빚을 수도 있기 때문에, 자신이 무슨 병인지 알고 있는 환자들은 자신의 질병을 극도로 감추려 든다. 철저하게 사생활을 숨기는 경향이 있는 사람이 아닐지라도 말이다. 암 환자가 직접 행하거나, 암 환자에게 거짓말을 해서 발생하는 이 모든 일들은 선진 산업사회가 죽음과 화해한다는 것이 얼마나 어려운 일인지를 보여 주는 척도다."(『은유로서의 질병』, 수전 손택, 이재원 옮김, 이후 출판사, 19쪽).

한 개인에게 암은 그 자체만으로도 버거운 고통인데, 사회는 그 고통을 나눠 지기보다는 개인에게 암이라는 이유로 불이익을 줄 가능성이 더 많은 것이다. 개인은 이러한 사회의 속성을 잘 알기 때문에 본능적으로 움츠러든다.

"처음 병원에서 나왔을 때 아무도 만나고 싶지 않았어요. 하지만 집에 있으면 내가 암이라는 사실에만 골몰해 있곤 했죠. 몹시 우울했어요. 그러다가 우연히 신문에서 이 모임에 대한 기사를 읽고 찾아오게 되었어요. 혼자서는 웃으려고 해도 잘 안 되거든요. 그런데 여럿이 모여 웃으니까 웃어지더라고요. 웃고 나면 그래도 속이 시원해지고 밝아져요. 딱히 우리의 병에 대해 이야기하는 건 아니에요. 서로 실명도 모르고 닉네임으로만 아는 경우도 있어요."

대장암 3기에서 회생하여 '암 환자도 재미있게 살 수 없을까'를 고민하다 웃음 동호회를 만들게 되었다는 '웃음보따里 이장' 홍헌표 씨(전 《조선일보》기자, 현《헬스조선》편집장)의 기사를 접하고 이 모임에 동참하게 되었다는 사람들이 많았다. 같은 병으로 비슷한 고통을 겪고 있는 사람들과의 만남은 자신의 무거운 짐을 마음 놓고 내려놓을 수 있는 좋은 기회였다. 자신과 전혀 다른 상황의 '멀쩡해' 뵈는 사람들과 스스로를 비교할 필요도 없었고, 그들이 나를 어떻게 볼까 전전긍긍 의식할 필요도 없었으며, 혼자서 고통을 떠안고 끙끙 앓을 필요도 없었다. 서로 비슷한 아픔을 가지고 있기에 그 아픔을 뼛속 깊이 진심으로 '공감'하는 사람들과 함께 있는 것만큼 위로가 되는 일도 없었다. 그 공감의 전제하에서 그들은 마음껏 웃을 수 있었다.

사실, 암 환자들이 자신의 고통을 다른 사람들과 공유하기 힘들어 한다는 분위기는 이 여행의 준비 단계에서부터 어느 정도 감지할 수 있었다. 자전거 여행을 위한 공식 홈페이지가 만들어지고 여행의 시작을 알리는 첫 글이 등록되자, 김선욱의 한 후배가 가장 먼저 비밀 댓글을 남겼다. 여행을 바라보는 자신의 심경을 알리고 그를 격려하는 내용이었다.

출발 전 꼭 한번 뵙고 싶었는데 기회를 갖지 못해 매우 아쉽고 죄송스럽게 생각합니다. 저는 두 번의 좌측 폐 절제 수술에 이어, 우측 폐 전이 초기 상태로, 언젠가 또다시 받아야 할 세 번째 암수술을 기다리는 상황에서 김 선생님의 도전 소식을 접했습니다. 거의 아무에게도 알리지 않은 채 (그래도 알게 되겠지만) 남은 시간을 새로운 관점으로 맞이하고, 그에 따른 계획과 실행을 위한 준비에 대한 구상으로 시간을 보내고 있습니다. 늘 허겁지겁 살아오던 일상을 벗어난 새로운 위치에서 제 모습을 되돌아보고 있는 이 시간은, 새롭게 일상의 소중함을 발견해 나가는 감격과 축복의 시간으로 느껴집니다. 잊힌다는 것에 대한 불안과 두려움만 슬기롭게 받아들일 수 있다면 시간의 차이밖에 없을 테니까요. 김 선생님도 그렇게 생각하시죠?

선생님의 도전 소식을 접하고 제가 느낀 것은요, 역시 저보다 훨씬 멋있고 훌륭한 분이란 것을 확인한 겁니다. 주위에 투병 소식을 쉬쉬하면서 보내 온 10여 년이 당당하지 못했다는 생각으로 부끄러웠습니다.

선생님, 꼭 완주를 해내셔야 합니다. 저도 오늘부터 자전거 손질도 하고 기초 체력을 준비해서 대구 인근 구간(욕심에는 더 많은 구간)에서 선생님의 라이딩에 동참할 수 있도록 노력하겠습니다. 이 또한 저에게 작은 희망을 주신 셈이니 감사하고요. 앞으로는 저 자신의 상황을 애써 숨기지 않겠습니다. "새 삶은 새롭게!" 선생님의 용기와 도전을 통해 얻은 오늘의 제 생각에 대해서도 감사드리며 즐겁고 행복한 완주를 위해 기도드립니다!

화이팅! 김선욱 박재란!

평소 알고 지내던 후배였지만 그의 암 투병 사실은 김선욱 역시 이 댓글을 통해 처음으로 알게 된 것이었다. 목숨을 위협하는 질병이 가져다주는 가장 큰 불행은 고독, 그리고 영원히 잊힐 것에 대한 두려움이다. 질병은 화려함과 거리가 멀다. 왕성함과 거리가 멀다. 재빠름과 거리가 멀다. 확실성과 거리가 멀다. 그러니 화려하고 왕성하고 재빠르고 확실하게 포장해야 살아남을 수 있는 세상과도 거리가 멀어질 수밖에 없다. 그러므로 외로워질 수밖에 없고, 사회에서 영원히 잊힐 것 같은 두려움에 사로잡히게 된다. 이 또한 병을 앓고 있음을 공개하기 힘들어지는 이유다.

그러나 비로소 그 포장을 벗어 버리고 온전한 자기 자신으로 돌아올 수 있는 기회 역시 질병과 마주한 순간이었다. 김선욱은, 세상으로부터 멀어지는 고통과 고독의 시간에 오히려 자기 자신과 가까워질 수 있었다. 젊은 시절 사업을 통해 뚜렷한 실패들을 겪어 보았던 그는 이러한 경험을 근거로 이제 어떤 고통 앞에서도 '여기서 끝이 아님'을 직관적으로 믿을 수 있게 되었다. 그리고 그런 순간이 오히려 아무것도 입지 않은 자기 자신과 다시 마주할 때임을 깨달았다. 그렇게 마주한, 벌거벗은 자신을 그는 여행 중에 만나는 사람들과 끊임없이 나누었다. 그러자 남모를 고통을 안고 홀로 삭이던 사람들이 조금씩 자기 자신의 이야기를 펼쳐 보이기 시작했다. 견고하고 세련돼 보이는 껍질 안에 저마다 상처

나고 여린 속살을 남모르게 품고들 있었다.

　우리의 캠핑장을 찾아오는 사람들 중엔 가족이 오랫동안 우울증을 앓고 있어 함께 병원에 다닌다는 이도 있었고, 격렬한 경쟁 시스템의 한가운데에서 오랜 사회생활을 하다 보니 진심으로 누군가를 존경하기가 점점 힘들어진다고, 메마르고 답답한 심경을 토로하는 이도 있었다. 늘 유쾌한 겉모습과 달리 가정 불화로 고통받고 있음을 고백한 이도 있었고, 갑작스런 상처喪妻로 힘든 마음을 털어놓는 이도 있었다. '나만 빼고 다른 사람들은 다 행복해 보인다'는 생각들이, 저마다 '불행'이라 이름 붙였던 사연들을 나누는 사이 깃털처럼 가벼운 느낌으로 치환되어 가고 있었다. 그것이 바로 '치유'라는 이름의 경험이었다.

"나도 처음엔 '왜 하필 나야?' 하는 생각이 들었어. 하지만 나 말고도 다른 많은 사람들이 암을 앓고 있잖아. 다른 사람들을 바라보면서 나라고 예외여야만 한다는 생각이 없어지더라고. 그러면서 서서히 자연스럽게 받아들이게 되었지. 육체적 고통은 어찌할 수 없더라도, 나와 같은 암 환우들이 정신적인 고통에서는 벗어날 수 있었으면 좋겠어. 어차피 이 병이 내 몫이라면 끌어안아야 하잖아. 이걸 어디다 갖다 버릴 수도 없고 말이야. 최대한 내가 바라는 대로 내 마음을 잘 가꾸어 가고 삶을 잘 이끌어 나가야겠지."

김선욱의 담담한 한마디에, 어디선가 들었던 심해어 이야기가 떠올랐다. 수심 800미터 이상 되는 깊은 바다에 사는 심해어들은 빛도 들지 않고 먹이도 부족한 열악한 상황에서 생존하기 위해 자신이 가진 모든 기본 조건들을 최대한 활용한다. 스스로 푸른빛을 내뿜어 캄캄한 심해에서 다닐 수 있는 길을 밝히고, 먹이를 한번 먹으면 영양분을 뼛속까지 남김없이 흡수시키는 시스템이라고 한다. 암과 함께하는 날들을 최대한 선용하고자 다짐하는 김선욱은 바로 그런 심해어와 닮아 있었다.

일본 작가 다케우치 히토시는 "여행을 하는 것이나 병에 걸리는 일은 자기 자신을 반성한다는 점에서 공통점이 있다."고 말했다. 이런 점에서 보면 병에 걸린 데다 여행을 하고 있는 김선욱은 그 어느 때보다 자기 자신을 깊이 성찰하는 기회를 맞이한 셈이었다.

"나는 자전거 여행을 하면서 내가 폐암 4기 환자라고, 암에 대해 아무렇지 않게 사람들에게 이야기하다 보니까, 이제 암이라는 존재가 별것 아닌 것처럼 느껴져. '암'이라는 게 나를 지배하던 주어에서 나에게 아무런 영향을 미치지 않는 3인칭이 되는 거지. 내 것이 아닌 느낌이랄까. 점점 정신적 자유를 경험하고 있어. 자신이 감추어 둔 약점을 발설한다는 것은, 무거운 걸 가볍게 만드는 힘이 있는 것 같아. 비밀로 지키고 있으면 늘 그 비밀의 보초를 서야 하니까 피곤하지……. 하지만 무거운 걸 다른 사람에게 계속 나눠 주면 가벼워지는 거야."

이들 부부는 이번 여행이, 암을 매개로 무거운 마음의 짐을 털어 버리고 서로의 마음을 진솔하게 털어 놓는 여행이 되기를, 이 여행에서 마주치는 모든 이들에게 그런 바람이 동일하게 전해지기를 간절히 염원했다.

"으하하하하하하하하하!"

간혹, 아니 자주, 김선욱은 전화를 받을 때면 까무러칠 듯 웃어젖혔다. 혼자만 그러는 게 아니라 아내까지 불러 함께 까무러쳤다. 그 웃음소리를 듣는 나와 정도령은 놀라서 까무러칠 정도였다. 고즈넉한 들판에서, 식사 차 들른 음식점 앞에서, 휴식을 취하는 고갯길에서, '띠리리리링-' 휴대전화 벨이 울리는 순간, '전화를 받으시나 보다' 생각하는 찰나, 갑자기, 순식간에, "와하하하하하하!" 기차 화통 같은 웃음소리가 터져 나온다. 처음엔 '대체 무슨 일이 벌어졌길래?' 의아해 하다가 '수화기 너머 상대방을 놀리려는 것일까?' '누군가를 놀라게 하려고?' 하다가 '어쩌면 어떤 부류들끼리 내통하는 암호'일지도 모르겠다는 생각까지 들었다. 나도 아주 가끔은 경기라도 일으킨 듯 웃어젖힐 때가 있지만, 김선욱 박재란 부부의 웃음 폭탄은 말 그대로 폭탄 수준이었다.

그 폭발하는 듯한 웃음소리가 '웃음'이라는 공통분모를 가지고 모인 웃음 동호회 회원들끼리 통하는 인사라는 사실을 알게 된 것은 나중 일이었다. "여보세요?"라는 인삿말 대신 "으하하하하하하하하하!" 폭탄 같은 웃음을 15초 동안 나누는 것이라고 하니, 이 동호회 사람들 간에 전화를 주고 받을 때에는 전화기를 귀에 대기보다는 스피커폰을 이용하는게 좋을지도 모른다. 자칫 고막이 위험해질 수도 있을 테니까.

이들 부부를 만나기 전에도 '웃음 동호회'에 대해 언뜻 들어 보긴 했지만, '언뜻' 듣고 지나치는 정도였기에 그 신빙성에 대해 진지하게 생각한 적은 없었다. 세상에 생각할 것들이, 걱정할 것들이, 고민해야 할 것들이 얼마나 많은데, '현실'을 인정하지 않고 웃음으로 날려 버리자는 것인지, 비현실적인 망상처럼 느껴지기도 했다. 이런 고정관념에 금이 가기 시작한 것은 '사이클링포큐어' 발대식 날이었다.

5월 1일 임진각에서의 출발을 이틀 앞둔, 2012년 4월 28일 토요일, 서울의 모처에서는 김선욱 박재란 부부의 180일간의 도전을 축하하고 응원하는 발대식 행사가 열렸다. 한국임상암학회 관계자와 주치의의 격려사, 팬플룻 연주와 축시 낭송 등 축하 행사에 이어 그날 행사 순서에는 미처 예정되어 있지 않았던 짧막한 강연이 이어졌다. 발대식 사회자는 '웃음보따里'라는 이름의 동호회 회원들이라고 이들을 소개했다. 동호회 회장인 듯한 이가 단상에 나가더니 "지금부터 다 함께 웃기 시작하겠다"는 간략한 인사말과 함께 갑자기 얼굴이 벌게지도록 웃기 시작하는 것이었다. 처음에는 무슨 영문인가 싶어서 어이가 없던 나는 채 5분도 지나지 않아 반사적으로 함께 웃고 있었다. '왜 웃는 거지?'라고 생각할 겨를도 없이 다른 사람이 박장대소하는 것을 보고 있자니 나도 모르게 웃음이 번지는 것이었다. 다른 사람들도 사정은 마찬가지였다. 물론 끝까지 무표정을 고수하는 이들도 몇몇 있었다. 행사장이 떠나갈 듯 쏟아지는 웃음소리 속에서도 심각한 얼굴로 앉아 있는 그들의 생각도 한편으로는 이해할 수 있을 것 같았다. 외부 자극에 쉬 흔들리지 않는 강한 이성의 소유자이거나 무언가 단단한 고민이 있다거나, 어디서부턴가 틀어져 버린 냉소로 오랜 시간 마음이 굳어 있는 중인지도 모르겠다. '아, 시끄럽다. 이게 다 무슨 소용이람', '이게 웃음 종교 모임도 아니고 뭘 하는 거지?'라고 생각하고 있는지도…….

여행 현장에서 김선욱 부부의 폭탄 같은 웃음소리 인사를 겪으면서, 그제야 발대식 날의 그 짧은 강연이 떠올랐다. 그리고 문득 그 모임이 궁금해졌다. 결국, 나도 모르게 함께 웃을 수밖에 없었던 발대식 날의 신기한 경험에 이끌려, 여행 도중 잠시 서울에 볼일을 보러 올라왔던 날 내 발로 그 모임을 찾아가게 되었다. 웃음을 잘 웃는 방법이라도 있는 건지, 왜 그런 식으로 폭탄 같은 웃음을 웃어야 하는 건지, 그렇게 웃으면 뭐가 좋은지 알고 싶었다. 그런데 모임 초반부터 기가 꺾였다.

"지금부터 두 시간은 웃을 거니까 저녁을 안 드신 분들은 준비된 간식을 드십시오."

어떻게 두 시간씩이나 웃는다는 걸까? 오로지 웃는 일로만 두 시간을 보낸다고? 분 단위 시간표를 따라 움직이는 사람들로 가득한 도심 한복판에서, 그 어떤 가시적인 성과를 내는 일도 아닌, 단지 '웃는 일'에 두 시간이라…….

웃음보따里 이장이 "그동안 많이 웃으셨습니까?" 인사를 건네며 한 사람씩 찾아가 눈을 맞추고 웃는다. 초보인 듯 보이는 한 회원이 어색하게 웃으며 그에게 답한다. "웃을 일이 있어야 웃죠." 리더의 얼굴에 '그러시면 안 되죠' 하는 표정이 잠시 스치다 이내 미소 띤 얼굴로 그가 말한다. "그렇죠, 웃을 일이 뭐 그리 쉽게 생기겠습니까? 웃을 일이 있어서 웃는 게 아니라, 웃어서 웃을 일을 만드는 겁니다. 혼자 거울 보고 헤헤헤 웃는 겁니다. 가만 있으면 웃을 일이 없습니다. 잘 아시잖아요.." 웃을 일이 있어서 웃는 게 아니라, 웃어서 웃을 일을 만들어야 한다는 말이다. '웃으면 복이 와요'보다 강력한 말.

이곳은 홍헌표 씨의 연재 기사 「암 환자로 행복하게 살기」를 계기로 모이기 시작한 웃음 동호회다. 그래서 암 환자들이 회원으로 많이 모이게 되었고, 우울증이나 다른 질병을 앓고 있는 사람들도 많이 참석한다. 공개적으로 밝히진 않지만 각자 자기만의 고통을 안고 모인 사람들이라는 것을 서로가 잘 알고 있었다. 삶과 죽음의 갈림길에 서 본 사람들이 많다는 의미다. 고통의 바닥까지 가 본 사람에게는, 일상의 작은 행복과 즐거움, 웃음의 가치가 굉장히 새롭게 와 닿는다. 그만큼 값진 것이었음을 깨닫게 되기 때문이다. 잃어버릴 뻔하다가 되찾은 삶의 시간, 아니면 유예되고 연장되었다고 느껴지는 선물 같은 시간. 자신이 소중하듯 다른 사람도 소중하다는 걸 깨달았기 때문에, 웃더라도 같이 웃고 즐겁더라도 같이 즐거운 게 얼마나 좋은지 알게 된 그들이다.

"전혀 다른 새로운 사람들을 만나는 자리인데도, 모인 분들이 암이나 고통 중에 있다는 공통분모가 있어서 그런지 빨리 친숙해질 수 있었어요. 제가 내성적인 성격인데도 금세 마음이 많이 열렸고 힘든 것도 그냥

"웃을 일이 있어서 웃는 게 아니라, 웃어서 웃을 일을 만들어야 합니다."

털어 버릴 수 있었죠. 종교 활동을 할 때는 같은 대상을 믿기 때문에 친해지는데, 여기서는 같은 아픔이 있기 때문에 서로 쉽게 이해할 수 있어요. 죽음의 문턱이라는 건 무척 큰 경험이니까요. 치료를 시작하면서도 좋은 분들이 옆에 많이 계셔서 많이 힘들지 않았어요. 사는 동안은 재밌게, 즐겁게 살자고 결심했죠. 고통을 고통이라고 생각하지 말고요." 암투병 중인 한 회원의 말이다.

사람들은 되도록 자신의 약한 부분이나 고통을 감추고 싶어 하지만, 그것을 공유하고 드러내기 시작하면 상대방도 마음의 빗장을 열게 된다. 물론 서로가 그것을 역이용하거나 한담거리로 삼지 않을 것이라는 마음의 신뢰가 있을 때 자신의 힘든 부분을 털어놓으며 한데 뭉치게 된다.

"고통에 맞닥뜨리기 전에는 아무도 정신을 못 차려요. 인간이니까. 하지만 막상 고통이 찾아오면 제정신이 들죠. 이곳은 그 어느 동호회나 모임보다 순수한 모임이에요. 다들 큰 아픔을 겪고 나온 사람들이라 그 아픔의 공유와 이해가 밑바탕에 깔려 있죠. 겸손하고, 자기를 내려놓은 사람들이에요. 여기서는 암수술 한 번 한 것 정도로는 명함도 못 내밀어요. 저는 망가지기 위해 이 모임에 와요." 어느 미모의 대학교수의 말이다. 그녀는 '망가지기 위해' 모임에 나온다는 말마따나 자신의 웃음 순번이 돌아오자 미친 듯이 관광버스 춤을 추었다. 누군가의 성공은 그 주변 사람들을 뿔뿔이 흩어지게 하거나, 진심을 숨긴 채 거짓으로 서로를 추켜세울 수 있지만, 고통과 실패는 사람을 연대하게 하는 힘이 있다.

이윽고 모임에 처음 나온 사람을 환영하며 서로를 기억하기 위한 인사 순서가 있었다. '해오라기'의 〈숨바꼭질〉 노래 가사 일부를 바꿔 부르면서 그날 참석한 모든 사람들의 이름을 한 번 이상씩 호명하는 것이었다.

> 우리 둘이 숨바꼭질 할까요.
> 아하 그래 두 눈을 감아요
> 저기저기 풀잎 속에 숨었나
> 흘러가는 구름 속에 숨었나
> 아니야 뒤에 있잖아
> 다시 한 번 너를 찾아서
> 아니야 뒤에 있잖아
> 다시 한 번 너를 찾아서

그러니까 이 노래를 부르다가 "아니야 뒤에 있잖아." 부분을 "○○○ 옆에 ○○○가 있잖아."라고 바꿔 부르는 것이다. 이 구절을 고장난 테이프처럼 계속 반복하면서 그날 모임에 처음 나온 사람을 포함해 40여 명의 이름을 일일이 호명하여 꼬박 소개하는 것이다. 결과적으로 한 명당 두 번씩 이름이 불리게 되는 셈이다. 자신의 이름이 호명될 때에는 자리에서 일어나 박수를 치거나 막춤을 추거나 엉덩이를 흔드는 식으로 인사를 해야 한다. 아직 어색하여 붙박이장같이 꼼짝 않고 얼어붙은 사람도 있고, 나름 애써 보는 사람도 있고, 실제로 신명이 난 사람도 있었다.

"아니야 옆에 있잖아. 이쁜이 옆에 하하하가 있잖아."

진짜 이름으로 하건 자신의 별명으로 하건 상관이 없다. 생전 처음 보는 사람이 내 옆에 있다는 것, 그러나 머릿속이 아닌, 분명히 그 자리에 실존하는 사람이 내 옆에 있어 준다는 것. 그것은 우리가 '사람' 즉 '존재의 온기'로 엮여 있고 얽혀 있다는 사실을 너무나 뚜렷하게 인식시켜 주었다. 성격 급한 사람이라면 '효율성'을 따지며, 한 사람씩 손으로 가리키면서 '누구 누구 누구 누구 누구……' 이렇게 빨리 외우기 게임을 하는게 낫겠다고 주장할지도 모른다. 지금 이럴 시간에 한 푼이라도 더 벌게 일을 하지, 지금 이럴 시간에 공부를 하지, 지금 이럴 시간에 영화를 보러 가지……, 지금 여기서 뭐 하고 있는 일이람…… 조급하게 생각하는 사람이 있을지도 모를 일이다.

그러나 '웃음보따里' 모임의 사람들은 일부러 더 지극히 느리고 비효율적인 방식을 즐기는 것 같았다. 그들은 흐르는 시간을 아까워하지 않으며 춤추고 노래하고 엉덩이를 흔들며 인사를 나누고 있었다. 서로의 이름을 천천히 불러 주고, 노래로 그 이름을 쓰다듬어 주면서, 서로가 살아 있음을, 그리고 내 옆에 당신이 있다는 사실을 감사하고 축하하고 있었다. 우리는 그렇게 서로에게 매우 소중한 존재임을 확인하고 있었다.

"왜 안 힘들겠어요? 이렇게 웃는 게……. 아무 일 없이 웃는다는 거, 쉽지 않아요. 단순하게 그냥 '웃는' 거잖아요. 이렇게 웃는 것도 노력이에요."

〈숨바꼭질〉 노래로 대신한 자기소개에서 가장 신명 나게 관광버스 춤을 춘 한 여성 회원의 말이다.

"노력해서 웃는다는 게 처음에는 너무너무 힘들었어요. 하지만 방법을 터득하게 되죠. 8년 동안 웃은 분도 계세요. 그분은 굉장히 자연스럽게 잘 웃으시죠. 오래 하다 보면 자연스럽게 웃는 법이 몸에 배어요."

우리 모두 일상 속에서 웃긴 웃는다. 그 웃는 시간이 너무 짧아서 문제일 뿐. 국내 한 기업 연구소의 조사 결과에 따르면, 조사 대상자들의 하루 평균 웃는 시간이 1분 30초에 불과했다고 한다. 화내는 시간은 1시간 30분, 걱정하는 시간은 3시간, 먹고 마시는 시간은 2시간 30분이었던 반면, 턱없이 짧은 시간이다. 생각해 보면, 저마다 하루를 보내면서 한 번도 웃지 않은 날들을 헤아리는 게 어렵지 않을 것이다.

"이 모임에서 웃는다는 건, 우리가 일반적으로 웃는다고 생각하는 것과는 좀 달라요. 웃는 데도 여러 가지 방법이 있죠. 우리 모임에서는 일단 웃으면 보통 15초 이상 크게 웃죠. 그것도 배에서부터…… 실제로 이렇게 웃는 웃음을 통해 암을 이겨 내신 분들도 계세요."

"스트레스가 쌓인다든지, 우울하다든지, 마음이 괴롭든지 할 때, 그냥 웃어 버리면 그 순간을 넘기게 되더라고요. 상처가 되는 말을 들었을 때, 시간이 지나 곰곰이 되새김질하면서 다시 씹어 보면 우울해지잖아요. 그럴 때 작정하고 한바탕 15초 정도 웃어 버리면 머리가 개운해지고 가슴이 시원해져요. 웃음을 이용하는 거죠."

모임 회원들의 이런 증언이 아니더라도, 웃음이 단순히 정신적 건강뿐 아니라 신체적 건강을 증진시킨다는 사실이 최근의 연구 결과에서도 속속 드러나고 있다. 스트레스를 받을 때는 우리 몸에서 코르티솔이라는 호르몬이 나오는데, 그런 상태로 가만히 있으면 코르티솔이 몸의 세포를 파괴하도록 내버려 두는 셈이라고 한다. 그러나 그때 억지로라도 웃으면, 코르티솔의 작용을 억제하는 엔도르핀 호르몬이 나온다. 그뿐 아니다. 고통 완화에 모르핀보다 200배 효과가 있다는 엔케팔린, 면역력을 상승시키고 암세포를 죽이는 '군인' 같은 역할을 하는 '자연 살해 세포 Natural Killer cell'의 활성도도 웃을 때 증진된다고 한다.

"억지로 웃어도 뇌가 속아요. 뭔가 기분 좋고 즐거운 일이 있나 보다 하고요. 뇌가 현실과 가상을 구분 못하는 거죠. 그래서 좋은 호르몬들을 내보내게 되는 거래요. 우리 뇌가 그렇게 바보 같은 줄 몰랐어요. 하하하!"

이 모임 덕분에 웃음에 대해 많은 공부를 하게 되었다는 한 회원의 말이다. 덧붙이기를, 당나라의 송청이라는 한의사가 많은 환자를 치료해 명성과 부를 얻었는데, 그 비결이 바로 '구불약', 즉 '웃음'이었다고 한다. '구불약'이란 아홉 가지 '아니 불(不)' 자가 붙은 마음을 해소시켜 주는 약이라는 뜻이다.

웃음=구불약九不藥(아홉 가지 불을 해소시켜 주는 약)

아홉 가지 '불(不)'이란?

1. 불신(不信): 상대방이 나에게 갖는 불신을 없앤다.

2. 불안(不安): 나와 타인의 불안을 잠재운다.

3. 불앙(不怏):원망과 앙심을 없앤다.

4. 불구(不胸): 내 마음이 굽어 있지 않음을 드러낸다.

5. 불치(不蚩): 물건의 값을 속이지 않음을 보여 준다.

6. 불의(不疑): 나에 대해 의심하지 않고 의지할 수 있음을 보여 준다.

7. 불충(不忠): 속마음에 성의가 없다는 생각을 없앤다.

8. 불경(不敬): 공손하지 않다는 생각을 없앤다.

9. 불규(不規): 원칙을 어길 수도 있다는 의혹을 없앤다.

"그런데요, '난 웃겨야 웃어……'라든지 '진심으로 웃음이 나오지도 않는데 어떻게 웃나?'라는 생각은 굉장히 거만하고 이기적인 태도예요."

또 다른 회원의 말이었다. 순간, 이게 무슨 말인가 싶었다.

"웃음은 커뮤니케이션이에요. 웃을 수 없을 것처럼 보이는 상황에서 웃는 웃음은 백마디 말보다 효과적으로 마음을 전달하는 힘이 있죠. '난 당신을 불쾌하게 생각하지 않아요. 난 당신 이야기에 호감을 갖고 있어요, 난 당신을 받아들입니다'라는 표현이 바로 웃음이죠. 환대예요. 말을 하지 않아도 웃음 하나로 이 모든 의미를 전달하는 거예요. 웃음은 사회 구성원이 서로에게 갖추어야 할 최소한의 예의라고 할 수 있어요. 그러니 '난 웃겨야만 웃어'라고 생각하는 건 굉장히 거만한 태도인 거죠."

이 회원 역시 어느 날 갑자기 찾아온 뇌출혈로 어려움을 겪던 중에 웃음 동호회를 알고 나서 놀랍게 삶이 바뀌었다고 한다. 가족들과 함께 식사 중에 아무도 웃고 있지 않는 걸 발견하면 그가 웃는다. 웃기로 결심하는 거다. 가족 중에 한 명이라도 웃음으로 무장해제를 하면, 신기하게도 모두의 마음이 열리기 시작한다.

"저는 매일 반성해요. 딸한테 더 웃었어야 하는데, 회사 직원에게 더 웃었어야 하는데 하고요. 웃지 않은 하루는 버린 하루예요. 제가 후회하는 것은 웃지 않은 날들이에요. 웃음은 한순간이지만, 그 한순간을 통해 상대방의 마음을 얻을 수 있고, 갖고 있던 앙심이나 불편한 마음도 풀리게 하는 힘이 있거든요. 이렇게 웃기 시작하면서 제 인생이 예전보다 많이 좋아진 것 같아요. 웃음엔 정말 뭔가가 있어요."

예순이 가까워 온다는 한 여성 회원은 매일 아침 거울을 보며 웃는 것으로 하루를 시작한다고 했다. 노년으로 접어든 나이이지만 그녀는 지금이 스스로 가장 예뻐 보인다고도 말했다.

"저는 젊은 시절로 돌아가라고 하면 전혀 그러고 싶지 않아요. 지금보다 예전에 훨씬 더 많은 것을 가지고 있었는데, 그땐 왜 그랬는지 행복

2012년 9월 1일. 영일만 앞바다 입수 직전!
"어쩌면 성숙해진다는 건, 힘겨운 세상살이에도 너무 심각하거나 무거워지지 않고,
가볍게 사뿐사뿐 넘어갈 수 있게 된다는 건지도 모른다."

하지 않았어요. 욕심이 많았거든요. 90만큼 가지고 있으면서도 10이 부족할 경우, 그 부족한 10에 집중해서 스스로 불행해 하던 때였죠. 지금은 가진 것이 90이 아니라 50밖에 안 되더라도, 내가 가진 것에 감사하니 행복해요."

절박이 대박이란 말이 있다. '이제 더 이상은 못 견디겠어.'라고 생각될 때 사람에게는 자기도 모르는 엄청난 힘이 생겨나기도 한다. 변화에 대한 갈망 때문일 것이다. 거짓 행복에 대롱대롱 매달려 있다가 거기서 해답을 찾지 못한다는 것을 명확하게 깨닫는 순간, 진짜 행복해질 수 있는 방법이 무엇인지 비로소 찾아 헤매게 된다.

"저한테는 웃음이 극약 처방인 것 같아요. 우리 친정이 종친회 회장 집안이었어요. 저는 그 집안 장녀로 태어났고요. 가문의 장고한 역사적 무게를 짊어진 집안이었죠. 게다가 '암탉이 울면 집안이 망한다'는 말을 그대로 믿고 따르는 집안이었으니, 어떤 분위기인지 아시겠죠? 저는 여자가 아닌 '인간'으로 살고 싶은 욕망이 컸어요. 그런데 맏이이기 때문에, 실수를 하면 안 된다는 강박도 컸고, 제대로 놀지도 못하고 여행도 못 가 봤어요. 집 나갈 방법이 결혼밖에 없어서 결혼한 사람이죠. 그런데 어느 날 우연히 웃음치료 모임에 대한 신문 기사를 보고, '리더는 못해도 박수부대는 해야지' 하고 나온 거예요. 저는 진짜 신나게 잘 웃지도 못하는 사람이었거든요. 첫 모임 때는 어색하기도 하고, 하도 웃다 보니 뺨이 다 아프더라고요. 웃음도 연습이라는 걸 그때 알았어요. 그런데 뭔가…… 엄청난 벽을 넘어선 기분이었어요. 나는 늘 스스로에 대해 도덕 선생님, 철학자, 여군, 대쪽 같은 사람이라고 생각했거든요. 맏이답게 보수적이고 모범적이고 서열 분명해야 하고……. 그런데 이제 다른 역할을 해 보고 싶더라고요. 내 맘대로 자유롭게 살아 보고 싶더라고요……"

일반인들이 보기에 대단히 우습지도 않은 레크리에이션에, 정신 놓은 사람들처럼 큰 소리로 웃어 젖히는 경험은, 종친회 회장 집안 맏딸로 태어나 살아 온 여인에게 생의 엄청난 벽을 넘어서는 순간까지 맛 보게 해 준 셈이었다.

어쩌면 성숙해진다는 건, 힘겨운 세상살이에도 너무 심각하거나 무거워지지 않고, 가볍게 사뿐사뿐 넘어갈 수 있게 된다는 건지도 모른다. 심각함과 무거움을 전혀 모른 채 가볍게만 사는 것과는 전혀 다르다. 생의 무게를 알고도 가볍게 반응할 수 있는 능력. 웃음은 그런 성숙의 능력을 키워 주는 수단이 아닐까.

오징어 사러 가게 갔다가 오징어 없어 문어를 샀네
오징어 문어 문어 오징어 오징어 문어 문어 오징어
쇠창살 사러 가게 갔다가 쇠창살 없어 금창살 샀네
쇠창살 금창살 금창살 쇠창살 쇠창살 금창살 금창살 쇠창살

기업체 사장, 대학교수, 언론사 기자…… 관계없이 이렇게 한자리에 모여 '쇠창살 금창살' 레크리에이션 노래를 하며 웃고 있다. 사회적 지위, 외모, 나이, 학력…… 모두 아무 상관 없다. 묻지도 않는다. 누구도 특별히 두드러지지 않는다. 저마다 엄청난 아픔과 고통을 안고 있는데, 사람들 속에서 두드러진다는 게 무슨 의미가 있겠는가. 삶과 죽음의 경계

사이를 왔다 갔다 해 본 이들은 이제 외적인 조건 따위 중요하지 않다는 것을 알게 된 사람들이다. 오히려, 아파서 마음이 열린 사람들이다. 그래서 이런 우스운 노래를 부르며 아무렇지 않게 관광버스 춤을 출 수 있다. 나와 '다른' 사람들을 비교하거나 질투하거나 시기할 것 없이 다 예뻐 보이고 다 비슷해 보인다. 심각하고 복잡하게 사는 건, 밖에서만으로 충분하다. 이 자리에서만큼은 실컷 망가지고 단순해 져보는 것이다.

고통과 아픔은 그들을 가르는 기준들을 허물어 하나로 연대하게 하고, 실없는 바보가 되게 해 주었다. 아픔을 함께 극복해 내려는 노력에서 만들어진 축제. 모두 함께 한마음이 되는 축제. 한바탕 웃음으로 벌이는 축제. 질병이, 고통이 이런 축제의 장을 만들어 주었다는 것이 삶의 아이러니 아닌가.

두려움 없는 사랑

여느 날처럼 아침 산책을 하고 돌아오는데, 텐트 쪽에서 큰 소리가 들린다. '또 싸우시는구나.' 어느새 이 부부의 옥신각신하는 소리가 종달새의 지저귐같이 들린다. 오히려 그 소리가 하루라도 들리지 않는다면 하루 일과 중 무언가를 빼먹은 것처럼 느껴질 정도다.

싸움의 발단은 대개 대단한 일이 아니다. 아내는 손이 커서 음식을 했다 하면 많이 하는 편이고, 남편은 번번이 남은 음식을 버리게 될까 봐 걱정하여 한마디 거든다. 집에서도 늘 반복되던 일상이 캠핑 현장에서라고 다르지 않다. 그러면 아내는 "내가 먹을 거야, 내가! 남자가 왜 이렇게 잔소리가 많아!" 하며 되받아친다. 뭐, 대략 이런 일들.

그런데 그날 아침은 새로운 상황이었다. 텐트 가까이 가서 보니 자전거를 사이에 둔 부부가 옥신각신 중이었다.

"몸에 힘을 빼! 힘을!"

김선욱은 아내를 향해 힘을 빼라고 연신 외치고 있었다. 초등학생 시절 이후로는 한 번도 자전거를 타 본 적이 없다는 박재란 여사. 그녀가 몇 십 년 만에 다시 자전거를 배우고 있었다.

"핸들을 움직여야지, 몸을 꼬면 어떡해!"

"뭘 하려고 들지 말고 편안하게 자전거의 흐름을 느껴 봐."

처음 자전거를 배우는 사람에게 가장 힘든 것이 바로 전신에 힘을 빼고 자전거에 자신을 맡기는 것이다. 중심을 잡는 데만 잔뜩 신경을 쓰다 보면 금방이라도 자전거가 기울 것 같고, 넘어질 것 같은데, 어떻게 마음 놓고 몸에 힘을 빼겠는가. 몸의 소리를 거스르기가 쉽지 않다. 그러나 자전거를 오래 타 본 사람은 안다. 몸에 힘을 주면 줄수록 어떤 결과가 초래되는지.

몇 십 년 만에 다시 타 보는 자전거라 몸이 따라 주지 않아 안 그래도 속상한데, 자꾸 힘을 빼라고 소리만 치는 남편에게 아내는 화가 난다.

"나, 코치가 마음에 안 들어! 코치 자격증 있어?"

아내가 투덜거리자 남편, 되받아친다.

"가르쳐 달라며!"

아내, 목소리 한층 높아진다.

"내가 언제 가르쳐 달랬어? 응? 붙잡아 달랬지!"

배우는 사람은 가르쳐 주는 사람이 마음에 안 들고, 가르쳐 주는 사람은 배우는 사람이 마음에 안 든다. 자동차 운전을 둘러싸고도 부부싸움이 잦은 이유와 같다.

"몸을 자전거에 100프로 의탁하지 않아서 그래."

김선욱이 아내의 문제를 지적한다. 자전거를 믿지 못하고 온몸에 힘을 잔뜩 주어 타려다 보니 자꾸 넘어지고 실패하게 된다는 것이다.

"그냥 자전거의 흐름에 맡겨 버려."

스포츠나 삶의 문제나 매한가지다. 지나치게 안간힘을 쓰거나 집착하면 집착할수록, 넘어지고 실패할 확률이 높다는 것을 김선욱은 경험을 통해 깨달았다. "Go with the flow. Let it be." 모든 삶은 흐른다. 안 되는 것을 억지로 붙잡거나, 이것이 아니면 절대 안 된다는 식으로 무리하게 힘을 쓸 필요도 없다. 되어 가는 방향으로 자연스럽게 따라가고 순응하는 것. 성공은 그 다음의 일이다. 김선욱이 스포츠를 통해 터득한 인생의 작은 진리였다.

"알면서도 안 되는 걸 어떡해!"

남편의 타박에 억울함을 호소하던 박재란 여사, 연습에 연습을 거듭한 끝에 마침내 넘어지지 않고 열 바퀴쯤 도는 데 성공했다. 잔뜩 찌푸려 있던 미간이 펴지면서 만면에 미소가 피어오른다.

"오, 되네?"

스스로도 놀랍다는 듯, 믿기지 않는다는 듯, 만족스러운 표정이다. 여러 번의 실패 끝에 찾아온 성공은 아무리 작은 성공이라도 특별한 감동이 있는 법.

"그럼, 되지 왜 안 되겠어."

그제야 남편도 부드러운 남편 모드로 되돌아온다.

자신감이 회복된 박재란 여사, 아침 식사를 준비하기 위해 텐트를 향해 다시 페달을 밟다가 그만 넘어지고 만다. 자전거를 끌면서 텐트로 돌아가려는 아내를 남편이 만류한다.

"안 돼! 넘어진 기억을 갖고 끝내면 안 돼!"

열두 번도 넘게 넘어져, 온몸이 쑤실 법도 한데, 아내는 남편의 말을 듣고 다시 자전거에 올라탄다. 몇 바퀴를 더 돌다가 다시 넘어지고 또 넘어진다. 넘어진 상태 그대로 돌아가는 것을 결코 허락하지 않는 엄격한 코치.

"몸에 힘을 빼라니까!"

"아유, 지금 익숙하지 않아서 그렇게 내 맘대로 몸에서 힘이 빠지지가 않아!"

"됐어! 이유는 필요 없어!"

코치, 급기야 신경질을 낸다. 순간 자전거를 멈추는 아내.

"당신, 자꾸 이럴 거야?"

2012년 9월 6일 울산 신불산 자연휴양림에서 생일을 맞은 박재란 여사. 작은 케이크와 들꽃 한 다발. 서프라이즈 생일 파티에 어린 아이처럼 환하게 웃는다.

아내가 폭발하기 일보 직전. 자전거를 내버려 둔 채 텐트로 발걸음을 돌리는 아내를 남편이 "여봉" 하고 애교 섞인 목소리로 부른다. 그리고 손을 높이 들어 하이파이브! 얼결에 손바닥을 부딪히면서 아내가 외친다. "선생 바꿔!"

2부 *Go with the Flow* 자전거 두 바퀴에 희망을 싣고

"제자가 선생을 바꾸래! 하하하하!"

그리고 이어지는 남편 특유의 너털웃음. 밥 냄새가 공기 속으로 하얗게 번져 간다. 어느새 아침 먹을 시간이다. 아, 행복해라.

※ ※ ※ ※

나는 김선욱 박재란 부부가 사랑하는 법이 마음에 들지 않았다. 솔직하게 말하자면 그렇다. 언제나 시끄러웠고 쇳소리가 나는 것 같았다. 왜 저렇게 말을 많이 해야 하는지, 쓸데없는 말을 많이 해서 자주 싸워야 하는지, 왜 저렇게 서로 잔소리가 많은지, 생각나는 대로 느끼는 대로 모든 것을 다 표현해야 하는지, 나로서는 쉽게 이해가 가지 않는 방식이었다. 그런데 신기하게도 그들 또한 나의 의아함을 인정했다. 그들 사랑의 어휘는 필터로 걸러 낸 '꾸민' 말이 아닌, 심장 박동이 고스란히 묻어나는 '정제되지 않은 언어'였다. 도정한 백미가 아닌 거칠고 투박한 현미 잡곡 같은 사랑법이었다. 그리고 그들도 자신들이 거친 방식으로 사랑하고 있다는 것을 잘 알고 있었다.

저잣거리 사랑. 서로를 놀리고 자주 다투고 화내는 것도 이들 부부에게는 서로를 향한 관심의 표현이었다. 다툰다 한들 투닥투닥 싸우다 다시 깔깔깔 웃고 나면 그만이었다. 옆에서 지켜보던 사람들이 오히려 자신들 때문에 심각해졌는데 말이다. 이들 부부는 툭하면 싸우고 놀리고 웃고 사랑을 속삭이는 그런 사랑놀이를 계속했다. 젊은이들에게서나 볼 수 있을 뜨거운 에너지의 사랑이 이 부부 사이에서는 계속되고 있었다.

김선욱에게는 '사람'에 대한 에너지가, 박재란에게는 '사랑'에 대한 에너지가 많았다.

박재란의 사랑 방식은 한마디로 '몸을 움직이는 것'이었다. 정말이지, 여행 기간 내내 잠시라도 그녀가 가만히 있는 모습을 나는 거의 보지 못했다. 남편의 신발 끈을 매주는 여자. 환갑이 다 된 남편의 얼굴에 꼼꼼하게 자외선 차단제를 발라주는 여자. 토마토와 파프리카 간식을 챙겨 주는 여자. 시간 맞춰 약 챙겨 주는 여자. 현미며 찹쌀이며 보리며, 발품 팔아 국내산 곡물을 직접 사다 방앗간에서 빻아 손수 만든 미숫가루를 남편에게 타 주는 여자. 창밖으로 고개를 내밀고 "김밴댕 화이팅!" 외쳐 주는 여자. 산으로 들로 다니며 민들레와 취나물, 쑥을 캐다가 암 환자에게 좋다는 샐러드를 만들어 먹이는 여자. 180일간을 길 위에 머무는 이 무모한 여행을 남편에게 먼저 제안하고 선뜻 따라 나선 여자. 이 모든 '움직임'이 그녀만의 사랑 방식이었고, 이런 사랑이 없었다면 도저히 불가능한 여행이었다.

마음을 다하는 사랑을 하고 싶었다, 그녀는. 마음 없이 억지로, 우울하게, 한탄하며 이 과정을 되풀이하고 싶지 않았다. 이번엔 꼭 이 과정을 '삶에 대한 사랑'으로 견뎌 내고 싶었다.

"지금 내가 이 사람 따라와서 병 수발하고 고생하는 거, 이건 다 내 선택이고 내 몫이에요. 나는 이 사람 아내이고, 이 사람은 내 남편이니까. 난 보상을 바라지 않아요. 내가 힘들게 살아온 것에 대한 보상을 남편에게 구하는 건 어리석은 답을 구하는 거죠. 가장 소중하게 생각하는 사람에게 가장 기대치가 높기 때문에 자꾸 상처를 주게 되잖아요. 힘들게 자식 키운 것이나 남편에게 보상을 바라면 인생이 비참해져요. 우리를 완벽하게 채워 줄 파랑새는 이 세상에 없어요. 파랑새를 찾아다니는 대신에, 나는 내가 다른 사람의 파랑새가 되어 주겠다고 결심했어요. 다른 많은 사람은 몰라도 김선욱의 파랑새는 되어 줄 수 있겠다 싶었거든요. 그래서 이 여행도 시작할 수 있었던 거죠.

이 여행은 순전히 내 몫이고, 내 선택이기 때문에 나는 이 사람을 돕는다는 것만으로 만족해요. 이이가 건강해지고, 이 자전거 여행 보면서 한 사람이라도 자리를 털고 일어나 희망을 가졌으면 좋겠어요."

김선욱의 아내 박재란이 깨닫게 된 진짜 사랑이었다. 암울하다고만 생각했던 세월, 어둠과 그림자만 드리워진 것 같던 그 시간들이 가르쳐 준 것은, 함께하는 오늘을 마지막처럼 뜨겁게 사랑해야 한다는 것이었다.

✻ ✻ ✻ ✻

어느덧 아침저녁으로 서늘한 바람이 불기 시작하는 9월. 자전거 여행이 5개월째로 접어들 무렵이었다. 9월 6일은 아내 박재란의 생일. 자전거 여행을 하는 남편을 돌보느라 자신의 생일조차 잊은 아내를 위해 김선욱은 산에서 들꽃을 꺾어 소박한 꽃다발을 만들었다. 만나기로 약속한 지점에 예정보다 늦게 도착하는 김선욱을 걱정하던 아내 박재란에게, 남편은 등 뒤로 숨겨 두었던 서프라이즈 선물을 공개한다. 순간 그녀는 울컥 목이 메었다. 차돌처럼 단단한 그녀도 울먹일 수밖에 없었다. 오랜 기간 '표현'에 목말랐던 그녀에게, 김선욱은 작고 소박하더라도 어린아이처럼 끊임없이 사랑을 표현해 주는 사람이었다. 박재란에게 그런 사랑은 시원한 샘물 같은 것이었고, 모든 어려움을 이길 수 있는 힘의 근간이었다.

라이딩을 마치고 텐트로 돌아오는 길에 그날 저녁 식사를 위한 장을 보러 가겠다는 아내를 로드매니저와 함께 보낸 후, 김선욱은 몰래 뒤돌아 제과점을 향했다. 그가 집어 든 케이크는 '로망스 초코'. 진하고 깊은 초콜릿 색상의 하트 모양 케이크였다.

수돗가에서 식재료를 씻고 텐트로 돌아온 박재란은 갑작스런 광경에 깜짝 놀랐다. 텐트 앞 작은 테이블에는 케이크가 놓여 있었고, 그 위엔 그녀 나이만큼의 촛불이 켜져 있었다. 김선욱은 놀라서 어정쩡하게 서 있는 아내를 안으며 말했다.

"여보, 들판에서 생일 파티를 해 주게 되어 미안해……."

자신의 품에 안겨 하염없는 눈물을 흘리는 아내를 보며 김선욱은 말을 이었다.

"여보, 계속 지켜봐 줘. 이제 기쁠 일만 남았어." 지난날들이 절로 떠오르는 박재란은 울먹이며 말한다.

"너무…… 행복해…… 이게 당신 마음이잖아…… 그치……?"

병 때문에 외줄타기 같은 위태로운 시간들을 건너오고 있었지만, 위태로운 만큼 특별한 시간을 선물받은 그들은 이렇게 사랑을 확인하고 추억의 한 장을 더하고 있었다.

지금도 김선욱은 매일 새벽 5시면 어김없이 일어나 하나님께 기도드

린다. 만약 자신이 암과의 이 치열한 싸움에서 지게 된다면 홀로 남겨진 아내에게 줄 수 있는 선물은 뜨겁게 사랑하고 아꼈던 오늘의 추억, 그리고 그녀를 위한 기도뿐이기 때문이다.

"자전거 여행의 목적이 몸의 회복이기도 하겠지만, 더 큰 목적은 죽음을 평안하게 맞기 위한 일종의 의식(儀式)일 수도 있지 않을까. 아내와 함께 좋은 추억을 만들어가고…… 추억을 가지고 가는 것……. 지금 저 사람이 나에게 주는 모든 추억을 가지고 갈 수 있으니까 여행을 계속 하는 거야."

문득 그는 목이 메어 더 이상 말을 잇지 못했다.

사랑에 대한 이상, 사랑에 대한 그림이 매우 큰 여자 박재란. 그리고 그런 그녀를 알아본 남자 김선욱. 환자의 아내이기보다 영원한 여자로 살길 바란 박재란과 그것을 알아차린 김선욱은, 그렇기에 무모하기 짝이 없는 이 자전거 여행, 바로 암을 동반한 자전거 여행을 감행할 수 있었다. 그들은 정체를 알 수 없는 공을 저 멀리 던져 놓고 그 공을 찾으러 가는 길 가운데 자신들도 예상하지 못했던, 사랑이라는 무한대의 그림을 그리며 달려가고 있었다. 그 무한대의 그림은 그들에게서 죽음에 대한 두려움마저도 쫓아내고 있었다.

보이기 위한 삶

5월의 어느 날, 강원도 초도 해변을 떠나오면서 한 음식점에서 점심 식사를 할 때였다. 커다란 유리창 밖으로 동해 바다가 보였다. '이 유리창이 통유리였다면 훨씬 더 멋있었을 텐데' 하는 아쉬움을 느끼며 우리는 식사를 했다. 그사이 김선욱은 유리창을 통해 보이는 바다를 카메라에 담았다.

그런데 놀랍게도, 우리가 실제로 보았던 음식점의 유리창과 사진 속의 유리창은 매우 달랐다. 렌즈에 비친 태양빛의 영향으로 사진 속 실내는 흑색으로 변하고, 그 대비 효과로 인해 유리창 밖의 풍경이 더욱더 아름답고 은은한 분위기를 자아내고 있었다. 누군가 이 사진을 보았다면 참 아름다운 음식점에서 아름다운 풍광을 바라보며 식사를 했다고 생각했을지도 모를 정도로. 그러나 실제로 우리는 그저 그런 평범한 음식점에서 적당히 지저분한 유리창 밖으로 평범한 바다 풍경을 바라보며 평범한 한 끼 식사를 했을 뿐이었다.

실제 삶과 렌즈를 통해 보는 삶의 차이. 그 사이 어디쯤에 우리 삶이 놓여 있을까.

사진과 실제는 확실히 다르다. 사진은 현실의 보고 싶지 않은 부분은 화면 밖으로 밀어낸 채 가장 아름다운 순간만 포착하거나, 자연광 아래에서는 평범했을 것도 빛을 이용하거나 렌즈의 각도를 활용해 아름답게 과장 또는 치장할 수 있다. 일부분만을 보이게 함으로써 그렇게 '보이게' 할 수 있는 장치다. 사진의 렌즈를 통해, 그리고 여러 테크닉을 통해 그렇게 해석되게 만드는 것이다. 하지만 사람들은 그 사진을 보며 실제 대상을 보았을 때보다 더 감탄하기도 한다.

사진으로 담아낸 음식점 창을 통해 바라본 바다.

오늘 내가 반추해 본 어제.

왜 지금 호흡하는 공기와 한 단계 필터로 걸러 낸 공기는 다른 맛일까.

실제 삶과 렌즈를 통해 보이는 삶의 차이. 남에게 보이는 삶은 멋지지만, 실제는 공허한 삶이 있고, 남에게 보이는 삶은 초라하지만, 실제는 꽉 들어찬 삶이 있다.

"내가 이 사람과 결혼한다고 할 때 정말 많은 사람들이 반대했었어요. 돈 한 푼 없는 사람을 이 나이에 만나서 어떻게 살 거냐고요. 하지만 나는 더 이상 남에게 보이기 위한 삶을 살고 싶지 않았어요."

사실 우리가 신경 쓰는 것은, 정확하게 말하면, 타인의 시선이 아니다. 내 안에 있는 '타인이 이렇게 생각할 것 같은' 시선이다. 어쩌면, '타인이 이렇게 생각할 것 같은' 시선에 오염된 나의 시선일지도 모른다. 그리고 죽음이나 질병 등 삶을 뿌리째 뒤흔드는 이슈에 직면하고 나서야, 왜 나의 삶과 나의 행복을, 타인이 가졌을 법한 시선에 저당잡혔는가 회한에 사로잡히게 된다. 조금은 때늦은 후회. 타인의 시선이 왜 나의 시선을 사로잡도록 내버려 두었는지, 그렇게 될 때까지 나의 시선은 왜 그렇게 중요하게 여기지 않았는지. 비로소 초점이 생기면서 그것 외에 다른 것들은 모두 '부수적'으로 보게 되는 용기, 용감무쌍함이 생긴다. 내가 정말 원하는 삶이 무엇인가. 내가 정말 행복하게 여기는 것이 무엇인가. 내가 죽을 때 '가치 있게, 의미 있게, 후회할 것 없이' 살았노라고 말할 수 있는 삶은 어떤 삶인가. 뒤늦은 감은 있지만, 꼭 필요한 고민을 통해 그것을 추구하고 찾아 나설 때 비로소 '자유'를 경험하게 된다. 그 자유가 바로 행복일 것이다.

김선욱과 박재란 부부는 그 자유를 지금 누리고 있다.

※ ※ ※ ※

자신이 가진 역량, 자질이 최대한 발휘되는 때는 온전한 몰입이 이루어질 때다. 그 몰입이란 성취와는 좀 다른 개념이다. 무엇을 하건, 온전히 자신의 삶을 껴안는 것, 소중히 여기는 것, 사랑하는 것, 그래서 동기 부여가 되는 것, 주어진 것에 집중할 수 있는 것, 마음에 힘이 솟는 것, 그래서 기쁜 것. 그것은 우리의 삶이 '유한'하다는 인식이 있을 때에야 가능하다. 아무리 힘겨운 상황도, 내일 죽을지 모른다는 인식이 있게 되면 하루를 넘길 수 있고, 그 세월을 아깝게 여기게 되고, 안정적이고 여유롭고 이대로만 쭉 계속되었으면 좋겠어서 상실이 불안한 상황도, 내일 죽을지 모른다는 인식이 있게 되면 좀 더 감사하게 되고 가치로운 삶이 무엇인가를 고민하게 된다.

죽음에 대한 인식은 그렇게 흐르는 시간을 소중히 여기고 삶의 질을 높일 수 있는 반전이 된다.

그는 자전거를 타며 문득문득 폐암을 잊었지만, 나는 그를 보며 늘 죽음을 인식했다. 오히려 덕분에 지금 내가 딛고 서 있는 시간이 얼마나 소중한지 알게 되었다. 그리고 '최대한으로' 살고 싶은 욕구가 끓어 올랐다.

행복과 불행

"실패를 많이 해 보지 않은 사람에게선 들을 얘기가 별로 없어요. 파도타기를 할 때도 말이죠, 높은 파도를 타고 올라갈 때는 내 의지가 별로 필요 없어요. 좋은 파도를 힘 빼고 잘 타기만 하면 올라가지거든요. 좋은 파도인지 나쁜 파도인지 판단하는 데까지만 노력하면 되는 거예요. 성공도 마찬가지죠. 올라가는 데 그렇게 큰 노력이 필요하지 않을 때가 많아요."

어느 날 취재 차 우리를 찾아온 방송 기자와 대화를 나누던 김선욱이 말했다. 듣고 있던 우리 일행들은 모두 동감한다는 듯 고개를 끄덕였다.

"그런데 번번이 나쁜 파도를 타서 실패를 많이 해 본 사람들은 할 얘기가 많아요. 좋은 파도를 수없이 놓쳐 봤으니까 파도에 대해서 그만큼 연구를 한 거죠. 그런 다음 좋은 파도를 탈 줄 알게 되는 거고요. 하지만 성공가도만 달린 사람들은 자기가 잘해서 그런 줄 알고, 실패한 사람들을 이해해 보려고도 하지 않아요. 자신의 눈에는 순조롭지 않게 사는 사람들이 답답해 보이는 거죠. 그 사람 눈에는, 망하고 돈 없고 실패한 사람들이 얼마나 무능하고 한심해 보이겠어요. 자신의 순조로운 삶하고만 비교한다면 말이에요."

이 말을 듣고 있던 방송 기자도 한마디 거들었다.

"일본에는 이런 말이 있어요. '동경대 졸업생들이 임원 자리에 있는 주식회사의 주식을 사면 망한다.' 자신들이 제일 똑똑하다고 생각하고 순탄하게 높은 자리로 올라간 사람들은 다른 사람 이야기를 듣지 않는다는 거죠. 본능적으로 지는 걸 못 참고요. 성취나 인정에 대한 욕구가 남보다 많고, 게다가 지능도 받쳐 주니까 높은 자리에 오를 수 있는데, 오르고 나서도 자신보다 더 똑똑하거나 승승장구하는 사람들을 보면 못 견딘다고 해요."

정신의학자 폴 투르니에는 그의 저서 『고통보다 깊은』(오수미 옮김, IVP)에서 이렇게 말한 적이 있다.

"대단한 특권을 누리는 사람이라 할지라도 결핍된 것이 있다. 바로 진정한 인간이 되기 위해 필요한 고통의 시련이 없는 것이다. 말하자면, 그들에게는 결핍 자체가 결핍되어 있다고 할 수 있겠다."

늘 승승장구하는 것처럼 보이는 사람들이 자신들의 특권을 '의식하고' 즐기는 경우는 드물다. 계속되는 나쁜 날씨 끝에 찾아온 맑은 날씨가 더 기쁘고 반갑듯이, 불행한 일을 겪고 난 뒤에 만끽하는 행복은 남다를 것이다. 폴 투르니에는 또 이렇게 쓰고 있다.

"특권을 가진 사람들은 자신이 아직 갖기 못한 것에, 아니면 심지어 우습게도, 혹시 자신에게 없는 것이 있는지에 무척 집착하는 경향이 있다."

그렇다. 욕망은 만족을 모른다.

"스포츠를 하다 보면, 끊임없이 위기를 맞이하고, 또 그것을 극복하는 법이 몸에 자연스레 배게 되죠. '위기가 곧 기회'라는 말을 모르는 사람은 없지만, 막상 위기가 닥치면 당황하잖아요. 하지만 스포츠에는 '위기가 곧 기회'라는 말을 머리로만이 아니라 온몸으로 받아들이게 만드는 힘이 있어요. 온몸으로 맞서서 위기를 기회로 만들고 나면 마음에 평안이 찾아오죠. 파도타기에서 파도를 헤치고 나가는 게 얼마나 힘든지 아세요? 그런데도 왜 자꾸 파도를 타러 나가느냐면, 파도를 헤치고 나가서 좋은 파도를 타고 돌아오는 기쁨이 있기 때문에 다시 그 파도 속으로 들어갈 수 있는 거예요. 저는 그렇게 위기를 기회로 만드는 법을 배웠어요."

실패, 위기, 실수. 이러한 것들은 사실 그렇게 두려워할 만한 대상이 못된다는 것을 그는 스포츠를 통해 배워 왔다. 오히려 실패와 위기와 실수를 통해 몸에 배인 극복 능력으로 더 큰 진짜 성공을 이룰 수 있다는 것을 그는 깨닫게 되었다.

실패한 나. 실수한 나. 사실 그것은 '나의 전부'가 아니다. 아니, 잠시 있을 수 있었지만 떨쳐버릴 수 있는 '나'다. 오히려 더 큰 나로 확장되게 하는 결정적 기회가 바로 '실패한 나'다. 그 기회를 잡느냐 마느냐는 철저히 본인의 몫이다. 실패한 나에 머물지 않고 더 큰 나로 나아가게 반응하는 태도가 가장 중요하다는 것을, 그들의 대화는 파도가 파도를 떠밀듯이 철썩이며 말해 주고 있었다.

"고통은 그 자체로는 결코 이로운 것이 아니"며 "중요한 것은 시련 앞에서 어떻게 반응하는가 하는 것이"라는 폴 투르니에의 말처럼.

"저는 지금까지 어떤 고통이 다가오면 그걸 정면 돌파해야 한다고 생각했어요. 고통과 직면해서 그 고통을 샅샅이 훑어보고 해결한 다음에야 그 다음 단계로 넘어갈 수 있다고 생각한 거죠. 그 고통의 잔재를 조금이라도 남기지 말아야 나중에라도 그 고통의 상처가 올라오지 않는다고 생각했거든요. 그런데 선생님이랑 함께 지내다 보니 그게 아닌 것 같아요. 지금 폐암이 해결된 게 아니잖아요. 그렇다고 폐암이라는 고통에만 늘 집중해서 직면하시는 것도 아니고요. 해결할 수 없는 고통은 적당히 옆으로 제쳐 두고, 그동안 하고 싶었던 것, 그러니까 즐거움을 찾아 만들어 나가고 계신 거잖아요. 저는 예전엔 그런 태도가 나중의 고통을 더 가중시킨다고 생각해서 그렇게 하지 않았거든요. 받을 고통은 미리 받자는 주의였죠."

"무슨 말인지 알아요. 그러니까 장비도 없으면서 아주 긴 터널을 그냥 지나가려고 하다가 늘 고통스럽기만 했겠구먼. 당장 구하기 힘든 세상의 온갖 장비들을 구하면서 말이지."

"네 그렇죠."

"그런데…… 그렇게 머리로 고통을 해결하려고 하면 해결할 수가 없어요. 그런 방식은 앞의 고통을 다 해결한 후에 그 다음 고통을 해결하자는, 지극히 논리적인 방식인데, 인간은 이성과 감성, 그리고 '몸'을 갖고 태어난 존재잖아요. 손과 발이 있는 존재라고요. 그런 식으로 고통을 해결할 수는 없어요. 나도 예전에는 책을 정말 많이 읽고 머리로 문제를 해결해 보려고 했는데, 어느 순간 너무 고통스러우니까 그 어떤 책의 어떤 문장도 내 마음을 터치하지 못하더라고요. 거의 알콜 중독에 빠져 어떤 날은 술을 마시고 저 밑바닥까지 내려가 봤다가, 어떤 날은 모든 것을 용서하고 용납할 수 있을 만큼 황홀경에 빠져 봤다가, 그런 정신세계를 경험하고 나서는 아무것도 내 마음을 감동시키지 못했죠. 그러다가 어느 날 제비꽃을 보면서 아, 정말 아름답다, 하면서 나 스스로가 즐거움을 알게 되는 것, 발견하는 것, 스스로의 정답을 찾아내는 것. 그것 없이는 고통은 자기가 혼자 해결해 보겠다고 해서 해결되지 않아요."

"나는 전 남편 먼저 보내고 난 뒤에 가장 남는 회한이 뭔지 알아요? 그 사람에 대한 진정한 연민 없이 그 사람을 수발했다는 거예요. 내 곁만 본 사람들은 나더러 정말 최선을 다했으니 된 거라고 위로했지만, 실은 난 내가 지저분한 게 싫어서 그 사람을 늘 깨끗이 하고 돌봤던 거지 그 이상도 이하도 아니었어요. 늘 이혼을 생각했지만 이혼이라는 답은 뭔가 아닌 것 같고……. 이제야 하는 말이지만, 나는 그 사람을 마음으로는 늘 원망했어요. 그런데 그 사람이 죽고 나서 그렇게 회한이 남아요. 왜 내가 그때 마음으로도 그 사람에게 연민을 가지지 못했을까. 왜 나는 그렇게 오랫동안 가슴과 행동이 분리된 사람처럼 살았을까. 그것이 가장 허망하고 부질없는 회한으로 남아요. 지금도 상처죠.

머리로만 해결하려 들면 안 돼요. 사람은 손과 발, 그러니까 육체를 가진 존재잖아요. 그리고 모든 사람은 나약한 존재고……. 어떤 사람은 조금 지성을 갖춰서 그 지성으로 속에 있는 것을 적당히 감추는 것일 뿐이지, 먹고 싶고, 먹으면 똥 싸고, 사흘 굶으면 남의 것을 탐내게 되어 있고, 속으로 생각하는 유혹은 다 똑같아요. 그렇게 모든 사람이 나약한 존재라는 것을 인정하고 나면 인생이 좀 쉬워져요. 용서 못하고 집착하고 있을 것도 없고…….

우리가 할 수 있는 건 하루하루 최선을 다해 사는 거죠. 최선을 다해 사는 건 즐겁게 사는 거예요. 그리고 그 즐거움은 찾아내는 게 아니라, 만들어 나가는 거고. 삶은 창조하는 거잖아요……. 안 그래요, 이 작가?"

어느 날엔가 김선욱 박재란 부부와 무심결에 나눈 긴 대화의 한 자락이다. 사실 이들 부부와 함께한 여행 내내 시시때때로, 수도 없이 반복된 참 고마웠던 여러 대화 중 하나이기도 하다.

즐거움은 찾는 것이 아니라 만들어 가는 것이다. 삶은 창조해 나가는 것이라 하지 않았던가. 즐거움만 쫓아가라는 것이 아니다. 그건 쾌락주의자들이 하는 것이다. 어떤 '주의'가 되자는 것이 아니다. 즐거움이 우리 생의 하나의 일부가 되자는 것이지, 즐거움에 사로잡히거나 즐거움이 우리의 주인이 되게 해서는 안 된다. 1회용 휴지 조각처럼, 필요하긴 하되 사용하고 버리는 것처럼, 즐거움을 '활용'하면 되는 것이다.

작가 이외수는 그의 저서『감성사전』에서 '불행'에 대해 이렇게 정의했다. (불행이란) "행복이라는 이름의 나무 밑에 드리워져 있는 그 나무만 한 크기의 그늘이다. 인간이 불행한 이유는 그 그늘까지를 나무로 생각하지 않기 때문이다."

2012년 10월 23일 화요일, 드디어 6개월 자전거 여행의 마지막 코스인 제주도로 향하는 길, 전날과 달리 맑고 화창한 날씨였다. 전날까지 176일차, 을씨년스러운 가을비와 강한 바람 때문에 전남 해남군 화원면에서 18km의 라이딩으로 일일 주행을 마친 터였다. 현재까지 누적 주행 6,091.83km. 당초 목표했던 7,000km를 채우려면 앞으로 남은 제주도에서의 일주일 동안 1,000km 가까이 달려야 했다. 하지만 현실적으로 무리라는 것을 가장 잘 아는 사람이 김선욱이었다.

2012년 10월 23일 화요일 오전 9시 30분, 목포항에서 '스타크루즈' 배편으로 출발해 오후 1시 30분 제주항 입항. 어느덧 여행은 177일차로 접어들고, 드디어 대장정의 마무리를 향해 간다는 감회에 젖었던 순간.

2012년 10월 25일 목요일, 제주 5일차. 게스트하우스 '돌담에 머무는 꽃'에서 만난, 다국적 여행 청년들. 아름다운 젊음을 즐기는 청년들과 함께 "암을 이기자!"를 외치며 한 컷!

※ ※ ※ ⚘

　　7~8월 계속되는 장마와 '볼라벤' '산바' 등의 태풍, 사정없이 쏟아붓는 국지성 호우로 인해 라이딩을 쉴 수밖에 없는 날이 며칠씩 이어질 때만 해도 몹시 조바심이 나곤 했다. 8월 18일부터 9월 10일까지 약 3주간은 KBS 〈인간극장〉 팀의 촬영이 병행되기도 했다. '치유를 위한 희망 공유 여행'이라는 이 여행의 취지와 의미를 널리 알리고, 보다 많은 사람들에게 '암 환우'들에 대해 생각할 수 있는 기회를 줄 수 있을 것 같다는 점에서 쾌히 취재에 응한 터였지만, '날씨'와 '라이딩' 외에 한 가지 더 신경 쓸 일이 생긴 것은 사실이었다. 날씨 때문에 라이딩을 쉬는 날에

는, 쉬어도 쉬는 게 아니었달까. 7,000km 목표를 채워야 한다는, 아니, '채우고 싶다'는 욕심과 강박 때문에 궂은 하늘만 바라보며 애를 태우기도 하고, 하루 50km를 넘지 않는다는 원칙을 깨고 65km에서 70km씩 조금 무리해서 달리는 날도 있었다. 그럴 때마다 아내 박재란의 걱정 어린 잔소리가 이어지곤 했다.

하지만 끝날 것 같지 않던 더위도 잦아들고 가을로 접어들면서 계절의 변화와 함께 그의 마음에도 차츰 여유와 만족이 찾아왔다. 경주 · 진주 · 통영 · 남해 · 하동 · 섬진강 · 지리산 노고단 등으로 이어지는 남쪽 지방을 훑고 내

가을이 무르익어 가는 10월 2일, 경남 하동군 북촌 코스모스 축제. '축제'라는 이름을 붙이지 않더라도 넘실대는 꽃물결 속에 서 있다 보니 절로 어깨가 들썩이는 것 같았다.

동영상 바로 가기

KBS 〈인간극장〉「미안하다, 사랑한다」2012년 9월 24일~28일 5회 방송. "엇갈린 인연의 강을 건너, 황혼의 길목에서 만난 아내는 처음이자 마지막 사랑, 그 사랑을 생애 끝까지 지켜주고 싶습니다. 고통스럽던 시간들이 가르쳐 준 것은 함께하는 오늘을 마지막처럼 사랑해야 한다는 것입니다."

려오는 사이, 하루하루 쌓여 가는 길 위의 만남들, 그리고 더없이 맑고 화창한 가을의 아름다운 자연 속에서 여행 전반기와는 또 다른 감흥이 매일매일 새로운 기운을 불어 넣어 주었다. 또한 9월 마지막 주에 방영되었던 KBS 〈인간극장〉 덕분인지, 곳곳에서 먼저 알아보고 다가와 인사를 건네며 덕담과 응원을 나누는 이들도 자주 만날 수 있었다.

9월 1일 토요일, 124일차 되던 날에는 포항 '휘자 MTB 동호회' 회원들이 '사이클링포큐어' 유니폼까지 맞춰 입고 김선욱 박재란 부부를 기다려 동반 라이딩에 나서 주기도 했다. 동호회 회원 중 한 명인 이탈리아인 존 피터 씨는 김선욱에게 진심으로 존경을 표현했다.

"암 환자인 당신이 자전거를 타고 이런 여행을 할 수 있다는 게 놀라워요. 그렇게까지 할 수 있다니, 믿을 수 없어요. 제 생각에는 당신은, 진짜 영웅이에요."

"정말입니까?"

"네, 당신은 슈퍼맨이에요."

"저는 그냥 했을 뿐이에요. 왜냐면 저는 살아야 하거든요. 사람들이 추측하는 다른 대단한 이유 같은 건 없습니다. 제게는 이 여행이 곧 삶입니다."

"믿을 수가 없네요. 당신은 강해요. 제 또래의 그 어떤 사람보다 더 건강해요. 놀라워요. 당신은 저뿐만 아니라 많은 사람들에게 영감을 줘요. 그리고 우리는 당신이 그 어떤 일도 할 수 있다고 생각해요."

"고맙습니다."

인생의 문제와 고통 앞에서 힘들어하고 있을 누군가에게 조금이나마 용기를 북돋는 위로가 되었으면 좋겠다는 마음에서 시작한 여행, 그러나 본질적으로 이 여행은 김선욱과 박재란 부부에게 '삶' 그 자체였다. 5월 1일 임진각을 출발하는 순간까지도 앞으로 6개월간은 이 특별한 여행을 위한 삶이 되겠다고 생각했지만 한 달, 두 달 시간이 흐르고, 예상이나 기대조차 할 수 없었던 숱한 만남들이 반복되면서, 어느새 이 여행은 이들 부부에게 '삶'이 되어 가고 있었다. 살아 있는 오늘 하루가 곧 여행이었다.

그렇게 여행은 계속되어 9월 29일 토요일 152일차 되던 날, 전남 광양시 광양제철소를 지나 5,000km를 돌파했고, 지리산 노고단을 자전거로 올랐으며, 하동 북촌 코스모스 축제와 엑스포의 도시 여수, 나로우주센터, 고금도의 유자밭, 장흥 천관산과 완도, 해남 땅끝마을 등을 지나 10월 19일 진도 송산리에서 마침내 6,000km를 넘어섰다. '삶'으로부터도, '여행'으로부터도 자유로워질 수 있는 평안이, 여행의 끝자락을 향해 가면서 비로소 이들 부부를 찾아왔다. 6,000km 돌파 지점에서부터 이미 7,000km 목표 달성은 어려워 보이기 시작했지만, 이제 더 이상 조바심 같은 것은 나지 않았다. '강박'도 '욕심'도 모두 내려놓을 수 있었다. '물이 흐르는 대로 가자Go with the flow.'고 다짐했던 첫 마음이 비로소 온전한 '의미'로 살아나는 순간이었다.

＊ ＊ ＊ ＊

　10월 23일, 이제 육지를 떠나 제주도로 향한다. 오전 9시 30분 목포항에서 '스타크루즈' 배편으로 출발하기로 했다. 목포 여객터미널에서 '사이클링포큐어'의 이동 베이스캠프인 자동차를 배 안에 주차시키고 탑승 수속을 완료한 뒤, 터미널 앞의 식당으로 향했다. 제주도로 향한다는 기대와 설렘 때문인지, 177일째 계속되는 전국 여행 중 가장 신선하고 맛있는 식사를 한 기분이었다. 삼치무조림, 갈치구이, 이름 모를 생선세 마리가 온전히 몸을 담고 있는 신선한 찌개, 그리고 여덟 가지 반찬…… 신선한 재료와 맛깔스러운 솜씨가 어우러진 음식 덕분에, 오랜만에 기운을 보충했다.

　목포항을 출발하고 네 시간 남짓 지나자 서서히 제주도의 모습이 보이기 시작했다. 그리고 오후 1시 30분경, 드디어 제주항에 입항했다. 입항 후에는 바로 삼도이동의 '아이러브바이크'와 '용두암 하이킹' 매장으로 향했다. 제주에 도착하기 일주일 전부터 제주도에서의 라이딩 코스 안내와 동반 라이더 연결, 숙소 지원까지 많은 도움을 약속해 준 분들이었다. 훈훈하고 든든한 만남이 아닐 수 없었다. 앞으로 8일간의 일정을 상의하며 점심식사를 마치고, 후반기 라이딩에 지친 자전거 정비까지 받고 나자 금방이라도 자전거를 타고 달려 나가고 싶었다. 김선욱은 바로 라이딩 복장으로 갈아입고 서쪽 해안도로 용담동을 출발하여 이호테우 해변과 애월항을 경유해 달렸다.

　애월을 달리다 들른 해안도로의 한 무인카페. 방문객들이 알아서, 양

심껏, 작은 목재 상자에 돈을 내고 차를 마시는 곳이었다. 벽에 붙어 있는 메모지들이 눈에 띄었다. 카페를 찾은 사람들이 저마다 자신의 소망이나 여행 소회, 감사의 인사말 등을 깨알 같은 글씨로 적어 남긴 것들이었다. 삼면의 벽뿐만 아니라, 화장실 벽에도 한 면 가득 사람들의 소망이 붙어 있었다. 우리는 이토록 끊임없이 무언가를 간절히 바라고, 감사를 전하고, 과거를 기념하고, 추억을 남기고, 그 모든 것을 누군가와 공유하길 원하는 존재였던 것이다.

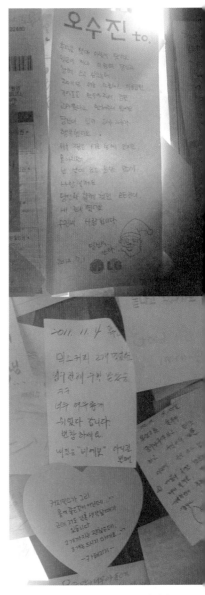

추억을 찾아 이렇게 왔어요. 1년이 지나 이맘때 당신과 함께 오고 싶었는데……. 2011년 여름 소중하고 아름답던 기억들을 만들어 주셔서 정말 고마웠다고 말해 주러 왔어요.
당신이 있어 하루하루가 행복했어요. 비록 지금은 서로 함께 있지는 못하지만, 난 살아 있는 동안 많이 사랑할게요. 당신과 함께 했던 모든 것이 내 전부였어요. ○○ 씨, 사랑합니다.
2012. 7. 1. 당신의 산타

얼굴을 알 수 없는 카페 주인에 대한 감사와 그

제주 해안도로에서 쉽게 만날 수 있는 무인 카페들에는 방문객들이 남기고 간 '마음'들이 그 다음 방문객들을 맞이하고 있었다.

에 대한 주인의 답신도 붙어 있었다.

믹스 커피 2개 먹었어요. 칭구한테 구박받았음.
너무 여유롭게 쉬었다 갑니다. 번창하세요.
내일은 '비 예보' 아니길 빌며.
2011. 11. 4.
커피 믹스가 그리 몸에 좋은 것이 아닌데…….
근데 저도 간혹 생각날 때가 있습니다. 2개까지는 팬찮은데, 3개는 드시
지 마세요.
_카페지기
2002년에 와 보고 딱 10년 만에 다시 온 제주도는 많은 것이 변했네요.
신혼여행으로 다시 온다고 10년 전에 다짐했는데, 제가 평생을 함께하고
자 마음먹은 사람과 미리 신혼여행을 왔네요. '무인카페' 정말 더 잘 되어
서 우리나라 특유의 문화로 자리 잡았으면 좋겠네요. 아름다운 바다, 아
름다운 카페 마음에 담고 돌아갑니다.
2012. 7. 4.

사람들은 잊히는 것을 두려워하고, 좋은 추억들을 잊는 것도 두려워
한다. 그래서 무언가 흔적을 남기고 싶어 하고, 그 흔적 속에서 기억되길
바라며, 그 흔적을 통해 자기 자신의 과거를 기억하게 되길 원한다.

제주에서의 첫 숙소인 '악당 토끼 게스트하우스'에 도착했다. 점점 차가워지는 날씨, 그리고 176일간의 텐트 생활에 몸과 마음이 지친 '사이클링포큐어' 팀은 마지막한 주 컨디션 조절과 건강관리 차원에서, 부득이 제주 일정 동안은 텐트 생활을 접고 게스트하우스에서 묵기로 했다. 아, 얼마 만에 맞이하는 '방바닥'인지!

숙소에 짐을 풀고 저녁을 먹으러 들른 근처 식당. 상호가 '조근아지망'이었다. 제주도 말로 '작은 아주머니'라는 뜻이라고 한다. 식당에 들어서자마자 버선발로 뛰어와

2012년 10월 30일 화요일, 184일차, 종주일을 하루 앞두고 사려니 숲길 라이딩에 나섰다. 종주 소식을 취재하러 내려온 방송 차량이 앞서 가며 촬영 중.

이들을 반가이 맞이하는 주인 내외. 무슨 영문인가 했더니 KBS 〈인간극장〉을 보셨다고 했다! 심지어 "제주도에 오시면 한번 식사 대접하고 싶다."는 바람까지 갖고 계셨는데 이렇게 만나게 되었다며 무척 기뻐하셨다. 주인 내외의 환대와 식사 대접 덕분에 제주도에서의 첫 날은 더욱 뜻 깊었다. 31일 종주를 마치고 서울 올라가기 전에 또 한 번 식사를 대

접하고 싶으시다는 말씀만 들어도 더욱 배가 부른 느낌이었다. 제주도의 첫 날은 배도 등도 마음도 그렇게 훈훈하고 따스하게 저물어 갔다.

둘째 날의 게스트하우스에서는 젊은 청년들과 만날 기회가 있었는데, 그중 38세의 나이에 귀농을 계획하면서 제주도로 답사를 나서게 되었다는 청년도 있었다. 그는 제주도를 직접 걸어 답사하며 적당한 대지를 물색 중이었다. 아직 30대인 젊은 청년이 남들이 살아가는 방식과 다르게 살아 보겠다며 자신이 살 땅을 꾹꾹 눌러 밟아 걷는 모습이 훌륭해 보였다. 그의 노력이 헛되지 않게 좋은 결실 있기를 바라며 올레길 라이딩에 나섰다. 협재 해수욕장의 곱디고운 하얀색 모래는 온통 '맑음' 그 자체였다. 모래도, 바다도, 하늘도 온통 맑음! 협재 해수욕장을 지나 월평리까지 71km를 달리는 것으로 제주에서의 둘째 날 라이딩을 마무리했다. 저녁에는 10여 년 만에 만난 지인의 카페에서, 환대 속에 밤늦게까지 회포를 풀고 숙소로 돌아왔다. 제주 3일차인 10월 26일 목요일에는 숙소를 이동하며 다음 숙소까지 약 40km를 달리는 것으로 하루 라이딩을 마무리했으나, 금요일부터 주말까지는 맑은 하늘 사이사이 강한 비바람이 반복되고 기온도 급격히 떨어지는 등 불규칙하고 궂은 가을 날씨 탓에 마음을 비우고 휴식 시간을 가졌다. 그간 180일 가까이 '완주'를 향한 기대와 약간의 긴장 속에 달려온 날들에 대한 휴식이기도 했다. 그렇게 제주에서의 주말이 지나고 제주 해안도로와 사려니숲길, 절물자연휴양림 등에서 매일 50km 안팎으로 라이딩을 이어 갔다.

2012년 10월 28일 일요일, 제주 6일차. 근처 교회에서 주일 예배를 드린 후 월정 해변을 찾았다. 해변가를 산책하는 아내를 바라보며 마음속으로 '미안하다, 사랑한다'는 말을 수도 없이 되뇌었다는 김선욱.

그리고 드디어 종주를 하루 앞둔 10월 30일. 햇빛도 바람도 모두 강한 날이었다. 강한 바람 탓인지 기온도 한결 차갑게 느껴졌다. 바람막이 점퍼를 입고 자전거에 오르자 약간 둔탁한 느낌이었지만, 일단 세화 지역의 푸른 바닷길을 따라 라이딩을 시작했다. 앞에서 불어오는 강한 바람에, 아무리 열심히 페달링을 해도 속도가 나지 않아 매우 힘들게 전진했다. 하지만 6개월간 늦봄, 초여름, 한여름, 장마, 태풍, 초가을, 늦가을, 초겨울의 4계절 날씨를 모두 길에서 경험한 김선욱은 이런 바람쯤은 두

렵지도 힘들지도 않다. 견딜 수 있고 버틸 수 있는 바람이다.

라이딩 도중에 만난, 푸른색 그대로의 모습을 간직한 바다. 수영을 하고 싶은 마음을 가까스로 억누르고 다시 출발한다. 바쁘게 달리는 와중에도 조천리의 초등학교 정문 앞에서 다시 발길이 멈춘다. 담장과 벽이 없이 다정다감한 정문 모습이 인상적이었기 때문이다. 잠시 휴식을 취한 뒤 다시 힘차게 출발한다. 43km를 달려 도착한 제주시 용담동의 '아이 러브 바이크' 사. 마침 서울로 돌아가는 여행객의 자전거를 안전하게 포장하고 있었다. 한 편에서는 20년간 장기근속에 대한 포상 휴가로 제주를 찾았다는 분이 마침 자전거를 대여하는 중이었는데, 〈인간극장〉 방송을 보았다며 반갑게 인사를 해 주신다.

＊＊＊＊

2012년 5월 1일, 노동절 휴일 아침. 조금은 흐린 듯한 하늘 아래 파주 임진각을 출발해 자전거 국토 종단 여행의 첫 테이프를 끊은 게 엊그제 같은데, 어느새 예정했던 '종주'의 순간, 180여 일 대장정의 마지막 날이 그렇게 하루 앞으로 다가왔다. 이제, 차분한 마음으로, 내일의 마지막 라이딩을 준비한다.

아니, 아직은 진짜 마지막이 아니다.

이 여행은 대한민국을 넘어 일본, 호주, 미국, 유럽…… 김선욱의 자전거 두 바퀴가 닿을 수 있는 곳이라면, 그 어느 곳까지 계속될 것이기에.

다시 한 번 외쳐 본다, 화이팅!

Final Ceremony

– 대장정을 마치다

자전거 여행 184일.

뒤를 돌아보자면. 그것은 한마디로 '본질적으로 무모하고 외로운 여행'이었다. 무일푼의 폐암 4기 환자가 달성하기에는 누가 봐도 불가능한 도전이라는 점에서 무모한 여행이었고, 익숙한 장소와 사람들을 떠나 6개월간을 먼지처럼 떠돌아닌다는 점에서 외로운 여행이었다.

아침부터 오후까지 자전거를 달리고 오후부터 저녁까지 하루를 마감하는 단조로운 생활의 연속이었다. 물론 늘 단조로운 것은 아니었다. 단조로운 외양 속의 자그마한 변화들은, 가령 해가 뜨고 해가 지는 정기적인 하루의 일과 가운데서도 비가 오고 태풍이 불고 구름이 끼고 다시 해가 나는 날씨 변화와도 같은 것이었다. 어떤 때는 동반 라이더들이 동행해 주었고, '사이클링포큐어' 홈페이지www.cycling4cure.com에는 이 여행을 지켜보며 용기와 희망을 얻었다는 댓글부터 매일같이 찾아와 응원을 아끼지 않는 댓글까지, 그중에는 멀리 일본에서 서툰 한국어로 마음을 남

김선욱의 라이딩 뒷모습. 사실 그의 여행을 상징하는 것은 바로 홀로 라이딩을 하는 그의 뒷모습이었다. 오로지 꿈꾸는 일에 충실한 한 남자의 열정과 그의 곁을 지키는 한 여인의 헌신이 '본질적으로 무모하고 외로운 여행'을 '희망과 웃음을 퍼 나르는 여행'으로 변모시켰다.

기고 가는 재일동포의 댓글도 끊이지 않았다. 지인들은 하루가 멀다하고 전화로 안부를 물어 왔고, 기사와 방송이 나간 뒤로는 거리에서 먼저 알아보고 다가와 인사하는 이들도 여럿 있었다. '사이클링포큐어' 팀처럼 장기 여행 중인 길 위의 수행자나 다름없는 여행객들을 만날 때면, 말이 필요 없는 공감에 더욱 반가웠다.

✾ ✾ ✾ ✾

김선욱의 라이딩 뒷모습. 사실 그의 여행을 상징하는 것은 바로 홀로 라이딩을 하는 그의 뒷모습이었다. 때론 쓸쓸해 보이고 때론 따사로운 햇살을 한가득 등으로 맞이하는 그의 뒷모습…… 그리고 그 뒷모습을 늘 주시하는 한 사람이 있다. 바로 아내 박재란이다.

영국 화가 데이비드 하크니는 아름다운 자연 풍경의 한 장소를 택하여, 초봄, 늦봄, 초여름, 늦여름, 초가을, 늦가을, 초겨울, 늦겨울을 지나는

의 변화를 담아냈다. 그러니까……
그 풍경은 화가에 의해 지극한 사랑
을 받은 것이다. 많은 거장(巨匠)들
이 이런 방법을 활용하여 그림을 그
린다고 한다. 이런 화가들에 비유하
자면, 박재란은 김선욱이라는 한 사
람의 인생의 4계절을 줄곧 지켜보
는 '사랑의 거장'이었다.

10월 31일 토요일, 종주 기념식
은 조촐하면서도 화려하게 진행되
었다. 고작해야 20여 명 되는 지인
및 제주도민들이 함께한 행사였기
에 조촐했고, 웃음과 눈물을 함께
머금고 과거를 돌아보며 진심을
소통한 기념식이었기에 화려했다.

"정말 감사합니다. 드디어 이
렇게 종주를 하게 되는군요. 비록

당초 예정했던 한라산 등반은 날씨와 컨디션 문제로 일정에서 제
외하고 해안도로를 일주하는 것으로 마지막 일정을 잡았다. 오전
라이딩과 점심식사를 마친 후, 종주를 앞두고 한결 가벼운 표정의
김선욱.

7,000km를 달성하지 못하고 몇백 미터를 남겨 놓았지만 저는 마음이 편
해요. 예전 같으면 달성하지 못한 목표에 미련이 남았겠지만 지금은 그
렇지 않아요. 6,000km 이상 달려왔다는 것 자체에 감사하고, 채우지 못
한 부분은 다음을 기약할 수 있다는 게 좋습니다.

전국 방방곡곡을 돌아다니며 혼자 라이딩을 하고 있으면, 새로운 경험도 많이 하지만 자주 고립감을 느끼곤 했어요. 그래서 이 프로젝트를 기획하고 과정 일체를 담당해 준 출판사 편집장님과 대표님께 짜증도 내고 스트레스도 참 많이 드렸죠. 얼마나 힘드셨을까요. 하지만 인내해 주시고 받아 주셔서 정말 감사합니다. 무엇보다, 제 일거수일투족을 가장 곁에서 지켜봐 주고 늘 함께해 주고 모든 뒷감당을 해 준 아내 박재란에게 진심으로 감사합니다.

그리고 저는 정말 암에게 감사해요. 암이 아니었다면 만나지 못했을 분들을 만났고, 암이 아니었다면 이런 기쁨도 누리지 못했을 겁니다. 암이 아니었다면 같은 병을 앓고 있는 사람들과 함께 아픔을 나누지도 못했을 거고요. 이제 저는 고난을 두려워하지 않아요. 우리는 정말 고난을 두려워할 필요가 없다는 걸, 사람들에게 전하고 싶습니다. 우리 모두 화이팅!"

과연 김선욱다운 소감이었다. 어린아이 같은 천진함과 단순함. 솔직하게 행동하고 가식을 걷어치우고 자신을 표현할 수 있는 김선욱 내면의 잠재성은 이 여행을 통해 더욱 강화되었다. 그의 소감에, 이 '아름다운 완주'를 축하하기 위해 멀리 제주도까지 찾아 준 암 환우들과 지인들은 연신 눈물을 훔쳐 내야 했다.

폐암 말기. 그것으로 끝인 줄 알았는데, 끝이 아니었다. 막다른 골목인 줄 알았는데, 길 끝까지 가 보니 새초롬하게 작은 길이 나 있었고, 그작은 길로 들어가 보니 광활한 대로가 펼쳐져 있었다. 그곳에서 그는 암이 아니었다면 만나지 못했을 사람들을 만나고, 암이 아니었다면 몰랐을

2012년 10월 31일 수요일, 184일차. 제주도에서의 마지막 라이딩에 든든한 지원군이 나섰다.
제주도 '어울림 자전거 동호회' 회원들과의 해안도로 동반 라이딩.

'어울림 자전거 동호회' 회원들, 서울에서 내려온 취재진, 5회 최다 동반 라이더 이주형 씨,
제주도에서의 모든 일정에 많은 도움을 주었던 '아이러브바이크' 김경환 대표와 '용두암 하이킹' 노홍림 대표.
모두들 제주의 맑은 하늘만큼이나 벅차고 기쁜 마음이 가득했다.

것들을 경험했다. 고통이라는 끈으로 이어지지 않았다면 만나지 못했을 사람들. 그 끈들은 세상살이를 하다가 이해관계로 얽히는 관계와는 차원이 달랐다. 죽음이라는 공통의 운명을 깊이 자각한 사람들이, 그 운명 앞에서 온갖 허울을 벗고 가장 깊은 중심의 알맹이로만 만난 사이였다. 고난이 아니었다면, 서로 자신이 최고라고, 더 잘났다고 했을 사람들이 '어우러져' 하나를 이루고, 자신의 일부를 나눔으로 더 큰 그릇들이 되는 기적을 맛보지 못했을 것이다.

"전혀 움직이지 않거나 움직이지 않는 것처럼 보이는 단계가 있다." 고 독일의 안무가 피나 바우쉬는 말한다.(『피나 바우쉬』 요헨 슈미트 지음, 오수미 옮김, 을유문화사). 이 말에 비춰 보면 특히 위기를 만난 사람들은, "전혀 움직이지 않는 것처럼 보이는" 상황 속에서 길을 잃고 헤매기도 한다. 무엇이 종착역인지, 어디로 가야 하는지, 이러다 인생이 끝나는 것인지, 그렇게 인생이 허무한 것인지, 방황에 방황을 거듭한다. 사실 자신이 무엇을 찾고 있는지 언제나 아주 정확히 알고 있는 사람은 드물다. 그러나 두려움에 맞서 위기 속에서 그 어떤 의미를 끝까지 찾고자 하는 사람은, 찾아가는 길 도중에서도 자신이 찾을 생각조차 하지 못했던 무수히 많은 것들을 발견하게 된다.

※ ※ ※ ※

어쩌면 삶에서 만나는 위기는, 하늘이 우리에게 던져 주는 질문인지도 모르겠다. 그것은 커다란 종이 되어 시마다 때마다 우리 내면에서 댕

184일간 6,362.83km. 목표했던 7,000km에는 조금 못 미치는 주행 거리였지만, 세상에서 가장 아름다운 완주였다.

그렁 댕그렁 울린다. 그 종소리가 우리에게 묻는다. 주어진 삶의 길을 제대로 걸어가고 있는가? 어디로 흘러가고 있는가? 왜 그리로 가고 있는가? 한 자리에 머물고 있다면 무엇으로 인해서인가?

한 사람의 커다란 위기는, 주변 사람들에게도 영향을 미친다. 위기를 맞은 한 사람이 어떤 선택을 하는가는 주변 사람들에게 더더욱 커다란 영향을 미친다. 김선욱은 무력하게 무너져 있는 대신, '여행'을 선택했다. 이는 비단 물리적인 여행만이 아니라 그의 내면의 여행이기도 했다. 언젠가 그가 말했듯 이 여행은 그에게 "삶 자체"였기 때문이다. 그렇게 과감히 떠난 여행에서, 결국 한 걸음씩 더듬어 가야 했던 그 길의 끝에서 그는 아름답게 설 수 있었다. 그리고 그는 여기서 끝이 아니라 이 여행의 마무리가 또 다른 여행의 시작이 될 수 있음을 깨달았다.

자신이 할 수 있는 범주 안에서 최대의 것을 끌어내 보고자 하는 용기 있는 선택이 어떤 결과를 낳는지, 어떤 새로운 이야기를 낳는지, 동서고금을 막론하고 수많은 이들이 우리에게 그 증거를 보여 주었다. 김선욱의 자전거 여행도 그런 증거 중의 하나가 될 수 있을 것이다. 유독 그의 여행이 우리에게 더 큰 용기를 주는 이유는, 그가 우리와 같이 지극히 평범한 사람이었다는 점, 게다가 예순이 넘은 폐암 4기 환자였다는 데 있다. 종주기념식 때 우리가 눈물 흘린 이유는, 그가 우리와 똑같은 사람이기 때문이었다.

동영상 바로 가기

KBS 〈아침마당〉 2012년 11월 20일 '화요 초대석' 방송. "자전거 여행을 하다 보니까 인생의 죽음 앞에서 자신의 삶을 다시 볼 수 있게 해 주는 암을 만난 것에 굉장히 감사하게 되었습니다."

그리고 삶은 계속된다

호흡은 이미 '있었다.' 우리가 '호흡한다'는 것을 자각하는 순간,

그 호흡이 우리에게 생명을 불어넣고 있었음을 비로소 깨닫게 된다.

마찬가지로 죽음도 이미 '있었다.'

우리가 매일 죽음으로 가까이 다가가고 있다는 것을 자각하는 순간,

그 죽음이 우리에게 호흡처럼 생명을 불어넣고 있음을 비로소 깨닫게 된다.

죽음을 눈앞으로 끌어당기는 순간,

우리 삶에 가장 중요한 것이 무엇인지 수면 위로 떠오른다.

그러면 매순간 우리가 삶에서 어떤 선택을 할 것인가의 기준이 달라진다.

한 순간도 허투루 낭비하는 시간이 없어질 것이므로.

그동안 두르고 있던 가면을 아무렇지 않게 벗어던질 수도 있게 되므로.

바로 그것이다. 그것이 김선욱 박재란 부부의 자전거 여행의 전부였다.

죽음을 불길하고 불편하고 불쾌하게 생각하며 저 멀리 제쳐둘 것이 아니라,

오히려 항상 눈앞으로 끌어와 죽음을 살아내는 것.

언제건 끝이 있는 인생이라는 점을 인식하고

인생에 단 한 번 주어지는 죽음을 살아내는 것.

I.

갑작스런 비보를 접한 것은 오전 11시경 지하철로 이동할 때였다. 지하철의 이동 소음과 동 시간, 동 공간을 공유하는 낯선 사람들, 눈에 보이지 않는 미세한 먼지들, 그리고 실내의 적당한 온기에 둘러싸여 멍하니 허공을 쳐다보고 있던 것 같다. 휴대전화가 진동하고 화면에는 편집자의 이름이 떴다. 실로 오랜만에 뜨는 이름이었다. 이제는 책이 정말 출간되려나…… 하는 기대 반, 미뤄진 출간 일정에 대한 원망 반으로 전화를 받았다.

"여보세요."

"이 작가님."

"네."

"오늘 아침…… 김선욱 선생님이……"

'세 번째' 에필로그

"네. 김선욱 선생님이…… 뭐요?"

인터뷰나 홍보 일정을 말하려는 것인가. 헌데…… 상대는 울먹이고 있었다.

"소식 들었나요?"

'소식'이라는 단어의 어감에 가슴이 철렁했다. 그래도 그 다음 말이 이어지기까지 1~2초 동안 특별한 생각은 들지 않았다.

"무슨 소식요?"

"김선욱 선생님이…… 오늘 아침…… 돌아가셨대요……."

"……."

상상조차 할 수 없었던 일.

2013년 1월 10일 목요일이었다.

Ⅱ.

왜.

왜 그의 죽음이 '상상조차 할 수 없었던 일'이었을까.

그가 '폐암4기'의 '환자'라는 것을 익히 알고 시작된 일 아니었는가.

심지어 '몸속에 시한폭탄을 안고'라는 문구까지 이 책에 이미 쓰지 않았는가.

왜 평탄한 길이 쭉 이어질 거라 생각했을까.

왜 갑작스레 낭떠러지를 만나 뚝 떨어지는 기분일까.

이 죽음을 예.상.하.지. 못한 이유는 무엇일까.

Ⅲ.

10월 31일 제주도에서 종주 기념식과 함께 184일의 자전거 여행을 마치고 집으로 돌아와 11월 3일 정기검진을 받으러 간 그는, 매우 건강한 상태를 유지하고 있다는 진단을 받았다. 암세포가 없어지지는 않았지만 일상을 살기에 전혀 무리가 없는 상태였다. 그렇게 기분 좋은 결과를 듣고 휴식을 취하고 있던 11월 중순의 어느 날, 김선욱은 불현듯 균형감각에 이상이 생긴 것 같다고 아내에게 말했다. 하지만 근처 사이클링 훈련장에서 실내 자전거를 연습하던 그는, 주위 사이클링 선수들에게서 "저희도 경기가 끝나고 나면 뇌에 균형감각이 떨어져요. 극도로 긴장하며 사이클링을 하다가 긴장이 풀리는 거죠."라는 이야기를 듣고는 안심했다.

'그래, 나도 오랫동안 자전거 여행을 한 후에 겪는 일종의 후유증 같은 걸 거야.'

그러나 김선욱의 균형감각은 이후에도 조금씩 이상을 보였다. 일직선으로 똑바로 걷는 게 조금 힘들었다. 균형감각이 가장 중요한 자전거를 타던 이가 균형감각을 잃어 가고 있다는 것은 모순으로 보였다. 그러나 현실이었다. 주치의에게 말하자, 그는 즉시 검진을 해 보자고 했다. 응급실에서 검진이 진행되었고, 그 결과 뇌로 암이 전이되었다는 진단이 나

'세 번째' 에필로그

왔다. 그러나 주치의는 큰 문제는 아니라고 했다. 방사선 치료를 하면 된다고 했다. 곧바로 방사선 치료가 시작되었다.

8차까지 방사선 치료가 진행되었는데도 그의 컨디션은 그리 나쁘지 않았다. 약간 체력이 떨어졌을 뿐, 일상생활을 계속 유지했다. 그리고 여전히 친구들을 만나고 사이클링 훈련도 했다. 그렇게 2012년 12월을 보내고 있었다. 여행을 마치고 두 달의 시간이 흐르고 있었다. 여행에서 돌아와 집에 있으려니 자꾸만 여행 생각이 나서 조금이라도 더 움직여 보자고 사이클링 훈련도 부지런히 다녔다.

그러던 어느 날, 그는 배탈이 났는지 줄곧 화장실을 오갔다. 이틀을 꼬박 몸이 야위도록 몸속의 나쁜 균들과 함께 다른 양분들도 빼내야 했다. 알고 보니 마침 유행 중이던 노로바이러스에 감염된 것이었다. 재빨리 처방을 받는 것이 낫겠다는 생각에, 아내는 그에게 종합병원까지 갈 것 없이 동네병원을 권했고, 그는 그곳에서 주사를 맞았다.

1월 9일 그는 아홉 번째로 방사선 치료를 받기 위해 서울대학교병원으로 향했다. 그런데 병원에 도착하는 순간, 김선욱의 몸이 갑자기 균형감각을 잃고 휘청거렸다.

"여보, 나 휠체어 좀 가져다 줘."

아내 박재란은 주차한 곳에서 멀리 떨어진 곳에서 휠체어를 가져다가 그를 태웠다. 암환자의 몸으로 6개월간의 전국 자전거 여행을 무사히 마친 데다, 여덟 차례의 방사선 치료로 호전되어가고 있던 그가 갑자기 다시 균형감각에 이상이 온 것이었다.

응급실로 들어갔다. 응급실의 모든 절차를 밟았다. 몇 번이나 피를 뽑고 CT 촬영을 하고 온갖 검사를 마쳤다. 저녁 6시까지 그렇게 피로한 검진은 계속되었다. 그리고 촬영을 위해 관장까지 하여 물을 조금도 마시지 말라는 경고를 받았다. 목이 계속 탔다. 조금만, 조금만이라도 물을 마시고 싶었다. 검진을 다 마치면 집에 가면서 자신이 좋아하는 음식점에 가서 월남쌈을 먹자고 그는 아내에게 말했다.

그런데 시간이 흐를수록 그의 몸속엔 급속도로 어두운 기운이 퍼져 나갔다. 혈뇨가 나오기 시작했고, 화장실까지 도착하기도 전에 배변이 새어 나왔다. 정신력과 의지력이 굳건한 그로서는 참기 힘든 일이었다. 온 신경이 예민하게 곤두섰다. 자존심이 상해 견딜 수가 없었다.

"여보, 괜찮아 괜찮아. 지금 자존심이 문제가 아니잖아. 나는 아무렇지도 않아. 열두 번도 더 이래도 돼. 여보 괜찮아."

아내 박재란은 서둘러 그의 몸을 닦아 주면서 연신 같은 말을 되풀이했다.

갑작스럽게 악화되어 가는 육체에 혼란스러웠다. 그리고 이렇게 사람으로서의 존엄성을 잃어 가는 것이 몹시 괴로웠다. 집으로 돌아가는 길에 월남쌈을 먹고 집에서 느긋하게 텔레비전을 보며 쉴 생각을 하고 있던 그는, 정신이 또렷하게 살아 있는데 몸이 정신의 말을 들어 주지 않는 최악의 좌절을 겪고 있었다.

그는 점점 의식이 흐릿해져 갔다. 의식을 잃은 것은 아니었다. 희미한 안개 속에 멀리서 비치는 빛이 명멸하듯이 조금씩, 고요히, 또렷했던 의식은 깜빡이기 시작하며 안개 속으로 사라져 갈 준비를 하고 있었다. 사람들과의 소통을 생명처럼 소중히 여기던 그는 휴대전화를 보면서도 사람들의 이름을 기억해 내지 못하거나 문득문득 옛날이야기를 현실처럼 끄집어내곤 했다.

1월 10일 새벽 6시경 의료진은 그의 아내에게 믿기지 않는 말을 했다.

"간이 완전히 부서졌습니다. 마음의 준비를 하십시오. 한두 시간 내에 운명하실 겁니다."

아니, 엊그제까지 멀쩡하던 사람이 어떻게 간이 완전히 부서질 수가 있을까. 박재란은 의사의 말이 전혀 다른 행성에서 울려 퍼지는 외계 언어 같다고 느꼈다. 의사는 박재란에게 생명 연장의 의사가 있는지 물었다. 목에 구멍을 뚫고 산소호흡기로 호흡을 하며 생명을 연장할 것인가를 결정해야 하는 문제였다. 박재란은 남편에게로 돌아와 그의 얼굴에 자신의 얼굴을 가까이 대고 머리카락을 쓰다듬으며 다정하게 속삭이듯 말했다.

"여보. 여보. 중환자실 갈래? 산소호흡기를 대야 한대……."

순간 김선욱은 손바닥을 펼쳐 들고 단호하게 거부 의사를 표현했다. 그러고는 아내에게 작은 목소리로 말했다.

"여보, 우리 천국에서 만나자. 천국에선 여행 많이 하자."

박재란의 눈에서는 하염없이 눈물이 쏟아졌다. 남편의 얼굴을 곱게 쓰다듬었다. 남편을 끌어안았다. 아기처럼 끌어안았다.

"그래 여보. 우리 천국에서 만나면 여행 많이많이 하자."

자전거 여행에서 돌아와 집에서 지내기 시작하면서 무기력감에 시달리던 남편이었다. 탁 트인 자연 속에서 넓은 공간을 자유롭게 누비던 그였는데, 한동안 비워 두었던 집 안의 좁은 방에서만 지내려니 부쩍 갑갑

하고 울적해했다. 그래서 어떻게든 다시 여행을 하고 싶어 했다. 무엇보다 자신이 20여 년간 살았던 호주에 다시 한 번 다녀오고 싶어 했다. 그 바람이 무척 간절했다. 가진 돈 모두 털고 누군가에게 빌려서라도, 남편이 그토록 원하는 여행을 맘껏 하게 해 주고 싶었던 아내였다. 남편은 아내에게 천국에서 만나자는, 천국에서도 함께 여행을 다니자는 인사를 남겼고, 아내는 꼭 그러자고 눈물 속에 약속하고 또 약속했다.

IV.

나의 아버지 역시 임종 직전 가장 원했던 것은 '여행'이었다.

12년 전 아버지는 식도암 3기의 진단을 받았다. 진단 당시 이미 임파선까지 암세포가 전이된 상태라고 했다. 수술을 시도했지만 암세포를 다 제거하지 못하고 다시 '덮어야' 했다. 문제가 어느 곳에 있는지 분명히 알고 있는데, 그 문제를 깨끗하게 해결하지 못하고 그저 덮어 둘 수밖에 없는 인생의 수많은 일들처럼.

수술을 마치고 나온 아버지는 목소리를 잃었다. 식도 수술 중 성대의 신경을 건드릴 수밖에 없었다고 한다. 어린 시절 이후 줄곧 나의 눈엔 크고 강인한 호랑이 같았던 아버지가 종이호랑이가 되고 말았다. 투병 중인 자신으로 인해 식구들이 힘들어할까 봐 염려하고, 아들딸들 모두 각자 자신의 일을 예전처럼 변함없이 영위하며 생활하길 바랐다. 당신 자신은 생사를 오가는 절박하고 고독한 순간에조차 식구들에게 폐를 끼치고 싶어 하지 않았다. 하지만 내게는, 차라리 반항하고 싶게 만드는 아버지가 불쌍하기만 한 아버지보다 나았다. 종이호랑이가 되어 버린 아버지 앞에서야 그런 생각이 들었다.

의사의 예언은 적중했다. 아무것도 먹지 못해 세상을 떠날 것이라는 예언. 왜 이런 예언은 유난히 적중률이 높은지. 곡기를 끊은 지 한 달이 되어 가던 어느 날, 아버지의 몸은 뜨겁게 열이 올랐다. 아버지는 숨이 차서 제대로 몸을 가눌 수조차 없었다. 이대로 가실까 봐 마음이 조급해진 나는 물었다.

"아빠, 하고 싶으신 말씀 없으세요?"

"내가 지금 죽기라도 한다냐?"

한 달 가까이 음료와 미음만으로 연명하던 아버지는, 그럼에도 당신의 죽음을 생각하지 않았다. 그대로 무너지지 않는 아버지가 오히려 고마웠다.

앰뷸런스를 타고 응급실로 향했다. 의사는 아버지의 열을 식히기 위해 차가운 물수건으로 몸을 닦아 드리라고 했다. 그리고 이온 음료를 혀에 축여 드리라고 했다. 천천히 정성들여 아버지의 몸을 정갈히 닦아 드렸다. 그것은 마지막 의식儀式이었다. 앙상한 겨울 나뭇가지 같은 아버지의 몸이 마지막으로 소중히 여겨지고 사랑받을 수 있는 기회였다. 아버지는 "고맙다. 고맙다."는 말을 몇 번이나 되뇌었다. 종이호랑이의 목소리로.

병실을 구할 수 없어, 응급실에서 임종을 준비했다. 가족들은 아버지와 각자 사랑의 인사를 나누었고, 행복했던 추억을 짧게나마 이야기했다. 아버지에게 지금 가장 하고 싶으신 것이 무엇인지 물었다. 아버지는 기력이 다한 목소리로 짧게 내뱉었다.

"여행."

수개월 동안 제대로 드시지도 못하고 침대 밖을 벗어나지 못한 나의 아버지가 가장 하고 싶었던 것은 '배고픔을 채우는 것'이 아닌 '여행'이었다. 가난하게 태어난 탓에, 돈을 벌게 된 후엔 가족을 부양하느라, 퇴직 이후엔 여유를 즐길 새도 없이 암 투병을 하느라, 그리고 생의 마지막엔 작은 사각형의 방 안에 갇혀 지내느라, 이제까지 한 번도 마음껏 해 보지 못한 여행. 마지막 순간에 아버지는 여행을 떠올렸다. 저 세상으로 건너가시면 날개 달고 그 어디든 훨훨 날아다니시길 바랄 수밖에 없었다.

'가족'이라는 운명으로 묶여 있던 한 존재가 떠나고 나자, 그 존재는 원하면 언제든 맞닿을 수 있을 것 같은 존재가 되었다. 가장 멀리 있지만 가장 가까이 있는 것 같았다. 그 뒤로는 어딘가로 여행을 떠날 때면, 내 안구를 통해 나의 아버지가 이 아름답고 다양한 세상을 함께 바라보시길 바랐다.

여행은 내게 그런 의미였다. 생의 마지막 순간에 '여행'을 떠올렸던, 암으로 잃은 나의 아버지와 떼려야 뗄 수 없는 것이었다. 그런 나에게, 폐암 말기 환자 김선욱의 자전거 여행에 동행하는 것은 어떤 운명처럼 다가왔던 것이다.

그런 그가 죽음 앞에서 나의 아버지처럼 '여행'을 떠올렸다. 이 세상의 여행을 마치고 죽음 너머의 세계로 여행을 떠나면서, 그곳에서도 여행을 하기 원했다. 아픈 몸의 제약을 받지 않고 물리적 환경에도 제한 받지 않은 채, 정신이 간직한 에너지를 고스란히 분출하며 자유롭게 모든 곳을 유영하길 바랐다. 그들에게 여행은 온갖 다양한 것을 보고 느끼고 몸소 체험하고 의미를 부여하고 그것을 이야기화하여 정신적으로 성장하는 최고의 수단이자 가치였다. 죽음 앞에서 삶 자체가 여행이었음을 깨달은 것은 자명한 일이었다.

"그래 여보. 우리 천국에서 만나면 여행 많이많이 하자."

눈물로 온 뺨을 적신 채 아내는 남편을 아기처럼 끌어안았다. 그때 "아……"하는 짧은 신음 소리가 들렸다. 2013년 1월 10일 목요일 아침 7시 25분이었다. 그의 표정은 잠든 듯 평안했다. 옆에 있던 의사가 말했다.

"운명하셨습니다."

"네? 그게 무슨 소리예요? 운명했다뇨? 이렇게 체온이 따뜻한데?"

아내는 믿을 수가 없었다.

"제가 의사입니다. 운명하셨습니다."

의사의 대답은 짧고 단호했다.

그렇게, 아내의 품에 안긴 상태에서, 남편은 영원히 돌아오지 않는 편도여행을 떠났다.

V.

이 책을 기다리던 많은 사람들은 '해피엔딩'을 바랐다.

책이 출간되면, 그가 각종 방송매체에 출연하여 인터뷰도 하고, 병원을 방문하며 암 환우들과 만나 희망을 전하고, 암센터에서 강연도 하고, 일본, 호주, 유럽, 미국으로까지 자전거 여행을 확장하길 바랐다. 그가 세상을 떠나기 며칠 전에는 이미 한 기업체가 2013년 일본으로의 자전거 여행을 후원하기로 확정한 상태였다.

어쩌면 6개월 시한부 인생을 선고받았던 그에 대한 우리의 '바람' 자체가 '상상조차 할 수 없는 일'이었는지도 모른다. 우리는 이 열정적인 60대 폐암 환자에게, 건강한 사람도 힘들다는 6개월 자전거 국토 종단에 보란 듯이 성공하기를, 그리고 이후 일본과 호주, 미국 등으로 그 여행을 계속 이어 나가 기네스북에 오를 기록을 세우면서 승승장구하는 드라마를 연출해 주기를 바랐는지도 모른다.

하지만 2012년 5월 1일부터 10월 31일까지, 184일간 펼쳐진 그의 여행이 이미 '인생의 축소판'이나 다름없었다. 2010년 11월 진단 당시 수술도 불가능한 상태의 '폐암 말기'로, "얼마나 더 살 수 있을지 예측하기 힘들다."는 절망적인 소식을 들었던 그가 3개월, 6개월을 넘겨 2년 넘게 뜨거운 생명의 끈을 이어 간 것 자체가 한 편의 드라마였다. 그는 그대로 주저앉지 않았고, 자전거 두 바퀴 위에서 자신의 삶을 끌어안는 진짜 드라마를 보여 주었다.

"자전거 여행을 하면서 내가 폐암 4기 환자라고, 암에 대해 아무렇지 않게 사람들에게 이야기하다 보니까, 이제 암이라는 존재가 별것 아닌 것처럼 느껴집니다."라고 하던 그의 말에 어느새 우리도 익숙해져 있던 것일까. 184일 대장정을 마치고 서울에 돌아오자마자 찾았던 병원에서 '여전히 건강한' 그를 확인했기 때문이었을까. 그의 몸에 암세포가 자리하고 있다는 사실이, 그러니까 이 사람 김선욱이 60대의 폐암 4기 환자였다는 사실이 어느새 우리 기억에서 희미해져 버린 것인지도 모른다.

그래서 그의 죽음은 우리에게 갑작스러운 비보였고, '상상조차 할 수 없는 일'로 다가왔다. 시한부 선고를 받았던 폐암4기 환자의 죽음이 말이다.

VI.

출간 일주일 전 맞이한 그의 죽음 앞에서 우리는 말을 잃었다. 이 책을 고인이 얼마나 기다려 왔는지 잘 알고 있었기 때문에 더욱 말을 잃었다. 그는 이 책이 그의 여행의 결정판, 이 여행의 의미와 희망, 그리고 병을 통해 그가 전하고 싶어 하던 메시지를 모두 담아 내는 결정판이 될 것이라 기대했다.

특히 그의 여행에 동행하면서 일거수일투족을 지켜보고, 그의 이야기를 듣고 경험을 공유하며 한 인격체의 거의 모든 것을 글로 기록한 작가로서 그 허망함은 형언하기 힘든 것이었다. 언어는 온갖 감정을 담아 내기에 한계가 있다.

애초에 편집진에서 정했던 '희망의 속도 15km/h'는 김선욱이 달리던 평균 자전거 주행 속도에서 따 온 것이었다. 하지만 그가 잡자기 세상을 떠나자 책의 제목을 바꾸고, 이 책의 방향을 바꾸어야 한다는 의견이 나왔다. 이 상황에 어떻게 제목에 '희망'이라는 단어를 쓰겠느냐고, 암 환우나 그 가족들이 이 책을 보고 싶어 하겠느냐는 의견도 있었다.

이런 이야기가 나오는 이유는, 우리 의식의 저 밑바닥에 '죽음'은 곧 '절망'이라는 전제가 깔려 있기 때문이다. 죽음은 대면하고 싶지 않고 불쾌하고 불길한 절망이다. 그러므로 멋지게 자전거 여행을 하고선 몇 달 뒤에 숨을 거둔 주인공에게서는 희망을 발견할 수가 없다. 이런 논리인 것이다.

그러나 나는 이러한 반응과 논리를 곰곰이 곱씹으며, 이렇게 허망하게 갑자기 떠나 버린 그에 대한 글을 쓰다가 어느 순간 '역시 김선욱이구나!' 하며 무릎을 치게 되었다.

호흡은 이미 '있었다.' 우리가 '호흡한다'는 것을 자각하는 순간, 그 호흡이 우리에게 생명을 불어넣고 있었음을 비로소 깨닫게 된다. 마찬가지로 죽음도 이미 '있었다.' 우리가 매일 죽음으로 가까이 다가가고 있다는 것을 자각하는 순간, 그 죽음이 우리에게 호흡처럼 생명을 불어넣고 있음을 비로소 깨닫게 된다.

죽음을 눈앞으로 끌어당기는 순간, 우리 삶에 가장 중요한 것이 무엇인지 수면 위로 떠오른다. 그러면 매 순간 우리가 삶에서 어떤 선택을 할 것인가의 기준이 달라진다. 한 순간도 허투루 낭비하는 시간이 없어

287

질 것이므로. 그동안 두르고 있던 가면을 아무렇지 않게 벗어던질 수도 있게 되므로.

바로 그것이다. 그것이 김선욱 박재란 부부의 자전거 여행의 전부였다. 죽음을 불길하고 불편하고 불쾌하게 생각하며 저 멀리 제쳐둘 것이 아니라, 오히려 항상 눈앞으로 끌어와 죽음을 살아내는 것. 언제건 끝이 있는 인생이라는 점을 인식하고 인생에 단 한 번 주어지는 죽음을 살아내는 것. 삶의 끝자락에 섰을 때 우리에게 남을 것은 무엇인가, 또 삶이 끝나고 나서 우리가 남길 것은 무엇인가를 고민하는 것은 전혀 다른 삶의 선택을 낳고, 이것이 바로 죽음을 살아내는 삶이다. 그것은 삶에서 드러나는 빛(생명과 연결되는 기쁨)과 함께 그 그림자(죽음과 연결되는 절망)까지 끌어안으며 살겠다는 다짐이자, 그 그림자가 반드시 포함되어야 온전한 삶이 된다는 역설이다. 빛만 있는 삶이 없고 어둠만 있는 삶도 없다.

그는 다시 한 번 이렇게 몸소 반전을 펼침으로써 우리에게 '희망'의 의미를 되새김질하게 해준 것이다.

VII.

세 번째 다시 쓰는 에필로그다. 끝을 맺고 활자화되어 우리 앞에 드러날 줄 알았던 이야기는 세 번이나 고무줄처럼 연장되었다. 그만큼 출판 과정 가운데 우여곡절이 많았다.

그런데 이제, 더 이상의 에필로그는 필요 없게 되었다. 연장될 '삶 자체'의 이야기는 사라져 버린 것이다. 그러니까 주인공의 삶 '안'에서 들을 수 있는 이야기는 종결된 셈이다. 나는 뜻하지 않게, 공동 저자에서 단독 저자로 남게 되었다. 잠시 동안 그의 삶의 증인이었는데 지금은 영원한 증인으로 서게 되었다. 그러고 보면 우리 모두는 서로의 삶을 목격하고 증언하는 증인인 셈이다.

주인공의 삶 '안'의 이야기는 종결되었지만, 그의 삶 '밖'에서 이루어질 이야기는 아직 끝나지 않았다. 아니, 어쩌면 지금부터 시작일지도 모른다.

그 누구보다도 '이야기적인' 사람들이었던 김선욱과 박재란 부부. 삶으로 이야기를 만들고자 했던 이들. 죽음 직전의 삶을 인생의 가장 찬란한 순간으로 남기고 그것으로 다른 이들에게 메시지를 전하고자 했던 이들. 자전거 여행으로 삶이라는 여행을 압축적으로 그려 낸 이들. 시한부 인생이라고 그 자리에서 포기하지 않고 가장 하고 싶었던 것을 해낸 이들. 무엇보다…… 여행 기간 내내 사랑이라는 가장 큰 선물을 주고받은 이들.

그가 세상을 떠난 지 일주일 되던 날, 그의 처음이자 마지막 사랑, 그의 아내 박재란은 이렇게 말했다.

"사람의 생명은 사람의 소관이 아니야. 철저히 하늘에 계신 분께 달려 있어. 그분이 숨을 거두어 가시면 생명은 끊어지는 거고, 그렇지 않으면 생명이 유지되는 거야…… 이렇게 갑자기 허망하게 가는 사람을 보고 나는 그걸 처절하게 깨달았어…… 하지만…… 하지만……."

'세 번째' 에필로그

그녀는 울먹이며 말을 이었다.

"그 나이가 되도록 그렇게 맑은 사람은 내가 본 적이 없어. 이제 다시
는 그런 사람 만날 수가 없을 거야. 너무 좋은 추억만 남아서…… 너무
좋은 기억만 남아서…… 오히려 그게 괴로워……. 집 안 어디를 가도 그
사람 생각에 계속 눈물이 나. 시간이 오래 걸릴 거야. 많이 슬퍼하고 많
이 아파해야 할 걸 내가 알아."

한참을 울다가 그녀는 조그만 목소리로 혼잣말을 하듯 되뇌었다.

"그 사람이 다시 살아서 돌아올 수만 있다면…… 살아서 돌아올 수만
있다면…… 나는 지구 끝까지라도 그 사람 쫓아 같이 자전거 여행을 다
닐 거야. 그 사람 평생 살 동안 지구를 몇 바퀴라도 함께 돌아 줄 수 있
어……."

그러고는 더 이상 말을 잇지 못했다.

살아서 돌아올 수만 있다면,
살아서 돌아올 수만 있다면……
지구 몇 바퀴라도 함께 돌아 줄 수 있어……

VIII.

이 이야기는 바람에 흩날리는 민들레 홀씨들처럼 어느 곳을 향해 어떻게 퍼져 나갈지 모른다. 어떤 사람들의 고유하고 특별한 이야기는 다른 이들에게도 그들만의 고유하고 특별한 이야기를 탄생시키도록 돕는다. 어쩌면 그 이야기들이 그들의 생의 가치이자 목적인지도 모른다.

모든 사랑, 모든 아름다운 가치들은 슬픔을 동시에 품고 있다. 암과 죽음이라는 슬픔 안에서 가장 아름다운 가치들을 삶의 마지막에 최대한으로 표현하고자 했던 김선욱. 그리고 그 표현에 함께한 박재란. 이 부부의 특별한 자전거 여행 이야기는 이 세상에서 민들레 홀씨만큼의 역할은 감당한 것이리라.

김선욱의 삶의 '밖'에서 시작될 새로운 이야기들.
하여,
희망의 속도 15km/h는 여전히 유효하다.

감사의 말

'폐암 4기'라는 뜻밖의 시련을 통하여, 살아 계신 하나님괴의 만남을 닐마나 더더욱 경험할 수 있었습니다. 하나님의 인도하심에 따라 살게 된 새 삶에 감사와 찬양을 드립니다.

무엇보다도 처음 폐암 4기 진단을 받고 방황하던 나에게 살아가야 할 이유가 되어 준 나의 아내 박재란, 이 놀라운 자전거 여행을 망설임 없이 추진할 수 있도록 매 순간 격려와 희망을 아끼지 않은 나의 아내 박재란에게 진심으로 감사를 전합니다.

언제나 우리에게 의지가 되어 주신 '동두천 언덕 위 교회' 김진홍 담임 목사님께 깊은 감사를 드리며, 기도로 중보해 주셨던 '동두천 언덕 위 교회' 교우님들, 매일같이 새벽 기도 시간마다 딸과 사위를 위해 간절히 기도해 주신 장모님과 아들 요한, 처음 여행 계획을 듣고 적극적으로 지지하며 찬성해 주신 주치의 김동완 교수님, 한국임상암학회 회장님과 회원 여러분, 혈육처럼 애정과 사랑을 베풀어 주신 '웃음보따里' 홍헌표 이장님과 '웃음보따里' 주민들, 어려운 조건 속에서도 우리의 자전거 여행을 실질적으로 실행에 옮길 수 있도록 물심양면으로 지원을 아끼지 않은 김창수 형제와 송진욱 형제, 친 자매와 같은 관심과 열정으로 여행 추진 과정과 진행 과정에 지원을 아끼지 않은 민음인 출판사 김세희 대표, 홈페이지를 구축하고 관리하며 단행본이 출간되기까지 세세한 부분에 신경을 써 준 민음인 출판사 이현정 편집장, 자전거 여행의 첫날 동행 라이딩을 통해 기운을 보태 주고 여행 한 달을 기념하기 위해 늦은 밤 청주 캠핑장까지 깜짝 방문해 준 이주형 형제, 멀리 캐나다에서 제천 캠핑장까지 방문하여 뜨거운 응원을 전해 준 이종한 선배님, 막연했던 자전거 여행을 적극적으로 추진할 수 있는 용기를 북돋아 준 월간 《The Bike》 임직원 여러분, 자전거의 기초 훈련을 받을 수 있도록 허락 해 주신 WATT의 이계웅 대표님, 트레이너 박기환 님과 오영환 선수, 184일 동안 24시간 동고동락하면서 훌륭한 로드매니저 역할을 해 준 정환혁 군, 조현화 님, 김용현 님, 김태규 님, 길 위의 힘든 노숙 생활을 동행하며 이 여행에 담긴 우리의 희망과 바람을 살아 있는 글로 기록해 준 이진경 작가 — 이 모든 분들의 도움이 없었다면 지난 6개월, 184일간의 자전거 여행은 불가능했을 것입니다. 아울러 이 지면에 모두 헤아리지는 못하지만 길 위에서 만날 때마다 응원과 격려를 아끼지 않으셨던 전국 방방곡곡의 여러 이웃들, 여러 형태로 지원을 아끼지 않은 많은 분들께 깊은 감사를 드립니다.

2012년 10월 31일. 여행을 마치며, 김선욱

293

여행 경로&여행 일지

● When & Where

2012년 5월 1일 임진각 출발 — 대전 · 대구 · 광주 · 부산 · 목포 등 경유 — 10월 31일 제주 도착

● Route

파주 임진각 평화누리 공원 — 철원 순담 계곡 — 인제 십이선녀탕 쉼터 — 진부령 — 통일전망대 — 속초 해수욕장 — 홍천 팔봉산 — 안산 대부도 — 음성 백야 자연휴양림 — 평창바위공원 — 정선 아우라지 — 강릉 — 영월 동강 — 대천 해수욕장 — 충남대병원 암센터 — 문경 노루재길 — 태백 통리재 — 삼척 — 울진 — 봉화 — 안동 도산서원 — 구미 — 김천 — 무주 반디랜드 — 새만금 방조제 — 부안 — 정읍 — 임실 치즈테마파크 — 곡성 — 장수 육십령 고개 — 합천 해인사 — 합천 가야산 — 성주 — 청송 — 의성 — 안동 — 영양 — 울진 후포항 — 합천 횟계 고개 — 산청 오부면 — 남원 — 담양 — 순창 — 장성 — 고창 — 영광 — 함평 — 광주 — 나주 — 화순 — 방장산 자연휴양림 — 밀양 — 경주 토함산 — 포항 — 신불산 자연휴양림 — 양산 통도사 — 온산항 — 해운대 해수욕장 — 광안리 해수욕장 — 거제도 — 통영 — 고성 공룡 박람회장 — 남해 독일 마을 — 하동 쌍계사 — 하동 화개장터 — 광양제철소 — 구례 화엄사 — 순천 낙안 휴양림 — 여수 세계박람회장 — 보성 — 고흥 — 나로우주센터 — 완도 고금대교 — 강진 마량 농공단지 — 해남 땅끝 전망대 — 진도 세방낙조 전망대 — 목포항 — 제주 용담동 — 제주 이호테우 해변 — 제주 애월항 — 제주 협재 해수욕장 — 서귀포 종달리 해안도로 — 제주 사려니 숲길 — 제주 절물 자연휴양림 — 제주 한림읍 — 제주 한경읍

● How?

하루 6시간, 주 6일, 일요일 휴식, 하루 50km 이내 라이딩 원칙
총 6개월간 자전거로 6,362.83km 국토 종단 완주

● Milestones

A 7월 10일 의성군 구산리 3,000km 돌파
B 9월 29일 광양 공단 5,000km 돌파
C 10월 19일 진도군 둔전리 6,000km 돌파

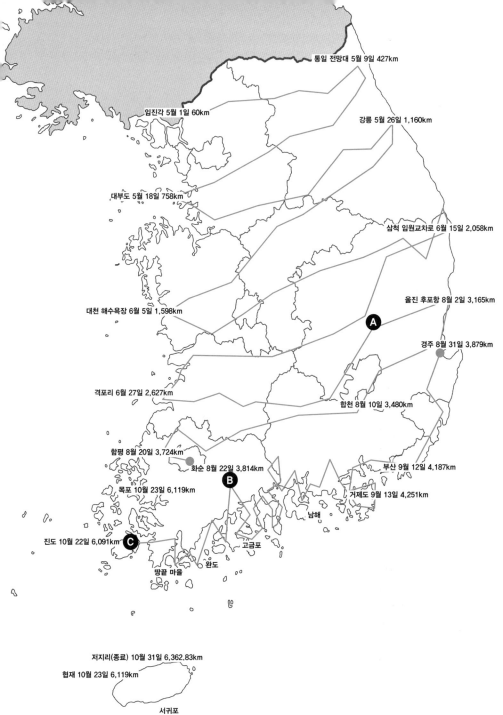

통일 전망대 5월 9일 427km

임진각 5월 1일 60km

강릉 5월 26일 1,160km

대부도 5월 18일 758km

삼척 임원교차로 6월 15일 2,058km

울진 후포항 8월 2일 3,165km

대천 해수욕장 6월 5일 1,598km

A

경주 8월 31일 3,879km

격포리 6월 27일 2,627km

합천 8월 10일 3,480km

함평 8월 20일 3,724km

화순 8월 22일 3,814km

B

부산 9월 12일 4,187km

목포 10월 23일 6,119km

거제도 9월 13일 4,251km

남해

진도 10월 22일 6,091km

C

고금포

땅끝 마을

완도

저지리(종료) 10월 31일 6,362.83km

협재 10월 23일 6,119km

서귀포

295

Portrait	일차	날짜 · 날씨	일일 주행	누적 주행
	D - 001	05.01(화) ☁️	60km	60km
	D - 002	05.02(수) ☀️	54km	114km
	D - 003	05.03(목) ☀️	47km	161km
	D - 004	05.04(금) ☀️	50km	211km
	D - 005	05.05(토) ☀️	52km	263km
	D - 006	05.06(일) ☀️	0km	263km
	D - 007	05.07(월) ☀️	51km	314km
	D - 008	05.08(화) ☀️	53km	367km
	D - 009	05.09(수) ☔ ☀️	60km	427km
	D - 010	05.10(목) ☔ ☀️	27km	454km
	D - 011	05.11(금) ☁️ ☔	0km	454km
	D - 012	05.12(토) ☀️	82km	536km
	D - 013	05.13(일) ☁️	0km	536km
	D - 014	05.14(월) ☀️	34km	570km
	D - 015	05.15(화) ☀️	48km	618km
	D - 016	05.16(수) ☀️	41km	659km
	D - 017	05.17(목) ☁️ ☔	43km	702km
	D - 018	05.18(금) ☀️	56km	758km
	D - 019	05.19(토) ☀️	58km	816km
	D - 020	05.20(일) ☀️	0km	816km
	D - 021	05.21(월) ☀️	51km	867km
	D - 022	05.22(화) ☀️	52km	919km
	D - 023	05.23(수) ☀️	71km	990km
	D - 024	05.24(목) ☀️	60km	1,050km
	D - 025	05.25(금) ☀️	52km	1,102km
	D - 026	05.26(토) ☀️	58km	1,160km
	D - 027	05.27(일) ☔	0km	1,160km
	D - 028	05.28(월) ☔ ☀️	60km	1,220km
	D - 029	05.29(화) ☀️	58km	1,278km
	D - 030	05.30(수) ☁️ ☔	22km	1,300km
	D - 031	05.31(목) ☀️	70km	1,370km
	D - 032	06.01(금) ☀️	60km	1,430km
	D - 033	06.02(토) ☀️	51km	1,481km
	D - 034	06.03(일) ☀️	0km	1,481km
	D - 035	06.04(월) ☀️	60km	1,541km
	D - 036	06.05(화) ☀️	57km	1,598km
	D - 037	06.06(수) ☀️	60km	1,658km

파주 임진각 평화누리 공원 〉 파주 적성면 두지리 〉 연천 한탄강 오토캠핑장

한탄강 오토캠핑장 〉 연천 신탄리 역 〉 철원 순담 계곡

철원 순담 계곡 〉 화천 수피령 〉 화천 캠플레이(갈목 계곡)

화천 캠플레이(갈목 계곡) 〉 화천 해산 터널 〉 화천 평화의 댐

화천 평화의 댐 〉 양구 오천 터널, 도고 터널, 돌산령 터널 〉 양구 해안면

양구 해안면

양구 해안면 〉 인제 십이선녀탕 쉼터(미리내 캠핑장)

양구 십이선녀탕 쉼터(미리내 캠핑장) 〉 고성 진부령 고개 〉 고성 초도 해수욕장

고성 초도 해수욕장 〉 고성 통일전망대(출입 신고소) 〉 속초 속초 해수욕장

속초 속초 해수욕장 〉 양양 서면 오색리

양양 서면 오색리(우천으로 휴식)

양양 서면 오색리 〉 인제 한계령 〉 인제 남면 신남리 〉 홍천 가리산 자연휴양림

홍천 가리산 자연휴양림

홍천 가리산 자연휴양림 〉 홍천 굴지리 머무름 캠핑장

홍천 굴지리 머무름 캠핑장 〉 홍천 팔봉산 〉 양평 단월 레포츠 공원

양평 단월 레포츠 공원 〉 광주 도토리 명가

광주 도토리 명가 〉 수원 광교 지구

수원 광교 지구 〉 안산 대부도

안산 대부도 〉 화성 화옹 방조제 〉 평택 햇살들 오토캠핑리조트

평택 햇살들 오토캠핑리조트

평택 햇살들 오토캠핑리조트 〉 안성 서운산 운모석 캠핑장

안성 서운산 운모석 캠핑장 〉 음성 용계 저수지 〉 음성 백야 자연휴양림

음성 백야 자연휴양림 〉 제천 박달재 터널 〉 제천 산내들 캠핑장

제천 산내들 캠핑장 〉 평창 평창바위 공원

평창 평창바위 공원 〉 정선 아우라지

정선 아우라지 〉 강릉

강릉

강릉 〉 정선 임계면

정선 임계면 〉 정선 화암 약수 〉 정선 예미 초등학교

정선 예미 초등학교 〉 영월 동강 오토캠핑장

영월 동강 오토캠핑장 〉 제천 월악산 원대 삼거리

제천 월악산 원대 삼거리 〉 괴산 대명 교차로

괴산 대명 교차로 〉 청주 역

청주 역

청주 역 〉 공주 〉 청양 서정리 사거리

청양 서정리 사거리 〉 청양 칠갑 저수지 〉 보령 대천 해수욕장

보령 대천 해수욕장 〉 논산 강경읍

Portrait	일차	날짜 · 날씨	일일 주행	누적 주행
	D - 038	06.07(목) ☀	60km	1,718km
	D - 039	06.08(금) ☁ ☂	0km	1,718km
	D - 040	06.09(토) ☀	60km	1,778km
	D - 041	06.10(일) ☁	0km	1,778km
	D - 042	06.11(월) ☀	60km	1,838km
	D - 043	06.12(화) ☀	60km	1,898km
	D - 044	06.13(수) ☀	60km	1,958km
	D - 045	06.14(목) ☀	50km	2,008km
	D - 046	06.15(금) ☁ ☂	50km	2,058km
	D - 047	06.16(토) ☁ ☂	50km	2,108km
	D - 048	06.17(일) ☁	0km	2,108km
	D - 049	06.18(월) ☀	61km	2,169km
	D - 050	06.19(화) ☀	60km	2,229km
	D - 051	06.20(수) ☀	50km	2,279km
	D - 052	06.21(목) ☀	60km	2,339km
	D - 053	06.22(금) ☀	60km	2,399km
	D - 054	06.23(토) ☀ ☂	45km	2,444km
	D - 055	06.24(일) ☁	0km	2,444km
	D - 056	06.25(월) ☀	65km	2,509km
	D - 057	06.26(화) ☁	65km	2,574km
	D - 058	06.27(수) ☀	53km	2,627km
	D - 059	06.28(목) ☀	60km	2,687km
	D - 060	06.29(금) ☀	58km	2,745km
	D - 061	06.30(토) ☂	0km	2,745km
	D - 062	07.01(일) ☁	0km	2,745km
	D - 063	07.02(월) ☀	58.5km	2,803.5km
	D - 064	07.03(화) ☁ ☀	59.5km	2,863km
	D - 065	07.04(수) ☀	29.5km	2,892.5km
	D - 066	07.05(목) ☁ ☂	0km	2,892.5km
	D - 067	07.06(금) ☁ ☂	0km	2,892.5km
	D - 068	07.07(토) ☁ ☀	30.3km	2,922.8km
	D - 069	07.08(일) ☀	0km	2,922.8km
	D - 070	07.09(월) ☀	60.1km	2,982.9km
	D - 071	07.10(화) ☀	65km	3,047.9km
	D - 072	07.11(수) ☂	0km	3,047.9km
	D - 073	07.12(목) ☁	0km	3,047.9km
	D - 074	07.13(금) ☂	0km	3,047.9km

논산 강경읍 〉서산 팔봉면 흑석리 〉대전 신흥역

대전 신흥역 〉충남대병원 암센터

대전 신흥역 〉보은 마로면

보은 마로면

보은 마로면 〉상주 은척면 〉영주 풍기읍 교촌1리

문경 〉예천 〉영주 두전 교차로

영주 두전 교차로 〉옥천 옥천교차로 〉문경 노루재길 〉봉화 무진 휴게소

봉화 무진 휴게소 〉태백 통리재 〉삼척 도계읍 신리

삼척 도계읍 신리 〉삼척 문의재 터널 〉삼척 임원 교차로

삼척 임원 교차로 〉울진 불영 계곡 휴게소

울진 불영 계곡 휴게소

울진 불영 계곡 휴게소 〉봉화 재산면 갈산리

봉화 재산면 갈산리 〉안동 도산서원 〉안동 경찰서

안동 경찰서 〉의성 의성IC

의성 의성IC 〉군위 소보면 〉구미 선산읍 〉김천 신음동 신음교

김천 신음동 신음교 〉영동 도마령 〉무주 반디랜드

무주 반디랜드 〉진안 용담면 면사무소

진안 용담면 면사무소

진안 용담면 면사무소 〉완주 동상면 〉완주 용진면 상삼리

완주 용진면 상삼리 〉군산 회현면 〉군산 산북동

군산 산북동 〉군산 새만금 방조제 〉부안 변산면 격포리

부안 변사면 격포리 〉부안 진서면 〉부안 보안면 〉정읍 고부면 〉정읍 구평 삼거리

정읍 구평 삼거리 〉정읍 산외면 〉임실 국사봉 전망대 〉임실 임실치즈테마파크

임실(우천으로 휴식)

임실

임실 임실치즈테마파크 〉곡성 죽곡면 태평리 〉장수 장수목장 〉장수 육십령 고개

장수 육십령 고개 〉함양 서하면 〉함양 안의면 〉합천 가야면

거창 가조면 〉합천 해인사 〉합천 가야면 야천 삼거리

합천 가야 백운 오토캠핑장(우천으로 휴식)

합천 가야 백운 오토캠핑장(우천으로 휴식)

합천 가야산 〉성주

성주

성주 〉군위 간동 삼거리 〉청송 상의 오토캠핑장

군위 호포 삼거리 〉의성 구산리

무더위와 장마로 인한 여름 휴가

무더위와 장마로 인한 여름 휴가

무더위와 장마로 인한 여름 휴가

Portrait	일차	날짜·날씨	일일 주행	누적 주행
	D - 075	07.14(토) ☂	0km	3,047.9km
	D - 076	07.15(일) ☂	0km	3,047.9km
	D - 077	07.16(월) ☂	0km	3,047.9km
	D - 078	07.17(화) ☁	0km	3,047.9km
	D - 079	07.18(수) ☂	0km	3,047.9km
	D - 080	07.19(목) ☂	0km	3,047.9km
	D - 081	07.20(금) ☂	0km	3,047.9km
	D - 082	07.21(토) ☁	0km	3,047.9km
	D - 083	07.22(일) ☁ ☂	0km	3,047.9km
	D - 084	07.23(월) ☂	0km	3,047.9km
	D - 085	07.24(화) ☀	0km	3,047.9km
	D - 086	07.25(수) ☀	0km	3,047.9km
	D - 087	07.26(목) ☀	0km	3,047.9km
	D - 088	07.27(금) ☀	0km	3,047.9km
	D - 089	07.28(토) ☀	0km	3,047.9km
	D - 090	07.29(일) ☀	0km	3,047.9km
	D - 091	07.30(월) ☁ ☂	0km	3,047.9km
	D - 092	07.31(화) ☂	0km	3,047.9km
	D - 093	08.01(수) ☀	56km	3,103.9km
	D - 094	08.02(목) ☀	60.8km	3,164.7km
	D - 095	08.03(금) ☀	0km	3,164.7km
	D - 096	08.04(토) ☀	0km	3,164.7km
	D - 097	08.05(일) ☀	0km	3,164.7km
	D - 098	08.06(월) ☁	0km	3,164.7km
	D - 099	08.07(화) ☀	0km	3,164.7km
	D - 100	08.08(수) ☁	0km	3,164.7km
	D - 101	08.09(목) ☁	0km	3,164.7km
	D - 102	08.10(금) ☁ ☂	61.5km	3,480.2km
	D - 103	08.11(토) ☀	62km	3,541.7km
	D - 104	08.12(일) ☁ ☂	0km	3,541.7km
	D - 105	08.13(월) ☂	0km	3,541.7km
	D - 106	08.14(화) ☂	0km	3,541.7km
	D - 107	08.15(수) ☂	0km	3,541.7km
	D - 108	08.16(목) ☂	0km	3,541.7km
	D - 109	08.17(금) ☁ ☂	57km	3,598.7km
	D - 110	08.18(토) ☀ ☂	62.7km	3,661.2km
	D - 111	08.19(일) ☀	0km	3,661.2km

무더위와 장마로 인한 여름 휴가

무더위와 장마로 인한 여름 휴가

무더위와 장마로 인한 여름 휴가

무더위와 장마로 인한 여름 휴가

무더위와 장마로 인한 여름 휴가

무더위와 장마로 인한 여름 휴가

무더위와 장마로 인한 여름 휴가

무더위와 장마로 인한 여름 휴가

무더위와 장마로 인한 여름 휴가

무더위와 장마로 인한 여름 휴가

무더위와 장마로 인한 여름 휴가

무더위와 장마로 인한 여름 휴가

무더위와 장마로 인한 여름 휴가

무더위와 장마로 인한 여름 휴가

무더위와 장마로 인한 여름 휴가

무더위와 장마로 인한 여름 휴가

안동 길안면 〉 청송 파천면 〉 영양 일월면

영양 일월면 〉 울진 온정면 〉 울진 후포항

로드매니저 교체

주행 기록 없음

주행 기록 없음

주행 기록 없음

주행 기록 없음

주행 기록 없음

주행 기록 없음

합천 본곡 마을 〉 합천 횡계 고개 〉 합천 황매산 터널 〉 산청 오부면

산청 오부면 〉 산청 금서면 〉 함양 유림면 〉 남원 인월면 〉 남원 이백면

남원(우천으로 휴식)

남원(우천으로 휴식)

남원(우천으로 휴식)

남원(우천으로 휴식)

남원(우천으로 휴식)

남원 이백면 〉 남원 주생면 〉 순창 적성면 〉 담양 용면

담양 용면 〉 순창 복흥면 〉 장성 장성호 〉 장성 북이면 〉 고창 상하면

고창 상하면

Portrait	일차	날짜·날씨	일일 주행	누적 주행
	D - 112	08.20(월) ☁ ☂	63km	3,724.4km
	D - 113	08.21(화) ☀	53.2km	3,777.6km
	D - 114	08.22(수) ☀	36.5km	3,814.1km
	D - 115	08.23(목) ☂	0km	3,814.1km
	D - 116	08.24(금) ☀	0km	3,814.1km
	D - 117	08.25(토) ☂	0km	3,814.1km
	D - 118	08.26(일) ☁	0km	3,814.1km
	D - 119	08.27(월) ☁	0km	3,814.1km
	D - 120	08.28(화) ☂	0km	3,814.1km
	D - 121	08.29(수) ☀	0km	3,814.1km
	D - 122	08.30(목) ☂	0km	3,814.1km
	D - 123	08.31(금) ☀	65.2km	3,879.3km
	D - 124	09.01(토) ☀	57.3km	3,936.6km
	D - 125	09.02(일) ☁	0km	3,936.6km
	D - 126	09.03(월) ☁	0km	3,936.6km
	D - 127	09.04(화) ☁	0km	3,936.6km
	D - 128	09.05(수) ☂	0km	3,936.6km
	D - 129	09.06(목) ☀	0km	3,936.6km
	D - 130	09.07(금) ☁	0km	3,936.6km
	D - 131	09.08(토) ☀	39.5km	4,036.2km
	D - 132	09.09(일) ☂	0km	4,036.2km
	D - 133	09.10(월) ☀	38.8km	4,075 km
	D - 134	09.11(화) ☀	70km	4,145km
	D - 135	09.12(수) ☀	42.7km	4,187.7km
	D - 136	09.13(목) ☀	63.9km	4,251.6km
	D - 137	09.14(금) ☀	55.5km,	4,307.1km
	D - 138	09.15(토) ☂	0km	4,251.6km
	D - 139	09.16(일) ☁	0km	4,251.6km
	D - 140	09.17(월) ☀	0km	4,251.6km
	D - 141	09.18(화) ☁ ☀	63.5km	4,370.6km
	D - 142	09.19(수) ☀	66.6km	4,437.2km
	D - 143	09.20(목) ☀	69km	4,506.2km
	D - 144	09.21(금) ☀	65.9km	4,572.1km
	D - 145	09.22(토) ☀	65.7km	4,637.9km
	D - 146	09.23(일) ☀	0km	4,637.9km
	D - 147	09.24(월) ☀	24.5km	4,662.3km
	D - 148	09.25(화) ☀	61.33km	4,723.63km

고창 상하면 〉 영광 숲쟁이 고개 〉 영광 백수읍 〉 함평 월야면

함평 월야면 〉 광주 광산구 평동 〉 광주 서구 서창교 〉 나주 남평역 〉 화순 화순 고개

화순 화순고개 〉 화순 유천리 〉 화순 이서면 묘치 고개 〉 화순 동복면 동복 터널

장성 방장산 자연휴양림(우천으로 휴식)

장성 방장산 자연휴양림 〉 창원(시마노 지사 자전거 부품 교체)

태풍 볼라벤으로 휴식, 서울대병원 방문 정기검진

태풍 볼라벤으로 휴식, 서울대병원 방문 정기검진

태풍 볼라벤으로 휴식, 서울대병원 방문 정기검진

태풍 볼라벤으로 휴식, 서울대병원 방문 정기검진

밀양 송림 유원지 〉 경주 토함산 야영장(1시간 테스트 라이딩, 공식 기록 남기지 않기로 함)

경주 토함산 야영장(우천으로 휴식)

경주 토함산 야영장 〉 포항 동해면 〉 포항 호미사랑 숲 〉 포항 구룡포읍 석병리

포항 일대

포항

경주 〉 울산 신불산 자연휴양림(차로 이동)

주행 기록 없음

주행 기록 없음

주행 기록 없음

주행 기록 없음

양산 통도사

양산 통도사

울산 성남 삼거리 〉 울산 하나로마트

울산 온산항 〉 부산 기장군 죽성리

부산 기장 죽성리 〉 부산 해운대 해수욕장 〉 부산 광안리 해수욕장

거제도 일대

거제도 일대

거제도 일대(태풍 산바로 휴식)

거제도 일대(태풍 산바로 휴식)

거제도 일대(태풍 산바로 휴식)

거제도 일대

거제도 일대

통영 일대

통영 경찰서 〉 통영 안정국가단지 〉 고성 공룡박람회장

고성 일대

고성

고성 〉 남해 일대

남해 보물섬 캠핑장 〉 남해 상주 해수욕장 〉 남해 독일 마을 〉 남해 창선교

Portrait	일차	날짜 · 날씨	일일 주행	누적 주행
	D - 149	09.26(수) ☀	72.1km	4,795.73km
	D - 150	09.27(목) ☀	60.7km	4,856.43km
	D - 151	09.28(금) ☀	71.1km	4,927.53km
	D - 152	09.29(토) ☀	72.5km	5,000.03km
	D - 153	09.30(일) ☀	0km	5,000.03km
	D - 154	10.01(월) ☀	60km	5,060.03km
	D - 155	10.02(화) ☀	70.1km	5,130.13km
	D - 156	10.03(수) ☁ ☀	54.7km	5,184.83km
	D - 157	10.04(목) ☀	71km	5,255.83km
	D - 158	10.05(금) ☀	65km	5,320.83km
	D - 159	10.06(토) ☁ ☀	63km	5,384.13km
	D - 160	10.07(일) ☀	0km	5,384.13km
	D - 161	10.08(월) ☀	70.1km	5,454.23km
	D - 162	10.09(화) ☀	70km	5,524.23km
	D - 163	10.10(수) ☀	61.2km	5,585.43km
	D - 164	10.11(목) ☂	0km	5,585.43km
	D - 165	10.12(금) ☀	75.5km	5,660.93km
	D - 166	10.13(토) ☁	68.7km	5,729.63km
	D - 167	10.14(일) ☀	0km	5,729.63km
	D - 168	10.15(월) ☀	71.6km	5,801.23km
	D - 169	10.16(화) ☀	51km	5,852.23km
	D - 170	10.17(수) ☀	14km	5,866.23km
	D - 171	10.18(목) ☀	67.6km	5,933.83km
	D - 172	10.19(금) ☀	70km	6,003.83km
	D - 173	10.20(토) ☀	70km	6,073.83km
	D - 174	10.21(일) ☀	0km	6,073.83km
	D - 175	10.22(월) ☁ ☂	18km	6,091.83km
	D - 176	10.23(화) ☀	28km	6,119.83km
	D - 177	10.24(수) ☀	71km	6,190.83km
	D - 178	10.25(목) ☀	40km	6,230.83km
	D - 179	10.26(금) ☂	0km	6,230.83km
	D - 180	10.27(토) ☂	0km	6,230.83km
	D - 181	10.28(일) ☀	0km	6,230.83km
	D - 182	10.29(월) ☀	43km	6,273.83km
	D - 183	10.30(화) ☁	39km	6,312.83km
	D - 184	10.31(수) ☀	50km	6,362.83km

남해 보물섬 캠핑장 〉 남해 서면 현촌리 〉 남해 설천면 문의리 〉 남해 덕산 삼거리

남해 이동면 석평리 〉 남해군 창선면 광천리 〉 사천 남양동 〉 사천 석계동

하동 평사리 공원 캠핑장 〉 하동 쌍계사 〉 하동 화개장터 〉 하동 평사리 공원 캠핑장

광양 진월면 오사리 〉 광양 광양제철소 〉 광양 태인동 사거리

하동 평사리 공원 캠핑장

구례 간전교 〉 구례 화엄사 〉 구례 광의면(노도단 중턱) 〉 남원 산내면 뱀사골 입구 〉 남원시 운봉읍

하동 참전비 〉 하동 횡천면 전대리 〉 하동 복천 〉 하동 흥룡리

구례 간전교 〉 순천 황전면 〉 곡성 태안 〉 순천 월등면 갈평리 〉 순천 승주읍

순천 낙안 휴양림 〉 순천 해룡면 〉 여수 소라면 〉 여수 화양면

여수 시전동 출발 〉 여수 작금항 〉 여수 세계박람회장

순천 오공재 〉 순천 승주읍 〉 순천 주암면

보성 벌교읍 옥전리

보성 평촌마을 〉 고흥 과역면 〉 고흥 해창 방조제 〉 고흥 점암면

고흥 포두면 〉 고흥 나로우주센터 〉 고흥 녹동항 〉 고흥 소록대교 〉 고흥 금산면 신촌리

고흥 대강리 〉 고흥 대서면 상남리 〉 고흥 과역면 〉 고흥 고흥 방조제 〉 고흥 호동 마을회관

강진 마량면(우천으로 휴식)

강진 마량면 마량리 〉 완도 고금대교 〉 완도 당목항 〉 완도 세동리 〉 강진 마량면 마량리

강진 마량면 마량리 〉 장흥 대덕읍 잠두리 〉 장흥 회진항 〉 장흥 대덕읍 분토리 〉 강진 마량면 마량리

강진 마량면 마량리

장흥 관산읍 정남진 전망대 〉 장흥 삼산 방조제 〉 장흥 안양읍 〉 장흥 관산읍

강진 마량 농공단지 〉 강진 대구면 〉 장흥 용산면

완도 고금면 상정항 〉 완도 완도읍 가용리 〉 완도 완도읍 중도리

해남 황산면 〉 해남 송지 해수욕장 〉 해남 땅끝 전망대

진도 진도각 〉 진도 고군면 내산리 〉 진도 군내면 둔전리

진도 군내면 녹진리 〉 진도 진도읍 해창리 〉 진도 세방낙조 전망대 〉 진도 군내면 정자리

진도 그린농장

진도 그린농장 〉 해남 하원군 하산면

목포 목포항 〉 스타크루즈 편으로 제주 입도 〉 제주 용담동 〉 제주 이호테우 해변 〉 제주 애월항

제주 악당토끼 게스트하우스 〉 제주 협재 해수욕장 〉 제주 와도 〉 제주 대평리 돌담에 꽃이 머무는 곳 게스트하우스

제주 돌담에 꽃이 머무는 곳 게스트하우스 〉 서귀포 〉 서귀포 클라라 게스트하우스

서귀포 클라라 게스트하우스(우천으로 휴식)

서귀포 클라라 게스트하우스(우천으로 휴식)

서귀포 클라라 게스트하우스

서귀포 종달리 해안도로 〉 제주 함덕서우봉 해변 〉 제주 제주항 〉 제주 아이러브바이크

제주 아이러브바이크 〉 제주 사려니 숲 〉 제주 절물 자연휴양림 〉 제주 아이러브바이크

제주 아이러브바이크 〉 제주 애월읍 하귀리 〉 제주 애월읍 곽지리 〉 제주 한림읍 협재리 〉 제주 한경읍 저지리(주행 종료)

이 여행에 도움을 주신 분들

● 협찬 및 후원

KACO 한국임상암학회	**한국임상암학회** 'Cycling4Cure사이클링포큐어' 프로젝트 주 후원 기관 www.kaco.or.kr
the **bike**	**월간 《The Bike》** 자전거 및 용품 업체 후원 연결을 담당했습니다. www.thebike.co.kr
SUN DOES PICTURES	**영상제작사 썬더즈픽쳐스** 한국어 영어 프로모션 트레일러를 만들었습니다. www.sundoes.co.kr
CHEVROLET	**GM 코리아(주)** 자동차 CHEVROLET CAPTIVA 제공 www.gm-korea.co.kr
cannondale	**산바다스포츠** 자전거 CANNONDALE 제공 www.sanbadasports.com
GARMIN	**스톡 코리아** 자전거용 GPS 장치 GARMIN 제공 www.storck-korea.com
SHIMANO	**나눅스 네트웍스** SHIMANO 의류 및 장갑, 자전거 용품 제공 www.nnxsports.com
OGK	**아조키 코리아** 헬멧 OGK 제공 www.azokeykorea.co.kr
POLAR. LISTEN TO YOUR BODY	**마이미 코리아** 심장 박동기 및 주행기록 측정 장비 POLAR 제공 www.mymekorea.co.kr

아이러브바이크
제주 라이딩 코스 안내, 동반 라이딩 연결, 숙소 지원
www.bikejeju.com

용두암 하이킹
제주 라이딩 코스 안내, 동반 라이딩 연결, 숙소 지원
www.jeju8253.com

● **구간참여 및 동반 라이딩**

5월 1일 (화) 1일차 | 이주형 님
파주 임진각 평화누리 공원 〉 적성면 두지리 – 약 40km 동행

5월 12일 (토) 12일차 | 김인수 님
양양 서면 오색리 〉 인제 한계령 〉 인제 남면 신남리 – 약 70km 동행

5월 24일 (목) ~ 25일 (금) 24일~25일차 | 강원 평창 장암 MTB 회원 일동
제천 산내들 캠핑장 〉 평창 평창 바위 공원 〉 정선 아우라지 – 112km 동행

6월 2일 (토) 33일차 | 이주형 님
괴산 대명 교차로 〉 청주역 – 51km 동행

6월 23일 (토) 54일차 | 이주형 님
무주 반디랜드 〉 진안 용담면 면사무소 – 45km 동행

9월 1일 (토) 124일차 | 포항 휘자 MTB 회원 일동
포항 일대 – 57.3km 동행

10월 19일 (금) – 172일차 | 이주형 님
진도 진도각 〉 진도 고군면 내산리 〉 진도 군내면 둔전리 – 70km 동행

10월 31일 (수) – 184일차 | 이주형 님, 제주 어울림 자전거 동호회 회원 일동
제주 애월읍 하귀리 〉 애월읍 곽지리 〉 한림읍 협재리 〉 한경읍 저지리 – 50km 동행

● **사진 제공**

조현화 님 16, 17, 81, 83, 126, 127, 129, 181, 183, 292
김용현 님 78, 124,125, 174,175, 189, 201, 208, 235, 236, 241
김병국 님 228
허경환 님 149, 266, 267, 269

희망의 속도 15km/h

1판 1쇄 찍음 2013년 1월 28일
1판 1쇄 펴냄 2013년 2월 1일

지은이 | 김선욱 · 이진경
발행인 | 김세희
편집인 | 이현정
펴낸곳 | ㈜ 민음인

출판등록 | 2009. 10. 8 (제2009-000273호)
주소 | 135-887 서울 강남구 신사동 506 강남출판문화센터 5층
전화 | **영업부** 515-2000 **편집부** 3446-8774 **팩시밀리** 515-2007
홈페이지 | www.minumin.com

© 김선욱 · 이진경, 2013. Printed in Seoul, Korea
ISBN 978-89-6017-322-4 03810
㈜민음인은 민음사 출판 그룹의 자회사입니다.